JN185472

Listen to the Moon

Michael Morpurgo

月にハミング

マイケル・モーパーゴ 作

杉田七重 訳

小学館

月にハミング

もくじ

作品の背景

フィリップとジュードにささげる

Listen to the Moon by Michael Morpurgo
First published under the original title:
LISTEN TO THE MOON
Text ©Michael Morpurgo 2014
Published under license from HarperCollins Publishers Ltd
The author asserts the moral right to be identified as the author of this work.
This edition published by arrangement with HarperCollins Publishers Ltd, London
through Tuttle-Mori Agency, Inc., Tokyo

主な登場人物

イギリス
シリー諸島《しょとう》

ルーシー　記憶を失った身元不明の少女。
アルフィ・ウィートクロフト　ブライアー島に暮らす少年。
ジム・ウィートクロフト　アルフィの父親。漁師。
メアリー・ウィートクロフト　アルフィの母親。
ビリーおじさん　メアリーの兄。心の病をかかえている。
ビーグリー校長　トレスコ島にある学校の校長。
ナイチンゲール先生　同校の若い女性教諭《きょうゆ》。
クロウ先生　セント・メアリーズ島の医師。
ジャック・ブロディ　若い志願兵。戦地で心身共に負傷して帰還。
ゼベディア・ビショップ　アルフィの同窓生。通称ゼブ。

アメリカ
ニューヨーク

メリー・マッキンタイア　ニューヨークに暮らす少女。
ダックおばちゃん　メリーの乳母。マッキンタイア家の使用人。
マックスおじちゃん　ダックおばちゃんの夫。馬や庭の世話をする。
ブレンダン　ルシタニア号の客室係。

ドイツ

ゼーマン・ヴィルヘルム・クロイツ　ドイツ海軍の水兵。
クラウゼン　ドイツ海軍の艦長《かんちょう》。

はじめに

人はみな、代々つながる祖先から生まれてきた。しかし、ぼくの場合はある意味、何もないところから生まれたといえる。これには説明が必要だろう。実は、ずいぶんむかし、ぼくの祖母は海からあがってきた。人魚ではない証拠《しょうこ》に、尾っぽではなく脚《あし》が二本生えていて、見つかったとき、年は十二歳《さい》ぐらいに見えたそうだが、ほんとうのところはわからない。いったい何者で、どこからどうやって来たのか、手がかりがひとつもなかったからだ。飢《う》え死に寸前《すんぜん》で高い熱も出していて、しゃべれる言葉はひとつだけ――ルーシー。

これはそんな祖母をめぐる物語だ。祖父や親戚《しんせき》や友人といった、祖母をいちばんよく知る人々と、何より大事な本人からきいた話をもとにしている。できるだけ、その場に居合わせて自分の目で見た人々の話だけをたよりに、長い年月をかけてまとめた。

シリー博物館では、学校日誌《にっし》をはじめとする貴重《きちょう》な資料《しりょう》を見せてもらった。いまは亡《な》きセント・メアリーズ島の医師ドクター・クロウのご家族には、医師のつけていた日誌《にっし》の引用を許可《きょか》してもらった。調べ物をし、物語を組み立てていく作業を、ぼくの家族をはじめシリー諸島《しょとう》やニューヨークに暮らすたくさんの人々が根気よく助けてくれた。この物語ができあがった裏《うら》には、そういった数えきれない人々の支援《しえん》がある。

むかしから、これを世に出すまでは死ねないと、そこまで思いつめていた。生涯《しょうがい》かけて取り組む仕事として、ずいぶん長くつきあってきて、何度中断しても、またしばらくすると頭にうかんでくる。それもふしぎはないのだろう。これは、祖母自身の言葉で語られる祖母の物語といってよく、その意味では、ぼくの家族の物語であり、ぼく自身の物語でもある。

祖母が――祖父も多少貢献《こうけん》している――いまのぼくたちをつくった。ぼくがいまのように生きているのも、祖母や祖父のおかげだ。生き方も、生きてきた場所も、これまで書いた作品も、すべて祖父母の影響《えいきょう》を受けている。

そんな祖父母のために、この作品を書いたのだが、これがもう前代未聞《みもん》のまったく信じがたい話で、だからこそ、ぜひ物語にしてみたいと思った。

1　学校さぼり

シリー諸島《しょとう》　一九一五年五月

　その日は金曜で、漁に出た父と息子はサバをねらっていた。金曜の夕食ともなると、母親のメアリーがはりきって、サバを料理してくれる。そのためにアルフィと父親のジムは、四人分のはらを満たすのにじゅうぶんなサバを持ち帰らないといけない。メアリーは父子そろっての大食漢をからかうものの、旺盛《おうせい》な食欲を見せるふたりに悪い気はしていない。

「どっちの胃袋《いぶくろ》も底なしね」

　つってきたサバを今日もあきずにバクバク食べる夫と息子を見ながら、メアリーはあからさまに感心して、よくそういった。たっぷりつれた日には、いつも三人の皿に一匹ずつもりつける。

　四人分というのは、アルフィのおじであるビリーの分も入れてのこと。ひとりでいるのが好きなビリーおじさんは、グリーン湾《わん》のボート小屋で寝泊《ねと》まりしている。アルフィの一家が暮らすベロニカ農場のちょうど反対側、石を投げればとどく距離《きょり》のところに小屋はある。そこへメアリーが毎晩夕食を運ぶのだが、アルフィとちがってビリーおじさんは「またサバか、カニが食いたい」と文句をいう。ところがいざカニを持っていくと、「サバはないのか？」とくるから、やっかいだった。

そういうつむじ曲がりはしょっちゅうで、まったくの変わり者。それがビリー兄さんの個性なのよと、母親のメアリーはよくいっていた。

その日の午前中、魚はまったくかからなかった。アルフィとジムは船の上で夕食のことを話し、今夜の料理を想像することで、なんとかやる気をたもっていた。塩コショウで下味をつけたサバを卵にひたしてからオートミールの衣をまぶし、バターであげ焼きにする。おいしそうなにおいが農場の母屋じゅうに満ちてくると、父子はキッチンのテーブルにつき、魚の焼けるにおいと鍋《なべ》のなかでジュージューいう音を鼻と耳で味わいながら、口のなかにつばをわかせて、できあがりを待つのだ。

「だけどな、アルフィ」ジムがオールを力いっぱい動かしていう。「結局何もとってこなかったとわかったら、おれたちゃこれから一週間、パンと水の生活だ。母さんは喜ばない。おれもおまえも、こてんぱんにやられるぞ」

「ねえ、セント・ヘレンズまで行ってみようよ」アルフィは母親のしかえしよりサバに気がいっている。「あそこなら、いつだって魚がいるよ。このあいだも、岸からちょっとはなれたところで六匹もつれた」

「あそこは気が進まねえなあ。むかしっから、どうもな。とはいえ、今日はそうもいってらんねえか。風が強くなって、船をおしてくれりゃあいいんだが。もうへとへとだ。そら、今度はおまえがこげ」ふたりは場所を交換《こうかん》した。

オールを手にしたアルフィは、気がつくとまた夕食のことを考えて、サバの焼ける音やにおいを想像している。音や風景はずっとかんたんに思い起こせるのに、なぜかにおいは、思いだすのも、人に伝えるのも、むずかしい。

皿にサバがもられても、いつもすぐには食べられない。食前のお祈《いの》りがあるからだ。ジムもアルフィも早く食べたいから急いですませるのだが、メアリーはそれが気に入らない。「口先だけじゃだめ、もっと心をこめなくちゃ」といって、毎回ちがう言葉でじっくり感謝をささげる。アーメンといったあとも、しばらくじっとしているのだが、そのときにはもう、アルフィとジムはカツオドリのようにサバに食らいついている。

濃《こ》く入れた甘《あま》い紅茶と焼きたてのパン、運がよければデザートにパンでつくったプディングも出てくる。金曜日の夕食はいつだっていちばん豪華《ごうか》だった。

しかしこの日は、朝から始めて、もう午後もおそい時間だというのに、まだわずかしかつれていない。ジムは船をこぐのを息子にまかせているため、からだがしんまで冷えてきて、ふきつける風にえりを立てた。五月だというのに、こりゃ三月の気温だとジムは思う。アルフィがオールを力強く動かして調子よく船をこぐのを見ていると、ねたましさと同時に、父親としてのほこらしさもわいてくる。かつては自分もあんなふうに若く、たくましかった。

両手に目を落としてみれば、ひび割《わ》れて傷《きず》だらけのうえに、あちこちにたこができている。くる年もくる年も魚をとり、畑のジャガイモや花の世話に明け暮れてきたせいだった。ジムはまたつり針にえさをつける。なれたもので勝手に指が動く。寒さも塩も風も、何も感じなくなっている指がありがたかった。むかし指の関節の骨《ほね》に入れたひびがまた開いてきているが、それも感じない。まひしていなければ、たえがたい痛みを感じるはずで、ありがたいことだった。しかし、なんだってこう耳が痛いんだろう。なんならこっちもまひしていたらよかったのにと思う。

そこでジムは、にやっと笑った。今日息子といっしょに海に出ることになったいきさつを思いだしたのだ。ことの始まりは朝食の席。学校に行きたくないアルフィが一計を案じた。よくやることで、いつもたいてい失敗する。だからといってあきらめるアルフィではなかった。

「ぼくがいないとこまるんだって、母さんにそういってよ。父さんのいうことならきくんだから。海に出たら、めんどうはかけないって約束する。だからお願い」

めんどうなど、かけないことはわかっていた。アルフィは船も海も知りつくしており、オールさばきも力強い。若者らしい気負《きお》いと情熱で、必ずつれると確信して全身全霊《ぜんれい》でつりに挑《いど》む。その心意気に魚もひかれるのか、アルフィがいっしょのときはふだんより多くつれることが多いのにジムも気づいていた。

シリー諸島海域《しょとうかいいき》では最近めっきり魚がとれなくなり、このところジムは、「必ずつれる」ではなく、「つれたらもうけもの」と思って海に出るようになっていた。いずれにしろアルフィがいっしょにいればたいくつせず、連れとして申し分ない。それで、「アルフィに学校を一日休ませて、つりに連れていこうと思うんだが」と、メアリーに切りだしたのだった。

ところが、期待はするなと、あらかじめアルフィにいっておいたとおり、何をどういってたのもうと、メアリーはがんとして首を縦《たて》にふらなかった。

「いくらなんでも休みすぎよ、もうこれ以上は休ませられない」とメアリーはいった。

「アルフィはいつだって、学校をさぼる口実ばかり考えてるの。農場の仕事を手伝うとか、父さんと魚をとりにいくとか、そういうのはもうたくさん」

ここまできっぱりいわれれば、あとはもう何をいってもムダだとジムにはわかっていた。それでも食いさがったのは、実際おまえに来てもらえれば助かるんだ、父さんはおまえの味方だからなと、アルフィにしめすためだった。父さんだけではたよりないと見てとると、アルフィも加勢して、母親の気持ちを変えようとあれこれいいだした。

「ねえ母さん、たった一日だよ、それの何がいけないの？　ふたりで行けば、いつだってたくさんとれるし、甲板《かんぱん》のない船に乗るなら、ひとりよりふたりのほうが安全だって、母さんもそういってたじゃないか。学校がいやなのは〝びしばしビーグリー〟のせいなんだ。校長のくせに、勉強なんてこれっぽっちも教えられない、完全な役たたずだって、みんな知ってるよ。学校に行ったたって時間のムダなんだ」

「もし家にいさせてくれるんなら、父さんとのつりからもどったら、ニワトリ小屋の掃除《そうじ》をするし、お望みなら、下の畑に肥料《ひりょう》としてまく海草も荷車にどっさり積んでくるよ」

「母さんの望みは、おまえに学校に行ってもらうこと」メアリーがきっぱりいった。何をいってもだめで、まったく折れようとしない。アルフィは、しぶしぶ学校へむかったが、そのあいだずっと耳の奥《おく》で母親の言葉がひびいていた――「船に乗って魚をつる、それだけで生きていけると思ったら大まちがい。魚は読み書きを教えてくれないのよ。いい年して、まともな文章ひとつ書けないでどうするの！」

アルフィが出ていったとたん、メアリーは夫にむきなおった。「夕食に上物のサバ九匹。あったかくして行きなさい。春といったって風は冷たいんだから。メンドリにえさをやりにいって、からだがしんまで冷えちゃったわ。あんたの息子がまたさぼって、あたしが代わりにやったのよ」

「あいつが仕事をさぼると、決まって〝あんたの息子〟だ」ジムは上着をはおり、長靴《ながぐつ》に足をつっこんだ。

「ほかにどこから、ああいう性格を受けつぐっていうの？」メアリーは夫の上着のボタンをとめてやると、ほおに軽くキスをして肩《かた》をぽんとたたいた。ジムは、これがいつもうれしい。「そうそう、明日はカニだからって、ビリー兄さんに約束したの。大好物でしょ。ただし大きすぎても小さすぎてもだめ。かたくてスジっぽいのもだめ。ビリー兄さん、その点すごくうるさいから。よく考えてとってきてよね」

「へいへい、わかりやした」ジムは、そういって外に出る。「なんでもビリーのお気にめすままに。あんまりあまやかしてると、ますますだめになるぞ」

「だめになるっていうなら、ジム・ウィートクロフト、あんたのほうが心配よ」

「なんとでもいえ。宝島の海賊《かいぞく》、のっぽのジョン・シルバーのつもりでいる変わり者のじいさんには、煮《に》ても焼いても食えねえ古ガニがいちばんだ」

ビリーが話題になると、必ずこの手のたわいないちゃかしあいが始まる。そうでもして笑わないかぎり、ビリーのつらすぎる人生を受けとめきれないのだ。

「ジム・ウィートクロフト！」出ていこうとする夫の背中にメアリーがよびかける。「人の兄をつかまえて、よくそんなことがいえるわね。ビリーはじいさんでもないし、変わり者でもない、自分の世界に入りこんでいるだけよ。それのどこがいけないの」

「ああ、おまえのいうとおりだ」ジムはいって、陽気な顔で帽子《ぼうし》をさっとふるとグリーン湾《わん》をめざして畑をくだっていった。歩きながらメアリーにきこえる声で、ビリーお得意の歌を口ずさむ。「ヨーホッホー、酒はラムがただ一本！　ヨーホッホー、酒はラムがただ一本！」

「ジム・ウィートクロフト、きこえてるわよ！　とにかく、気をつけて行ってきなさいよ！」

メアリーのどなり声が飛んできた。

ジムは、自分の船めざして歩きながら考えていた。ビリー兄さんをいつでも気にかけ、しんぼう強くつきあっているメアリーに感服せずにはいられない。それと同時に、いつものようにちょっぴりいらだってもくる。メアリーが日々どれだけつくしているか、当人のビリーがまったく気づいていないのがしゃくにさわるのだ。きっといまも、グリーン湾《わん》にいかりをおろした〝かがやかしきヒスパニオーラ号〟と自らよんでいる船の上で、のんきに歌でもうたっているのだろう。

とはいえ、もとは〝かがやかしき〟どころか、サビだらけのおんぼろ船だった。コーンウォール沿岸で使われていた小型の帆船《はんせん》で、とうのむかしにグリーン湾《わん》の浜《はま》にうち捨《す》てられ、船体はぼろぼろにくさっていた。メアリーがビリーをボート小屋に住まわせるようになってから五年。もとは帆《ほ》を保存していた屋根裏《やねうら》部屋をメアリーにリフォームしてもらい、そこに寝泊《ねと》まりしながら、ビリーはほぼ連日グリーン湾《わん》に出ていって、ぼろ船に手を入れていた。この船のことを病院で話したのもメアリーで、家に連れて帰るとすぐビリーに、若いころから大好きだった造船の仕事をまたしたらいいと、熱心にすすめたのだった。「今ビリーに何よりも必要なのは、手を使って忙しくしていることよ。もう一度職人の生活にもどるのがいちばんなの」と、ジムにはそういっていた。

いくらなんでもそれは無理だろうと、ジムもみんなもそう思っていた。あらゆる悪天候にさらされていたぼろ船は、なみのいたみではなく、どうやっても使いものにはならないと思えた。そのうえ島の人々は、ビリーがいかれていると思いこんでいたから、絶対できるわけがないといい、できるといいはるのは、メアリーひとりだった。

ところがまもなく、メアリーのほうが正しかったと、みんなもわかってきた。船が相手だと、ビリーは少しもいかれていなかった。くる日もくる日も手を入れていって数年がたったころ、おんぼろ船はふたたび息をふき返し、グリーン湾《わん》に美しい流線型の船体をおひろめするようになったのだ。

その朝ジムは、ビリーの船がいかりをおろしているところへ近づいていった。緑色のペンキをぬられて真新しく生まれ変わった船体の横腹《よこばら》に、黒いペンキで〝ヒスパニオーラ号〟と文字が描《か》かれている。まだ直すところはあるが、細部まで手を入れた優美《ゆうび》な船体は、グリーン湾《わん》の浜《はま》を歩く人々の目を引く。数週間前からはメインマストも立ちあがっているから、完成も間近だろう。

なんでもひとりでやるのが好きなビリーが、だれの力も借りずに、このぼろ船を生き返らせた。みんなから変わり者と思われ、「頭の回路が切れちまってる」といわれていたビリーだが、何年もかけて古い廃船《はいせん》をよみがえらせたのは事実で、いまでは島じゅうの人々から尊敬《そんけい》を得ていた。

それなのに、いまだに〝プッツン・ビリー〟とよばれているのは、もとはビリーが病院に入っていたからで、なぜ入ることになったのか、そのいきさつまで知れわたっていたからだ。

グリーン湾《わん》の砂浜《すなはま》を歩いていくと、甲板《かんぱん》にあがっているビリーが見えた。黒と白のペンキでドクロを描《えが》いた海賊《かいぞく》ふうの旗をあげている。マストを立ちあげてから毎朝決まってする仕事だった。今日はメアリーのつくった海賊帽《かいぞくぼう》もかぶっていた。ビリーは気分のうきしずみがはげしく、調子のいい日と悪い日がある。ああして歌をうたっているところをみると、今日は調子のいい日にちがいないから、メアリーも助かるだろうとジムは思う。最悪のときにはまったく手に負《お》えない、つむじ曲がりになる。そういうとき、なぜかビリーはほかのだれよりもメアリーに当たりちらす。病院を退院させ、住む場所まで用意した、世界でいちばんビリーのことを大切に思っているメアリーに。

ヒスパニオーラ号に感心しつつ、ビリーのことで頭がいっぱいになっていたせいだろう。ジムはいまのいままで、目と鼻の先にアルフィがいるのに気づかなかった。アルフィはジムのペンギン号に乗りこんで立ち働き、海に出る用意をしている。ブイをはずすと浅瀬《あさせ》におり、船をおしながらこちらへやってくる。

「おいおい、おまえ何考えてんだ?」ジムは首をねじり、びくびくしながら背後《はいご》に目を走らせる。「もし母さんに見られたら――」

「こてんぱんにやられるっていいたいんでしょ――わかってるって」アルフィは肩《かた》をすくめると、歯を見せて笑った。「学校へ行く船に、間に合わなかったんだ。ホント惜《お》しかったよ。父さん、その場にいて見てたでしょ?」

ジムは喜びをかくしきれなかった。

「悪いやつだな、アルフィ・ウィートクロフト」そういってジムは船に乗りこんだ。「どっからそういう悪知恵をさずかったんだ？　こうなったら、山ほど魚を持ち帰らねえとな。でないとオレたちゃ、ただのごくつぶしだ」

一時間ちょっとたったころ、ふたりはフォアマンズ島沖《おき》まで出ていた。潮流《ちょうりゅう》にさからって、ペントル湾《わん》ぞいにアルフィが船をこいできた。これがなかなかに大変で、そろそろ休みをとったほうがいいとジムにはわかっていた。息子からオールを受けとって自分でこぎ、カニやエビをとる箱形のわなを確認しに行く。フォアマンズ島沖《おき》にしかけたわなから、ふたりは大きめのカニ三匹を引っぱりあげた。一匹はビリーにあげて、残り二匹は売ることができる。わなのひとつにはイカも一匹かかっていて、これは魚をつるいいえさになる。ほかにアルフィがタラを二匹つった。

「そいつは魚肉だんご行きだ」ジムがぶすっといった。「ほかに使い道もねえ。母さんはいい顔をしない。タラだけじゃあ家に帰れないぞ。サバを何匹かつらねえとな」

「じゃあ、セント・ヘレンズまで行こうよ」アルフィがオールに手をのばし、ふたたび船をこぎだした。「あそこなら何十匹もいるよ。ぼくらが来るのを待ちかまえてるんだ」

海がないできて、さざ波ひとつ立たなくなった。引き潮にひっぱられて、船がみるみるセント・ヘレンズ島へ近づいていく。アルフィは岩に気をつけながら、そっとオールを動かして、島に一か所しかない砂浜《すなはま》めざして船を進めていった。

ジムがいかりを水に落とした。そのあたりで数週間前に十四以上もサバがつれ、わずかなあいだに大物ばかりがかかったのだ。もしかしたら、その幸運がふたたびめぐってくるかもしれない。

運が必要なのは父子ともにわかっていた。サバというのはそういう魚だった。群れの真上で糸をたれながら、終日一匹もつれないときもあれば、まるでつってくださいといわんばかりに、自分から次々と飛びあがってつり針に引っかかり、糸を引けば銀色の身をくねらせてあがってくることもある。そうやって大量の魚を持ち帰ったとき、メアリーがどれだけ喜んだかジムは思いだす。父子を思いっきり強く抱《だ》きしめ、世界にまたといない、最高にうでのいい漁師親子だとねぎらってくれたのだ。

ジムはつり糸を海に落とした。

「さあこい、魚たち。いい子だから、パクッとかみついてみろ。パクッとな。そしたらメアリーが大喜びで抱《だ》きついてきて、今夜は人生最高のごちそうが出てくるんだ。ほうらほら、魚たち。何を待ってんだ？　おまえたちがたっぷりつれるまで、オレたちゃ帰るつもりはねえからな」

「いるいる」船の反対側のへりから水のなかをのぞきこんでアルフィがいう。「魚のかげが見えるよ。ようし、父さんより先に一匹つりあげるぞ」

それからずいぶんたったころ、アルフィの耳に初めてそれが聞こえた。父子ともに一匹もつれず、わずかな引きも感じられないまま、ともにだまりこくってつりに集中しているときだった。アルフィはすわったまままつり糸にかがみこんで、透明《とうめい》な青緑色の水を一心に見つめていたが、まるでこちらをばかにするように、海のなかでは海草がゆらゆらゆれているだけだった。と、そのとき、何かきこえてきた。どこか場ちがいな感じのする音で、これは妙《みょう》だとすぐに思った。

アルフィはつり糸から顔をあげた。音は島のほうからきこえてくる。百メートルほど先の、どこか浜《はま》の近く。弱々しい声でせつなそうに鳴いている。アザラシの子どもだろうと思うものの、なんとなく人間の声にも似ていた。

シリー諸島《しょとう》

2 声の主

「ねえ父さん、きこえない？」アルフィがいった。

「カモメだろ」とジム。

見ればその言葉どおり、幼い海カモメが浜《はま》にいて、母鳥のあとを小走りに追いかけていた。首を長くのばし、えさをちょうだいと鳴いている。

しかしアルフィは、すぐにそうじゃないと気づいた。カモメのことなら、ほかのどんな鳥よりよく知っていて、こんな声でヒナ鳥が鳴くのをきいたことはなかった。これは鳥の鳴き声でも、アザラシの子どもの鳴き声でもない。だが、カラスほどではないにしても、カモメは声まねがうまいので有名だ。アルフィはわけがわからず、いまではつりそっちのけで、声の主はだれなのか頭をなやませている。

母親のカモメと、えさをねだっていたヒナ鳥が飛び去って、浜《はま》がからっぽになってもまだ声はきこえていた。

「父さん、カモメじゃないよ。そんなわけがない。何かほかのものだよ。ほら！」

その声が流れてくるのは波打ちぎわではなく、島のもっと奥《おく》だった。むかし伝染病患者《でんせんびょうかんじゃ》を隔離《かくり》していた古い施設《しせつ》、ペストハウスのある方角からだろうか。あるいは島の真ん中にある巨大な岩からだろうか。どんなに声まねがうまくても、カモメにあんな鳴き方ができるわけがないと、アルフィはもう確信していた。そこではっと思いついた。子どもだ！あれは子どもの泣き声だ！　カモメはせきこんだりしない。アルフィの耳にはいま、せきをする音がはっきりきこえていた。

「だれかいるんだよ、父さん」声をひそめていう。「島に」

「ああ」とジム。「たしかに、そんなふうにもきこえるな。だがありえねえ。カモメ以外、人っ子ひとり見あたらねえんだから。カモメばっか何百羽もいやがって、そろってこっちを見てやがる。だからいったんだ、ここはいやだって。むかしっから、虫が好かなかった」

ジムは口を閉ざして、また耳をすましてみる。

「もうきこえねえ。空耳だな。よくあることだ。人がいねえんだから、そうとしか考えられねえ。湾《わん》に入ったとき、いかりをおろしている船はひとつも見なかった。セント・ヘレンズじゃあ、この浜のほかに上陸できる場所はねえんだ。無人島なんだからな。もう何百年も人は住んでねえ」

ジムは人の気配《けはい》を探して島にざっと目を走らせた――砂《すな》につけられた足あとや、火をたく煙《けむり》が見えるかもしれないと思ったのだ。

ジムは以前にも何度かこの島に上陸したことがあり、すみずみまで歩いていた。はしからはしまで一キロメートルもなく、中心部の奥行《おくゆ》きはおよそ五百メートルほど。シダやイバラやヒースしか生えていない島で、大きな灰色《はいいろ》の岩や石が海岸をぐるりととりまいている。ひとつしかない砂浜《すなはま》は、せまくて傾斜《けいしゃ》が急で、ペストハウスの後ろにそびえたつ巨大な岩へと続いていた。ペストハウスそのものは、ずっとむかしに廃墟《はいきょ》となり、屋根や窓《まど》にぱっくり穴があいて、壁《かべ》もくずれている。えんとつだけはまだ立っていた。

ジムが初めてここにやってきたのは子どものときで、家に持ち帰る薪《まき》を父といっしょに集めて浜辺《はまべ》に積んだ。当時〝ギニー金貨（17世紀～19世紀イギリスで流通していた金貨）〟とよんでいたタカラガイの貝がらも集めた。一度父親といっしょに岩にのぼったあと、思いきって、ひとりでてっぺんまであがったが、二度とするなとしかられた。

実際この島は子どものときから好きではなく、ここにいて安心できたためしがなかった。そのころからセント・ヘレンズ島にはひとけがなく、行き場を失った人間の魂《たましい》や、ゆうれいの住むところのように思えた。この島にまつわる話をきくずっと前から、どこか暗く悲しい印象があったのだ。

それから長い年月のあいだに少しずつ、この島をめぐる気のめいる話をきいてきた。はるかむかしには、修道士が孤独《こどく》と瞑想《めいそう》のうちに余生《よせい》を送る聖《せい》なる島だったらしく、聖堂《せいどう》の残骸《ざんがい》がまだあって、ペストハウスのむこう側には聖《せい》なる井戸もあると、母親から教えてもらった。一度、母といっしょにシダやイバラのなかにふみ入って井戸を探したが、どこにも見つからなかった。

しかし何よりもぞっとしたのはペストハウスにまつわる話だった。そういう施設《しせつ》がなぜ建てられ、どのように使われていたかを考えると、やりきれない気持ちになるので、アルフィには話していない。

ずっとむかしの、まだ大型帆船《はんせん》が行き来していた時代、セント・ヘレンズは隔離島《かくりとう》として使われていた。伝染病《でんせんびょう》が広がるのを防ぐため、船員でも乗客でも、乗船中に黄熱病《おうねつびょう》や腸《ちょう》チフスのような病気にかかると、セント・ヘレンズ島でおろされるのだった。そこで生きのびられればいいが、たいていはペストハウスのなかで、死にいたるまでの悲惨《ひさん》な日々を過ごすことになる。治る見こみはほぼないままに、人里はなれた場所に放置されるのだ。想像しただけでおそろしく、その施設《しせつ》のことを知ってからというもの、セント・ヘレンズといえば、病気と死にたたられた、いまわしい島としか思えず、できるだけさけてきたのだった。

いまではもう疑いようもなく、あれは子どもの声だとジムにもはっきりわかった。それはアルフィも同じで、父子そろって口をつぐんでいる。そのときふたりは同じ話を思いだしていた。セント・ヘレンズ島にはゆうれいが住んでいる。有名な話で、実際シリー諸島《しょとう》は怪談話《かいだんばなし》に事欠かない場所なのだ。サムソン島にもいろんなゆうれいがいるし、東の諸島《しょとう》にはアーサー王のゆうれいがいる。そればかりでなく、どの島にも、船が座礁《ざしょう》しておぼれた船員や海賊の魂《たましい》が居ついているという話が伝わっていた。そんなのは単なるいい伝えだと、みな自分にそういいきかせてはいるのだが。

ゴホゴホいうせきのあいまに、悲しそうな泣き声がまじる。ゆうれいなどではない。島にだれかいる。子どもだ。子どもが泣きながら、まだせきをしている。助けを求めているのなら、無視《むし》するわけにはいかない。

ふたりは急いでつり糸をたぐりよせた。すると針にサバが三匹かかっているのをアルフィが見つけた。いつのまに？　けれども、もうつりどころではない。ジムがいかりを引きあげ、アルフィが岸にむかって懸命《けんめい》にこいでいく。オールを数回力いっぱい動かしたところで、船が浜《はま》にあがったのがわかった。ふたりで浅瀬《あさせ》に飛びこんで、船を砂浜《すなはま》の高いところまで引っぱりあげる。

浜《はま》に立って、また耳をすましてみる。気がつけば、ふたりともひそひそ声になっていた。波が浜《はま》にそっと打ちよせる音と、ミヤコドリのかん高い鳴き声。つがいのミヤコドリが翼《つばさ》の先で水を切るようにしてすばやく飛んでいた。

「何もきこえねえよな?」とジム。「何もいねえし」

すべては想像の産物で耳の錯覚《さっかく》だったか、とジムは思いはじめている。いや、それは本心ではなかった。これ以上深入りせず、とっとと船に乗りこんで一目散《いちもくさん》に家に帰りたいというのが正直なところだった。しかしアルフィはもう浜《はま》をかけあがって砂丘《さきゅう》のほうへむかっている。よびもどそうと思ったが、ここで大声をあげるのは気が引ける。かといって息子ひとりで行かせるわけにもいかない。

ジムは上着をぬぎ、めざといゴロツキのカモメたちにねらわれないよう、つった魚にそれをかぶせてから、しぶしぶアルフィのあとにしたがった。砂丘《さきゅう》をあがっていき、ペストハウスへとむかう。

砂丘《さきゅう》のてっぺんに立ったアルフィは施設《しせつ》を見あげながら背すじがぞくぞくしていた。寒さのせいだけではなかった。岩の上や施設の壁《かべ》、えんとつの上や頭上の空から、何百というカモメが、物いわぬ番兵のようにこちらを見はっている。しばらくするとジムが横に並び、はあはあと荒《あら》い息をついた。

アルフィが泣き声の主によびかける。「ねえ、だれかいるの？」答えは返ってこない。

「そこにいるのはだれ？」

反応がないままに、ふたりの頭上につがいのカモメが急降下《きゅうこうか》してきた。かん高い鳴き声をあげながら、一羽、また一羽と旋回《せんかい》しながら飛び去っていく。それ以外のカモメはおどすような目でふたりをにらみつけている。ここはおまえたちを歓迎《かんげい》しない。とっとと出ていけ。

「アルフィ、ここにはだれもいない」ジムが声をひそめていう。「家へ帰ろう」

「でもきこえたんだよ。まちがいないんだ」

だまっている一秒ごとに、いいしれぬ不安がつのってくる。今度はジムがよびかけた。第六感が、建物に背をむけて、ただちにここを出ろといっている。しかしここを出るには、自分を納得させる必要があった。アルフィはまちがっている、この島に子どもなどいない、ふたりともありもしない空想をしているのだと。気がつけば、ふたりいっしょになってよびかけ、たがいの声がこだましていた。

すると、前にきこえたのと同じ声がした。泣いている。今度は前よりもくぐもっていて、息をつまらせているようだった。まちがいない。これは子どもの声だ。施設《しせつ》のなかから、おびえきった声がきこえてくる。

地元の子どもにちがいないと、ジムは最初そう思った。つりに出て何か事故にあったんだろう。オールを流されたとか、船がひっくり返ったとか。ついこのあいだも、ジムは少年を救出したばかりだった。トレスコ海峡《かいきょう》に船を出したところ波につっこんで、海に投げだされてしまったのだ。あのまま放っておかれたら、潮流《ちょうりゅう》に流されて海の藻《も》くずと消えただろう。そういう少年が今度はセント・ヘレンズの浜《はま》に打ちあげられたのだ。それ以外に説明がつけられない。しかし子どもがいなくなれば、自分の耳にも当然入っているだろう。知らせがあちこちの島に流れ、みんなが海に出て探しているはずだった。やっぱり説明がつかない。

アルフィはジムより先に、ペストハウスに通じる道を歩いていた。だれだか知らない相手に、できるだけやさしい口調で、安心させるようによびかけている。

「こんにちは。ぼくはアルフィ。アルフィ・ウィートクロフトだよ。父さんといっしょなんだ。ねえ、そこにいるきみ、大丈夫?」

答えはない。入り口の前まで来ると、ふたりとも足をとめた。何をいえばいいのか、何をすればいいのか、わからない。

「オレたちゃ、ブライアー島からやってきたんだ」ジムが息子に代わって続ける。「どうだ、見たことのある顔だろうよ?　アルフィの父親だ。ここで何してる?　船から投げだされたか？　よくあることだ。おまえさんが初めてじゃない。寒さでからだがこおっちまいそうなんだろ。こんなとこにいねえで、うちにきて、熱々のお茶とポテト・スコーンでもはらに入れるんだな。あったけえ風呂《ふろ》にも入れてやろう。寒気なんか一気にふき飛んじまう」

アルフィが入り口からおずおずと足をふみだし、がれきだらけの建物に入っていく。と、泣き声がやんだ。なかに人のいる気配《けはい》はなく、シダとイバラがしげるばかり。つきあたりのえんとつの下に暖炉《だんろ》があった。分厚いカーペットを敷《し》いたように、暖炉《だんろ》の火床《ひどこ》にかわいたシダが集めてある。だれかが寝床《ねどこ》にしていたみたいだ。

壁《かべ》のくぼみから、ふいに鳥が一羽舞《ま》いあがった。バサバサいう羽音に心臓《しんぞう》がはげしく鼓《こ》動《どう》する。アルフィはかれ果《は》てた草や低木の積み重なるなかをふみわけ、イバラにシャツやズボンを引っかかれながら先へ進んでいった。ジムは入り口でしりごみしながら、そっとささやく。「おい、アルフィ、だれもいねえって。見りゃわかるだろ」

アルフィは暖炉《だんろ》のすみを指さし、静かにするよう父親に手で合図する。

「心配しなくていいんだよ」アルフィはいいながら、前にそっと足をふみだし、ゆっくりと進んでいく。「ここから出してあげる。あっというまに家に着くからね。ぼくら船できてるんだ。傷つけたりしないって約束する。だから大丈夫、ほんとうだよ。さあ、出ておいで」

顔が見えた。シダのあいだから、骨《ほね》のように白い顔がのぞいている。子どもだ。ほおがげっそりこけた女の子で、黒い髪《かみ》がだらしなく肩《かた》にたれている。建物のすみにうずくまって、こぶしを口につっこみ、恐怖《きょうふ》に目を大きく開いてこちらを見あげている。肩《かた》から灰色《はいいろ》の毛布をはおり、顔には涙《なみだ》の流れたあとがついていた。からだがどうしようもなくふるえている。

女の子をおびえさせないよう、アルフィはそれ以上近づかずに、その場でしゃがんだ。知らない顔だった。島で暮らしているなら、顔を見ればだれだかわかるはずだった。シリー諸島《しょとう》の子どもたちはみな顔みしりだった。

「こんにちは、お名前は？」

女の子はアルフィから逃《に》げるようにさっと身を引いた。息を荒《あら》くしてまたせきこみ、毛布の下でからだをふるわせている。

「ぼくはアルフィっていうんだ。こわがらないで」

女の子は荒《あら》い息をしながら、今度はジムの顔をまじまじと見あげている。

「こっちは父さん。ぼくと同じで、きみを傷つけたりはしないよ。おなかはすいてない？いつからここにいるの？　ひどいせきだね。どこから来たの？　どうやって、ここまでたどりついたの？」

何をいっても答えはなかった。恐怖《きょうふ》にこおりついてその場にうずくまり、ジムからアルフィへ、アルフィからジムへと、やみくもに目玉を動かしている。アルフィはゆっくり手をのばして、女の子の毛布にふれた。「びしょびしょだ」

女の子のはだしの足は、砂《すな》と泥《どろ》におおわれていて、毛布のあいだからわずかにのぞいた服は、あちこちやぶれてぼろきれのようだった。足もとに、中身がからっぽになったカサガイの貝がらがたくさんちらばっていて、卵のからもちらほら落ちている。カモメの卵だ。「夕食用にサバをとったんだ」アルフィは続けた。「母さんが卵とオートミールを衣にして、おいしく料理してくれる。デザートにはバターつきパンでつくるプディングも出てくるよ。きっと気に入ると思うんだ。浜《はま》に船をおいてあるから、ぼくらといっしょに来ない?」そういいながら、アルフィは片手をのばしてじりじり近づいていく。「歩ける?」

すると、おびえた子ジカのように、女の子がいきなり飛びあがり、シダのなかでよろけながらアルフィの横をすりぬけ、出入り口へとむかった。と、何かにつまずいたのか、いきなり姿《すがた》が消えた。

しかしすぐにジムがしげみのなかから見つけた。女の子は顔を下にうつぶせにたおれていて、意識を失っている。ジムがあおむけにすると、額《ひたい》から、おびただしい量の血が流れていた。アルフィは女の子の上にかがみこんだ。脚《あし》全体がひっかき傷や切り傷でおおわれ、片方の足首は、はれあがってあざができている。息をしていない。アルフィは女の子の横にひざをついた。

「死んでるの？　ねえ、父さん、この子死んじゃったの？」

ジムが女の子の首すじにふれた。脈が感じられない。おそろしさに胸が苦しくなる。アルフィが幼いころ、岩の上でひっくり返り、ジムがうでに抱《だ》きかかえて家まで走った日のことがよみがえる。

そのときはまちがいなく死んでいると思った。メアリーは実に冷静《れいせい》で、すぐに事情を察して動きだした。アルフィをキッチンのテーブルの上に寝かせると、口もとに自分の耳を持っていき、はだで呼吸《こきゅう》を感じとっていた。

ジムはそれを思いだして同じことをしてみる。女の子の口もとに耳を近づけると、熱い息が感じられ、まだ生きているとわかった。急いで家に連れて帰らないと。メアリーならこういうとき、どうすればいいかわかっている。

「アルフィ、船を出せ。大急ぎでだ。この子はオレが抱《だ》いていく」

ジムは女の子を抱《だ》きあげると、外へ飛びだして砂丘《さきゅう》へ続く道をひた走った。うでのなかのからだは骨《ほね》と皮しかないように軽く、ぐったりしてぬれそぼっている。着いたときにはもう船は水にうかんでおり、アルフィが浅瀬《あさせ》に立っておさえていた。

「オレがこぐ。おまえはこの子のめんどうをみてくれ」

ふたりがかりで女の子のからだをジムの上着でくるみ、船のなかに寝《ね》かせて頭をアルフィのひざにのせる。

「おまえがおおいかぶさるように抱《だ》いて、できるだけあたたかくしてやるんだ」

船をおしだして飛び乗り、オールをつかんでこぎだす、そこまでをジムはほぼ一瞬《いっしゅん》でこなした。

何かにとりつかれたようにがむしゃらに船をこいで、外海の波のうねりにつっこんでいく。ラウンド島の灯台《とうだい》を通過すると、ようやく波のおだやかなトレスコ海峡《かいきょう》に入った。船をこぎながら、ジムはアルフィのうでのなかにいる女の子に何度も目をやる。頭から血が流れていた。目を閉じていて、生きているようにはとても見えない。眠《ねむ》っているにしても、二度と目ざめないと思えてくる。

アルフィはほぼ休みなく女の子に声をかけていた。縦《たて》にも横にもゆれる船のなかでしっかりからだをおさえながら、目ざめてくれ、目を開けてくれと念じつつ、「もうすぐだよ、あとちょっとだからね」といい続けていた。ときどきジムもそれに加わり、「なんとか持ちこたえてくれ」と、息のゆるすかぎり、必死にたのむ。しまいには「おい、目をさませ！」と、どなりだした。「たのむから、起きてくれ！　こんなところで死んだらだめだ！」

3 海からあがってきた少女

シリー諸島《しょとう》

ジムが全身の筋肉《きんにく》を使って、必死にこいでいるあいだ、女の子は船のなかに無言で横たわっていた。アルフィのひざにのせた顔も死人のように真っ青だった。どうだ、まだ生きているかと、何十回でもききたいところだが、すでにショックを受けているアルフィのことを思うと、それもできない。一瞬《いっしゅん》でもこぐのを休んで、まだ息をしているか自分でたしかめたかったが、一刻《いっこく》も早くブライアー島に、メアリーのもとへ連れて帰るのが先決だ。メアリーがいれば大丈夫、きっと助けてくれるとジムは自分にいいきかせている。

いっぽうアルフィのほうは、トレスコ海峡《かいきょう》をわたる時間がこんなに長く感じられるのは初めてだった。もうきっと女の子は死んでいると、そんな気がしてきて、まともに顔を見ることもできず、泣きだしたいのをずっとこらえていた。何かしゃべったらほんとうに泣きだしそうで、父親と目が合うたびに、あわててそらす。うでのなかで女の子のからだはどんどん冷たくなって、もうぴくりとも動かないが、それを父親にいうことはできなかった。

風と潮流《ちょうりゅう》と疲労《ひろう》がこたえて、船の進みは徐々《じょじょ》におそくなっていく。グリーン湾《わん》に入ったところで、ジムは残る息をふりしぼって大声で助けをよんだ。島の人々が数十人、あわてて浜《はま》に出てきて、そのなかにメアリーもまじっていた。ちょうど学校から帰ってきた子どもたちが、興奮したようすでそのあとに続き、わいわいがやがや大さわぎしている。到着《とうちゃく》した船に関心をしめさないのは、この島の農耕馬《のうこうば》ペグだけで、砂丘《さきゅう》に生える草を食《は》んでいた。

ジムが船を岸に着けると、みんなが浅瀬《あさせ》にざぶざぶ入っていって船を引っぱりあげた。ジムがまだオールを船にとりつけもしないうちに、もうメアリーがアルフィのうでから少女を抱《だ》きとって、浜《はま》へ運んでいた。アルフィは下船する父親を手助けしようと、その場にとどまり、いまにもたおれてしまいそうな父のうでをしばらくささえてやっている。ジムはよろめくようにして浅瀬《あさせ》から出ると、ぬれた砂《すな》に両手両ひざをついた。力を使いはたしてしまったようで、その姿勢《しせい》のまま胸を大きく波打たせて息をととのえている。ジムはめまいがして、肩《かた》が燃えるように熱かった。全身のあらゆる部分が痛みに悲鳴をあげている。

メアリーは浜《はま》の先のかわいた砂《すな》の上に少女を寝《ね》かせると、砂《すな》にひざをついて、少女のからだにかがみこんだ。

「ねえジム、この子はだれ？　どこで見つけたの？」メアリーがきいた。

ジムは首を横にふるのがせいいっぱいで、言葉はひとつも口から出てこない。いまでは人が大勢集まっていた。何が起きたのか、もっと近くで見ようと、メアリーのまわりでおし合いへし合いしながら、どうしたどうしたと、きいている。

「そんなにせまってきたら息ができないでしょ」メアリーは手をはらってみんなをさがらせた。

「子どもには空気が必要なの。すでに死にかけてるってわからないの？　ほら、さがって！それと、だれかセント・メアリーズに行ってクロウ先生をよんできてちょうだい。さあ、早く！　とりあえずこの子はうちに連れて帰って、暖炉《だんろ》の前でからだをあたためてるから」そういって、メアリーは手の甲《こう》を少女の額《ひたい》や首にあてる。「ひどいふるえだわ。熱も高い。荷車で運んだほうがいいわね。だれかペグを連れてきて荷車をつないで。大至急《だいしきゅう》よ」

ジムとアルフィが群衆の切れ目を見つけたちょうどそのとき、少女が目を開けた。まわりに集まった大勢の顔をぎょっとして見あげている。起きあがって何かいおうとしているようなので、メアリーがかがんで顔を近づけた。「なに？　何がいいたいの？」

ささやくような声だったから、ほとんどの人にはきこえなかっただろう。しかしメアリーも、アルフィもきいた。

「ルーシー」と少女はいったのだ。メアリーがふたたび寝《ね》かせてやると、少女は目を閉じてまた意識を失った。


家族三人は荷車に少女を乗せて一路ベロニカ農場をめざした。アルフィがペグの手綱《たづな》を引いて先頭を行き、メアリーが少女を抱《だ》いて荷車に乗っている。そのあとから、島の人間の半分ほどがぞろぞろとついてくる。来てもらってもしょうがないから家に帰ってと、メアリーが何度いってもだめだった。「アルフィ、もっとスピードを出せる?」

「母さん、ペグは急ぐのがきらいなんだよ」アルフィがいった。「知ってるでしょ?」

「知ってるわよ、アルフィ・ウィートクロフト」メアリーの声はどことなくきびしい。「学校はどうだった?」

アルフィはどう答えていいかわからない。しばらくどちらも口を閉ざしている。

「父さんからきいたわ。おまえがこの子を見つけたんだって」メアリーが切りだした。

「まあね」とアルフィ。

「となると、そこにいてよかったってことね。じゃあこの話はおしまい。さあ馬を急がせて。きらいだろうがなんだろうが」

「わかった」アルフィはほっとしつつ反省もした。

みんなが農場について一時間ほどたったころ、ジムやアルフィをはじめ、男連中は大人も子どもも、まだ庭に集まっていて、新たな事実がわかるのを待っていたが、女たちのほうは農場のキッチンに入れるだけ入って、メアリーをいらだたせていた。大きな声で、あしたほうがいい、こうしたほうがいいと勝手なことをいってくるのを全部無視《むし》して、メアリーは少女の世話に専念《せんねん》した。かわいた衣類を着せ、上から下へからだをこすってやってから、暖炉《だんろ》の前に寝《ね》かせて、できるだけあたたかく快適でいられるように気をくばる。

ジムは元気がもどったようで、庭でアルフィをかたわらにおいて、みんなの質問にせわしなく答えている。セント・ヘレンズ島で父子が発見した少女について、みんなはもっともっと知りたがるが、話せることはわずかしかなく、それを話してしまうと、もう何もいうことがなくなった。それでも飛んでくる質問に、ジムは同じ話を何度もくり返した。

セント・メアリーズ島から医師のクロウ先生がようやく到着《とうちゃく》した。家の前に集まった群衆をひと目みるなり、先生はその場を仕切ろうと玄関《げんかん》前に立った。いつものパイプを片手に、きっぱりいいはなつ。

「サーカスが始まるんじゃないぞ。わたしは道化師《どうけし》じゃない。医師として患者《かんじゃ》の診察《しんさつ》をしに来たんだ。みんなさっさと帰らないと、痛い目にあうぞ」

いつものように、よれよれの服をだらしなく着ているうえに、今日は昼食に食べたキャベツの切れはしがあごひげに引っかかっている。さすがドクター・クロウならぬ、ドクター・ズボラとよばれているだけのことはある。それでもクロウ先生は島じゅうの人々から愛され、敬意《けいい》をもたれている。みんな、この先生に助けてもらって感謝した経験があるのだ。

この島の住人は、もう何年もむかしから、何かあると先生をたよって相談し、やさしいなぐさめの言葉をかけてもらってきた。先生が家に来てくれただけでほっとして、病気が治ったような気がするという者もいるぐらいだ。とはいえきびしい面も持ち合わせており、この先生にたてつくのはもってのほかだった。男たちは文句ひとついわず、すごすごと帰っていき、キッチンにつめかけた女たちは少しばかり文句はいったものの、最後には、みないなくなった。

「そら、パイプをあずかっといてくれ」家にふみこんだ先生がアルフィにいう。「だがきみはすうんじゃないぞ、わかったな。さてと、患者《かんじゃ》はどこかな?」

ルーシーは暖炉《だんろ》のそばにあるジムのいすにこしをおろしていた。毛布をひっかぶり、おびえて目を大きく見開いて、はげしくふるえている。

「先生、この子です。ルーシーです」メアリーがいった。「わかっているのは名前だけ。それしかいわないんです。からだが冷えきっているようで、何をどうやってもあたたまらないんです。ふるえがぜんぜんとまらない」

医師はすぐにこしをかがめ、少女の足を持ちあげて暖炉《だんろ》にかざした。

「ウィートクロフト夫人、わたしの経験では足をあたためるのがいちばん手っとり早い。すぐにあたたまりますよ。足首がひどいな。おそらくねんざをしている」

「あたためた牛乳にハチミツを入れて飲ませようとしたんです」とメアリー。「でも受けつけなくて」

「よくやってくれました。しかしいま必要なのは水です。たっぷり水分をとらないと」

医師はかばんから聴診器《ちょうしんき》を引っぱりだすと、ルーシーの首まわりの毛布を少しおりたたんで診察《しんさつ》を始めた。ルーシーはすぐまた毛布をあごまで引っぱりあげてしまい、ふいに全身をゆすって、はげしいせきを始めた。

「落ちついて、落ちついて」医師がいう。「ルーシー、だったね？　だれもきみを傷つけたりしないよ」

医師はさっきよりもゆっくりと手をのばして、ルーシーの額《ひたい》に手をあてた。それから手首で脈をはかった。

「なるほど、たしかに高熱だ。これはまずい。脚《あし》の傷のどれかが感染症《かんせんしょう》を起こしていてもふしぎじゃない。ケガをしてからかなりの時間が経過している」そこでジムをふり返った。

「あなたがこの子を発見したそうですね。セント・ヘレンズ島でしたか？　あそこはぞっとする島だ」

「アルフィといっしょに見つけました」ジムがいった。

「そこでこの子は何をしていたんです？」医師が続ける。「見つけたとき、ひとりだったんですよね？　この子以外にだれもいなかった？」

「たぶん」とジム。「ほかに人かげはなかったから。でも正直にいうと、そんなにじっくりとは見てねえんですよ。あんときゃ、ほかの人間のことまで頭がまわらなかった。だがあとになって考えたら、いたんじゃねえかと。それで島を見てこいって、親戚《しんせき》のデイヴって野郎にいって船を出させたんです。そろそろもどってくるんじゃねえかな」

「つりをしにいったんでしたね？」

「はい、サバを」

「サバにしちゃあ、この子は大物だ」一瞬《いっしゅん》にやっと笑って医師が続ける。「まちがいない。今年最大の獲物《えもの》でしょう。あなたに見つけてもらって幸運だった。すっかり衰弱《すいじゃく》していますからね。脱水症状《だっすいしょうじょう》と高熱。もう何日も、いや何週間も、まともな食事をしていないでしょう。飢《う》え死にする一歩手前です」

医師は少女の首に両手をあてて診察《しんさつ》し、あごを持ちあげてみたり、のどの奥《おく》をのぞきこんだりしている。前のめりにさせて背中をたたいてみたあと、胸に聴診器《ちょうしんき》をあててしばらく呼吸音《こきゅうおん》をきく。

「肺《はい》がひどくうっ血している。まずいな。衰弱《すいじゃく》した子ネコさながらだ。しかもこのせきは胸の深いところから出ていて、それもまずい。いちばん心配なのは肺炎《はいえん》です。奥《おく》さん、このままできるだけ、あたたかくしてやってください。それと傷はすべて清潔《せいけつ》に。あたたかい野菜スープやコンソメスープ、パンなんかも食べさせるといい。最初からたくさんはやめてください。少ない量で回数を多くするのがいちばん。もし飲めるようなら、甘《あま》いお茶はいつ飲ませてもかまいません。それとさっきもいったように、水をたっぷり。これは無理にでも飲ませてください。とにかくできるだけ早く熱をさげるのが先決です。このままふるえさせておいちゃいけない。ふるえがとまれば、せきのほうも自然にとまるでしょう」

それから医師は少女に顔を近づけていう。「さあ、ルーシー。いい子だから、いっぱい食べて、飲んで、元気になるんだよ。きみには名字もあるよね？」

ルーシーはぽかんとした顔で医師の顔を見あげている。

「何かきみからいうことはないのかい？　どこから来たんだね、ルーシー？　だれにだって生まれ育った場所があるんだ」

「先生、この子あまりしゃべらないんです。名前だけで」メアリーが横から口をはさむ。

「海からあがってきたと、そうきいたよ」医師はいって、ルーシーのまぶたをひとつひとつ持ちあげている。「ひょっとして人魚かな？　だとしたら、こりゃ大ごとだ」

医師は毛布のすそに手をのばして、ひざが見えるようめくりあげた。それからルーシーの脚《あし》を交差させ、左右のひざをぽんぽんと順番にたたく。それで気がすんだようだった。

「奥《おく》さん、心配いりませんよ。元気になったら、すぐしゃべりだしますから。いまはまだ強いショックからぬけだせないでいる。ですが診察《しんさつ》の結果、人魚ではないとわかりました――脚《あし》がありますからね。傷だらけですが、ちゃんと二本そろってる。ごらんなさい！」

みんなはルーシーの脚《あし》を見て、にっこりほほえんだ。

「そうそう、その調子。まわりが明るく陽気でいれば、この子の気分もぐっと晴れます。笑いは効果バツグンです。それはそうとひとつ問題が――この子のめんどうをだれがみますか？　回復したあとは？　いまのところ、身よりがあるようには思えませんが？」

メアリーは迷わず答えた。「もちろん、わたしたちでめんどうをみます。いいわよね、ジム？　アルフィも大丈夫ね？」

アルフィは何もいわない。話をほとんどきいておらず、少女に目がくぎづけになっていた。死なないでよかったと心からほっとしながら、頭のなかにさまざまな疑問がわきあがっている。いったい何者なんだろう。たったひとりで、どうやってセント・ヘレンズ島まで行って、そこで生きのびることができたんだろう。

「おい、メアリー。身よりはあるだろう。どんな子どもだって、どっかに母親か父親がいるはずだ。きっといまごろ心配して探してるぜ」

「でも、この子はだれなの？」アルフィがきいた。

「ルーシーよ」とメアリー。「いまのところは、それしかわからない。きっと神さまがわたしたちに託《たく》したのよ。海から引きあげたところで、アルフィとジムをセント・ヘレンズにむかわせて、この子を見つけるようにしむけた。だから、この子がわたしたちを必要とするかぎり、めんどうをみてあげなくちゃ。ここにいることになるなら、この子も家族の一員としてあつかわないと。お母さんやお父さんが現れて家へ連れて帰るまでのあいだはね。アルフィには妹ができて、わたしたち夫婦には娘ができる。娘がいたらいいなってずっと思ってたのよ。そうでしょ、ジム？　だから先生、健康をとりもどすよう、うちでしっかり食べさせます。そのうち、ほおに血色だってもどりますよ」

そういって、少女の額《ひたい》から髪《かみ》をはらってやる。「そのあとのことは、また考えればいい。ね、わたしたちといっしょに暮らしましょう。何も心配しないで」

クロウ医師は、一週間ほどたったらまたようすを見にくるといって、それからすぐ帰った。メアリーには、もし熱がひどくなったら、すぐに人をよこしてくれと、きっちりいいきかせておいた。去りぎわにアルフィからパイプを受けとりながら、こんなこともいった。

「いかんぞ、これは。きみは絶対にすってはいかん。これほど健康を害するものはない、悪い習慣《しゅうかん》だ。こんなものにはまったら、しょっちゅう医者をよぶはめになる。そんなのはいやだろう?」

クロウ医師が帰ってから一、二時間もたたないうちに新たな客がやってきた。ビッグ・デイヴ・ビショップ――親戚《しんせき》のデイヴだ。玄関口《げんかんぐち》に立って、すでに開いているドアをやかましくたたいている。

「もどったよ! いるんだろう?」

答えを待たずに、なかに飛びこんできた。大きなからだで部屋を一段《いちだん》とせまくし、興奮して大声をあげている。見れば、うでのなかに、きれいとはいいがたい布を丸め持っている。

「いわれたとおり、セント・ヘレンズに行ってきたが、だれもいなかった。かたっぱしから見て回ったが、山ほどのミヤコドリとカモメと、岩の上に一匹か二匹アザラシがいるぐらいで、人の姿《すがた》はなかった。代わりにほら、こんなもんがあった」

毛布だった。灰色《はいいろ》のぐっしょりぬれた毛布。デイヴがそれを広げる。

「それからこいつが、ペストハウスのすみに転がってた。テディベアってやつじゃないか?

この子のもんだ。そうにちがいない」

メアリーがデイヴからそれを受けとった。毛布と同じようにみすぼらしく、ぐっしょりぬれている。首によごれたピンクのリボンが巻《ま》きつけてあり、片方の目はとれてしまっている。アルフィには、ぬいぐるみの顔が笑っているように思えた。

ふいにルーシーが身を起こし、ぬいぐるみに手をのばした。

「ルーシー、あなたのものなのね？」メアリーがいう。少女はメアリーからぬいぐるみをつかみとると、二度と放さないというように、胸にきつく抱《だ》きしめた。

「やっぱりそうだ」ジムがいう。「まちがいねえ」

「で、ここにも大事なもんがあるんだ」とデイヴ。「この毛布に妙《みょう》な外国語がついてる。名前かな」そういってみんなに見せる。「読めないんだ。なんて書いてあるんだろう？」

ジムは一字一字たどりながら読み、なんとか発音してみようとする。「ヴィル……ヘルム。ヴィルヘルム。ドイツ皇帝《こうてい》の名前か？　ほら、カイザー・ヴィルヘルム、だろ？」

「カイザー！」デイヴがいった。「じゃあ、ドイツ語？　そうだとしたら、この女の子はドイツからやってきたってことか？　当然だな。卑劣《ひれつ》なドイツ人。カイザーのいまいましい娘かもしれない」

「デイヴ、そういういい方はやめて」メアリーが毛布をうばっていう。「どこから来たかなんてどうでもいいわ。世界の果てからやってきたんだってかまわない。みんな神の子よ。どこの国で生まれて、どんな名前でよばれようと、しゃべる言葉がちがったって、みんなそう。しっかりおぼえておいて」

それからメアリーはデイヴに近づいて、相手の目をまっすぐ見つめておだやかにいう。

「よくきいてちょうだい、デイヴ。毛布についていた名前のことはだれにもいわないで。わかった？　最近の情勢はあなたも知っているでしょ？　ドイツのスパイがどうのこうのって、みんながやっきになって話してる。毒《どく》にしかならない、たわごとをね。もしこのことがだれかに知られたら、またたくまによくないうわさが広がる。だから絶対に口外しないで。うちだけのひみつにしておくの。わかった？　ここで心の底からちかってちょうだい、さあ」

デイヴはメアリーから顔をそむけた。助けを求めて、まずはジムに、それからアルフィに目をむけた。明らかに緊張《きんちょう》している。デイヴがどこに顔をむけて何をいえばいいのか、さっぱりわからなくなっていると、メアリーがうでをのばし、デイヴの顔を両手ではさんで自分のほうをむかせた。

「わたしに約束して。大丈夫ね？」

しばらくしてデイヴが観念した。

「わかった。そのことについては何もいわない。神にかけてちかう。うそだったら死んでもいい」

けれどジムはデイヴを信用していなかった。酒を一杯《ぱい》か二杯《はい》口にすれば、たいていどんなことでもしゃべってしまうだろう。

「ひとっこともいわない。デイヴ、そうだな？」

ジムはどれだけ重要なことかわかるよう、声にすごみをきかせ、おどすようにいった。

「おまえはセント・ヘレンズに行ってテディベアと毛布を見つけた。毛布はどこにでもある灰色《はいいろ》の毛布。メアリーがいまいったように、おまえが口にしていいのはそれだけだ。メアリーを怒《おこ》らせたくないよな？　メアリーが怒《おこ》れば、オレだって怒《おこ》る。オレが本気で怒《おこ》ったらどうなるか、おまえ知ってるよな？　だから怒《おこ》らせたくない、そうだろ？」

「そりゃ、まあ」デイヴがどぎまぎしながらいう。

そこでルーシーをずっと見ていたアルフィが口を開いた。

「ドイツ人なんて、見たことないけど、もしそうなら、しゃべらないのはふしぎじゃない。英語がしゃべれないいんだよ。ぼくたちのいってることも、さっぱりわかんないいんじゃないかな」

しかしルーシーは、しゃべっているアルフィの顔をじっと見あげており、ほんの一瞬《いっしゅん》ふたりの目が合った。その一瞬《いっしゅん》でアルフィは確信した――ルーシーはわかっている。自分のいった言葉のすべてではないにしても、大事なことはきっとわかっている。

4 ルーシー・ロスト

シリー諸島《しょとう》　一九一五年六月

どこからともなく現れたなぞの少女ルーシーは、それから数週間にわたって人々のうわさにひんぱんにのぼるようになり、およそ一年前にフランスとベルギーで始まった戦争のニュースさえ、かげがうすくなるほどだった。以前なら島の住民の関心は、もっぱらその戦況《せんきょう》に集まっており、だれもが不安をつのらせていた。といってもビリーおじさんだけは例外だ。別世界に暮らしているようで、現実に何が起きているのか、まったくわかっていないらしかった。

新聞で読む記事も、セント・メアリーズ島の港を通過する水兵から耳にする情報も、一日も早い平和を望む島民の期待を何度も打ちくだき、もっともおそれていたことが現実になることをほのめかした。初めのうちはどの新聞を開いても、勝利は約束されている、お国のためにがんばろうといったスローガンが見出しに並んでいた。ところがここ数か月は、そういった強気の記事はめっきり姿《すがた》を消して損害《そんがい》を知らせる記事が多くなり、ベルギー戦線での〝果敢《かかん》な抵抗《ていこう》〟や〝決死の戦い〟、フランス戦線での〝戦略的《せんりゃくてき》な〟後退といった文言が目を引くようになった。

イギリスをふくむ連合国が勝てると、いまだにいいはって、はばからない新聞もなかにはあったが、陸軍は後退を始め、何千という兵を失っているとなれば、これはもう勝利とはよべない。さすがにもう、たいがいの人間がわかってきた。クリスマスにはきっと帰ってくるだろうと期待していた若い兵士たちも、もどらないのは確実だった。

それでも島民は、から元気を出し、戦地でがんばる兵士たちを思って、家庭でもせいいっぱい希望の火を燃《も》やしていた。しかし日々報告される犠牲者《ぎせいしゃ》の数はふえるいっぽうで、軍事行動の最中に死傷《ししょう》した兵士の、おそろしいほど長いリストが新聞に掲載《けいさい》されると、もう状況《じょうきょう》は明らかだった。さらに、ここ数か月で英国海軍の水兵がおぼれて、シリー諸島《しょとう》の海岸に四人打ちあげられている。その死体ひとつひとつが、海でも苦戦していることを明示していた。

そういった悲劇《ひげき》に、島の住民はなかばなれっこになっていた。「海に消える」のはめずらしいことではない。このあたりでふいに行方《ゆくえ》をくらましたり、急死したりするのは、たいていが海であり、島のどの教会にも、おびただしい数の追悼碑《ついとうひ》が立っている。

しかし、だれもがよく知っている若者、マーティン・ダウドとヘンリー・ヒバートのふたりが、島で初めての戦死者に名を連《つら》ねたときには、あらゆる人々の心に悲しみのとばりがおりた。ともにセント・メアリーズでレース用の小型ボートに乗っていた若者で、同じ日にベルギーのモンス近くで殺されたのだった。シリー諸島《しょとう》で生まれ育った者はみな、島民にとって家族も同然だった。

しかし何よりも衝撃的《しょうげきてき》だったのは、若いジャック・ブロディの身にふりかかった不幸だ。島民のあいだにこれまでにないほど大きな動揺《どうよう》が広がり、とりわけブライアー島の住人はたえがたい悲しみにおそわれた。鼻っぱしらが強く、目立ちたがり屋のところもあるジャックは、ばか陽気でそうぞうしく、どんな場にいても人を楽しませてやまない、ある種のスターだった。それがまだ成人にも達しない十六歳でシリー諸島《しょとう》初の志願兵になり、フランスに行ったらドイツ兵をこてんぱんにやっつけてやると、例によって威勢《いせい》のいいことを口にした。アルフィは入学以来、ふたつ年上のジャックにずっとあこがれていた。ジャックはしょっちゅう問題を起こしていたが、ボクシングの試合で優勝《ゆうしょう》し、サッカー選手としてもピカ一だったから、いつか自分もああなりたいと思っていたのだ。

ところがジャックは、戦地に行って、わずか六か月で故郷《こきょう》にもどってきた。アルフィはときどきジャックの姿《すがた》を島で見かけている。車いすを母親におしてもらって散歩していることもあれば、松葉づえをついて、ぎこちなく歩いていることもある。上着には勲章《くんしょう》がいくつかピンでとめられていて、左脚《あし》がない。それでもジャックは平気な顔だった。人の姿《すがた》を見かけると、だれかれかまわず大きく手をふってくる。脳《のう》にもからだにも障害《しょうがい》を負《お》いながら、心だけは奇跡《きせき》のように、以前とそっくりそのまま、そこにあるようだった。アルフィを見かけるなり、ジャックは必ず大声でよびかけてくる。しかし、それがだれなのか、ジャックにはもうわからない。アルフィはジャックに会うのがおそろしかった。ろれつの回らない口で意味不明のことをいい、けいれんするように頭をふる。しまりのない口からよだれをたらし、見えない片目がどんより白くなっている。おりたたんでとめてあるズボンの脚《あし》は、どうしても直視《ちょくし》できなかった。

アルフィはそんな自分がゆるせなかった。一度か二度、ジャックがやってくるとわかって、ユキノシタの生《い》け垣《がき》の下にかくれたこともあった。会いたくなかったのだ。しかしどうにも逃《に》げられないときには、勇気をふるいおこし、自分から近づいていって、あいさつをする。そうして、すでにない脚《あし》と、額《ひたい》を横切る青黒い傷《きず》とむき合うことになる。額《ひたい》の傷《きず》は榴散弾《りゅうさんだん》につけられたもので、まだ脳《のう》の奥《おく》深くに破片《はへん》が残っていると、ジャックの母親から会うたびに教えられる。「ジャック、調子はどう?」とアルフィが声をかけると、ジャックは何か答えようとするものの、混乱《こんらん》した脳《のう》からは言葉がすんなり出てこない。なんとか会話をしようと必死にがんばるものの、そのうち、いらだちを爆発《ばくはつ》させ、涙《なみだ》をかくすためにそっぽをむく。そうなるともう、アルフィは立ち去るしかなく、そうするたびに、自分がなさけなくなった。

そんなわけで、その夏ルーシーが見つかったことは、みんなと同じように、アルフィにもありがたい気晴らしになった。ルーシーは、いまではルーシー・ロスト(迷子のルーシー)とよばれて町の話題の中心になり、あわれなジャック・ブロディや、マーティンとヘンリーの死から人々の気をそらし、圧倒《あっとう》されるような戦争の黒いかげをうすめてくれた。みんながみんな、この新しい話題に熱中して、さまざまな憶測《おくそく》をめぐらせ、想像をふくらませる。もっともらしいものから、とっぴょうしもないものまで、うわさはいたるところに広まったが、どれも大差はなかった。

なぜルーシーは、セント・ヘレンズ島におきざりにされ、たったひとりで見つかったのか。いっしょに見つかった灰色《はいいろ》の古い毛布と、片目のとれた顔にやさしい笑みをうかべたぼろぼろのテディベアは何を意味しているのか。さまざまな説が生まれた。

どうやって島に着いたのか、どのくらいの期間そこにいたのか、いったいルーシーは何者なのか。ルーシーのことをもっと知りたい、本人をひと目でも見たいと、だれもが願っていた。なかでも物好きな数人はセント・ヘレンズ島までわざわざ行って、ペストハウスのなかを調べ、島のすみずみまでめぐって手がかりを探したが何も見つからなかった。たしかなのは、この風変わりな少女はルーシーという名前で、自分の名前しか話さないこと。そして、デイヴ・ビショップがペストハウスで見つけたテディベアと毛布が、おそらく少女の持ち物だということ、それだけだった。デイヴは自分の発見について、かたっぱしから人にきかせていたのだが、毛布についていた名前のことは、メアリーにちかったとおり、だれにもいわなかった。つまりルーシー・ロストについては、わからないことだらけで、その空白を島民たちは勝手な憶測《おくそく》でうめていったのだった。

するとそのうち、とんでもない方向に話が進んでいった。ルーシーは耳がきこえず、口もきけない。だからビリーと同じように、頭もちょっと〝ぼうっとしている〟にちがいない。それで、〝プッツン・ビリー〟にならって、〝プッツン・ルーシー〟などと、ひどいことをいう者も現れた。いやルーシーの母親は出産時に亡《な》くなって、子どもの世話にあきあきした冷酷《れいこく》な父親によって、セント・ヘレンズ島におきざりにされたのだという者もいた。

ルーシーは数百年前にペストハウスに入れられた不運な子どもで、もうずっとむかしに死んでいるのに魂《たましい》はいまだこの世を去れず、ゆうれいとして島をうろついているのだという話もあった。さらには、ルーシーは大西洋を航行中の船から海に投げだされ、おぼれ死ぬところを通りかかったクジラに救われ、岸まで安全に運ばれたのだといいだす者もいた。

クジラに救われたヨナの話が聖書《せいしょ》にのっているのだから、ありえない話じゃないと、その男が胸を張ったのは、ついこのあいだブライアー島の教会で、モリソン牧師《ぼくし》が聖書《せいしょ》からその話を読んだばかりだったからだ。おまけに牧師《ぼくし》は、これは単なるお話ではなく事実であり、神の言葉は絶対の真理だと力説していた。

そんななか、いちばん奇想天外《きそうてんがい》で人気を集めたのが人魚説で、アルフィはもう何度も校庭で耳にしていた。

ルーシーは人魚で、それもあの有名なゼノアの村の人魚で、ずっとむかしにコーンウォールの海岸からシリー諸島《しょとう》まで泳いできてセント・ヘレンズの岸にあがった。そうして、人魚がよくやるように、海岸にすわって甘美《かんび》な歌をうたいながら髪《かみ》をくしでとかし、通りかかる船乗りや漁師を岩の上へさそいこんでいた。ところがある日、オタマジャクシのように、ルーシーに脚《あし》が生えてきた。だってほら、毎年春になると、オタマジャクシから、あのクネクネ動くしっぽがとれて脚《あし》が生えるじゃないか。歌をうたったり髪《かみ》をくしでとかしたりはしないけど、脚《あし》は生えるはずだよ、と。

ばかげた話で、ありえるはずもないのだが、それでもみんなルーシーに魅了《みりょう》され、ワクワクして話をした。ルーシー・ロストのうわさは夏のあいだずっと、数か月も人々の話題にのぼった。

しかし、まともに考えてみれば、もっと合理的ですじのとおった説明がなくてはおかしい。なぜルーシーがセント・ヘレンズ島におきざりにされたのか。まだ年端《としは》もいかない子どもがなぜ生きのびることができたのか。真実味のある答えを何かしら出せる者がいるとしたら、そもそもの最初にルーシーを発見したジム・ウィートクロフトかアルフィか、あるいは農場でルーシーを世話しているメアリーだと、島民ももちろん気づいていた。三人は何か知っているのだ。だからルーシーのことをきかれると、いつもぴりぴりして守りに入るのだ。

あの〝プッツン・ビリー〟を病院から連れもどしたときもそうだった。しかし、ビリーのことをあれこれきくのはまずいということは、みんなもわかっていた。メアリーにとってビリーは家族であって、他人がそこに首をつっこんだら、メアリーがだまっちゃいない。けれどルーシーは家族ではなく、単なるなぞの人物。それだからウィートクロフト家の人間はどこに行こうと、ルーシーに関する質問をえんえんとぶつけられるはめになるのだった。

メアリーはできるだけ他人とかかわるのをさけた。農場と母屋《おもや》の近辺に活動範囲《はんい》をかぎることで、よけいな詮索《せんさく》をされないようにした。それでもルーシーをおいて出かけなければならない時間はどうしてもできてしまう。少なくとも日に二回、ビリーに食事を運び、身の回りをきれいにしてやらねばならないからだ。ビリーはたいてい屋根裏《やねうら》にいるが、最近はグリーン湾《わん》に出てヒスパニオーラ号に乗っていることが多い。いずれにしても、いつもせっせとよく働いている。

食事を運び、洗濯《せんたく》をし、身の回りの清掃《せいそう》をする。ボドミンの病院を退院《たいいん》させて以来、メアリーは一日も欠かさなかった。そうやって手厚く保護《ほご》してきて、早五年。ビリーの世話をする行き帰りに、人に会うことはほとんどなかったのに、最近はグリーン湾《わん》を行き来する道すがら、浜《はま》で隣人《りんじん》に出くわすことがよくある。そのなかには、わざと浜《はま》をぶらついて、待ちぶせしている人間がいることもわかっていた。顔を合わせるなり、ルーシー・ロストについてすかさず質問が始まるのだ。メアリーは何をきかれようと、「ええ大丈夫、おかげさまで日に日に元気になっています」といって、すべてかわした。

けれどもルーシーは大丈夫ではなかった。以前のように、耳ざわりな音で立て続けにせきこむようなことはなくなって、せきの回数もへったが、夜になるとまだ苦しいようだった。それにときどき、うめき声のようなものもきこえた。あれはきっと何か鼻歌をうたっているんだよとアルフィはいうのだが、うめき声にしても鼻歌にしても、なんとも悲しげだった。

メアリーはベッドに入っても、その音に耳をかたむけていると心配になって眠《ねむ》れない。

夜ごとの睡眠《すいみん》不足がたたって、だんだん疲労《ひろう》がたまってくる。するとルーシーをひと目見たいがために、「ちょっと近くまできたもんだから」と戸口に現れた客に、にべもない対応をするようになる。そうやって冷淡《れいたん》にあしらっていると、しまいにはどんなしつこい相手も足が遠のいていった。

そのとばっちりを受けて、ルーシーに関する果てしない質問につき合わされるのはジムだった。魚網《ぎょもう》やカニをとるわなを修繕《しゅうぜん》するために、ジムはどうしたってグリーン湾《わん》に出ていかなければならず、天気がよければ、いつでもそこに集まって同じ仕事にいそしんでいる漁師たちに出くわすことになる。そればかりでなく、ジムは畑に出てジャガイモや花の世話をしたり、浜《はま》に出て肥料《ひりょう》にする海草や冬に使う薪《まき》を集めにいったりもする。どこへ出て何をしていようと、そこには必ず友人、知人、親戚《しんせき》が出たり入ったりして、あらゆる機会をとらえてルーシー・ロストについてきいてくるのだった。

正直にいうと、最初のうちはジムもうれしかった。アルフィとルーシーを最初に発見して家に連れて帰ったことで、みんなから注目され、すごいと思われれば、悪い気はしない。けれども一、二週間もすると、もううんざりだった。次から次へぶつけられる質問はほぼ同じ内容で、ききあきた冗談《じょうだん》と同じだ。それが毎度毎度、畑のむこうから、海ですれちがう船から、大声で投げかけられる。

「おいジム、今日は網《あみ》に人魚はかからなかったかい？」

笑い飛ばして、その場を丸くおさめようとするものの、日に日にそれがむずかしくなっていく。メアリーのこともこれまで以上に心配になってきた。最近とみにつかれている感じで、威勢のよさがすっかりかげをひそめている。ルーシーが少々重荷になっているんじゃないかと、やんわり口に出してみたこともある。ビリーの世話だけでも大変なのだから、ルーシーについてはもう一度よく考えて、だれかほかにめんどうをみてくれる人間を探そうと。しかしメアリーはきく耳を持たなかった。

そしてアルフィもまた、時間がたつにつれて、ルーシーの件《けん》でつらい思いをすることが多くなっていった。学校では先生からも子どもからも、同じようにあれこれきかれ、からかわれもする。

「ねえアルフィ、その子、年はいくつなの？」

「どんな顔してるの？」

「おまえの人魚、皮膚《ひふ》じゃなくて、うろこにおおわれてるんじゃないか？　顔は魚？　全身緑色なんだろ？」

ゼベディア・ビショップ、通称《つうしょう》ゼブはデイヴの息子で、父親ゆずりのおしゃべりで乱暴者。どうすればアルフィを怒《おこ》らせることができるか、ほかのだれよりもよく知っていて、こんなことをいってくる。

「美人の人魚なんだって？　おまえら恋人どうしかよ？　人魚とキスするのって、どんな感じ？　ぬるぬる？」

できるだけ無視《むし》しようと思うのだが、実際それはむずかしかった。

ある朝、学校の校舎に入ろうと、トレスコ島の校庭でみんなが整列しているとき、ゼブがまた始めた。鼻をつまみ、顔をしかめてこういったのだ。「あれっ、なんかにおうぞ。魚くせえ。きっと人魚だ。人魚って、魚とおんなじにおいがするってきいたことがある」

アルフィはとうとうゼブに飛びかかっていった。ふたりで校庭を転がりながら、うでや脚《あし》をばたつかせ、なぐってはけるの大げんか。やがてビーグリー校長がやってきて、ふたりのえり首をつかんで乱暴に立ちあがらせ、校舎内に引きずっていった。午後の休み時間はふたりとも教室に残され、「言葉はかしこい、暴力はおろか」と百回書かされることになった。

こいうときは当然おしゃべりは禁じられている。校長に見つかるとじょうぎでぶたれるとわかっていながら、ゼブがしゃべりだした。アルフィのほうへ身を乗りだしてきて、ささやく。

「おまえの人魚、テディベアを持ってるんだって、父さんからきいたぞ。そういうとこが、かわいいんだろう？ ちっちゃなテディベアを持ってて、口がきけないから、ひとっこともしゃべらないってのが。自分がだれなんだか、それもわかってないんだろ？ 完全にいかれてる、おまえんとこのプッツン・ビリーと同じだ。ああいう人は病院にもどすべきだって、うちの母さん、そういってるぞ。おまえのガールフレンドもテディベアといっしょに、病院に入ったほうがいいんじゃないか？ ほかにも知ってるぜ。うちの父さんが、ふたりだけのひみつだっていって教えてくれたんだ。あの島で父さんが見つけた毛布のことだよ。オレは全部知ってるんだ。おまえのくさいガールフレンド、ドイツ人なんだってな」

アルフィはかっとなって立ちあがり、ゼブの胸ぐらをつかんで壁《かべ》にドンとおしつけた。鼻と鼻がくっつきそうな距離《きょり》まで顔を近づけてどなる。

「おまえの父さんは、いわないって約束したんだ。もしおまえがあの毛布について何かしゃべったら、おまえの父さんはどうしようもないウソつきになる、そうしたらオレは――」

アルフィがいい終わる前に校長が飛びこんできて、ふたりを引きはなした。木製じょうぎのへりで、今回はふたりの指の関節を力いっぱいたたいた。これ以上痛い刑罰《けいばつ》は世界のどこを探してもない。アルフィもゼブも泣くのをがまんできなかった。

そのあと最後の授業が行われているあいだ、ふたりは教室のすみに立たされた。アルフィはむっつりした顔で目の前の羽目板をにらみつけ、指の関節につきあげてくる痛みを忘れようとし、目にもりあがってくる涙《なみだ》と戦った。羽目板の黒っぽい節目《ふしめ》がふたつ、アルフィを見返している。濃《こ》い茶色の目玉のようだった。

ルーシーの目そっくりだとアルフィは思う。まばたきひとつせず、こちらをじっと見返す。何も伝わってこない。うつろな目だ。

5 無表情なルーシー

シリー諸島《しょとう》

アルフィは教室のすみに立ちながら、ルーシーのことを考えようとした。なんでもいいから、痛みから気をそらしたかったのだ。最初のうちは、家にルーシーがいてうれしいとはいえなかった。母親がルーシーにかかりっきりで、自分をふくめ、ほかの家族にかける時間がへったように感じたからだ。

以前にも同じことがあった。母さんがビリーおじさんを探しあてて、家に連れ帰ったときだ。母さんは、クロウ先生に力を借りて、なんとしてでもボドミンの病院からビリーおじさんを出すと宣言《せんげん》して、実際そのとおりになると、あとはもうビリーおじさんにかかりっきりになった。当時もアルフィは、母さんのしていることは正しいとわかっていた。今回も身よりのないルーシーをあずかるのは当然だと思っていて、だから何も悩《なや》む必要はないと、そう思おうとしてきた。

しかしほんとうは悩《なや》んでいた。父さんも、口では何もいわないけれど、悩《なや》んでいるのはわかっている。そこでふと、落ちこんだときに、父さんがよくかけてくれる言葉を思いだした。

「いいか、アルフィ、どんなときでも物事のよい面を見るんだぞ」

かんたんにはいかないとアルフィは思う。それでも、こうして指の関節の痛みにたえつつ、みじめな気持ちで教室のすみに立っているいまこそ、よい面を見るべきだという気がした。

少なくとも、いまのぼくには家のなかに仲間がいる。すごく変わっていて、ぜんぜんしゃべらなくても、ルーシーは妹みたいな存在だった。それにアルフィは、二階へあがってルーシーに会いにいくのが好きだった。母さんにたのまれて本を読んでやることもある。前は音読なんてしたことはなく、学校でも大きらいだった。まちがえると校長に怒《おこ》られるからだ。けれどルーシーが相手ならそういうことはなく、自分が読む声をききながら、話のなかに入ることができる。

学校から帰ってきて、ルーシーの夕食用に牛乳とポテト・スコーンを持って二階にあがるのも好きだし、ビリーおじさんの世話をしに母さんがグリーン湾《わん》に行ったあと、家でひとりルーシーのめんどうをみるのも好きだった。けれどもいつまでたってもしゃべらず、うつろな目でじっと見つめられると、だんだんに気が重くなっていく。なんでもいい、とにかく何か自分に話しかけてほしいと思い、話をさせようと、いろいろ質問をしてみたりもした。ところがルーシーはベッドに横たわって天井《てんじょう》をぼうっと見あげているだけで、何をきいてもだまっている。話しかけても、何をいわれているのかわからないのか、きこえていないのか、まったく反応しないので、しまいにむなしくなってくる。

それにもかかわらず、ルーシーといっしょにすごす時間が楽しみなのはなぜなのか、アルフィは自分でもよくわからなかった。ひょっとしてビリーおじさんに会いにグリーン湾《わん》に行くのと同じなのだろうか。おじさんを相手にすると、アルフィは何時間でも喜んでしゃべっている。おじさんからは、うなり声のような返事がひとつ、ふたつ返ってくるだけだったが、それでもおじさんは、おいっ子といっしょにいる時間が好きなのだと、アルフィにはわかる。

おじさんに定期的にめぐってくる、ひどく気分が落ちこむ日でもそうだった。そういうときビリーおじさんは悲しんでいた。いまのルーシーも同じように悲しんでいて、だれかにそばにいてほしいのだろう。だったら、ぼくがいてあげようとアルフィは思う。ほんとうは、何も話さなくても、どんなに変わっていても、アルフィはルーシーがそばにいてくれるのがうれしかった。

アルフィの指の関節はまだじんじんしていて、その痛みから気をそらすために、今度はビリーおじさんのことを考える。おじさんから〝ふさぎの虫〟を追いはらうには、ひたすら話しかけるしかないと家族はわかっていた。それで成功するときもあれば、そうでないときもあって、忍耐《にんたい》が必要になる。ひどいときには何日もそういう日が続いて、最悪のときにはヒスパニオーラ号の仕事もぱたりとやめてしまう。ボート小屋の屋根裏《やねうら》部屋にすわって虚空《こくう》を見つめているだけで、運ばれた食事にもまったく手をつけなかった。でもその時期をすぎると、ふたたび『宝島』の物語に出てくる海賊《かいぞく》、のっぽのジョン・シルバーになって、数日から数週間、楽しそうに船の修繕《しゅうぜん》にかかりっきりになる。海賊《かいぞく》の帽子《ぼうし》をかぶって、ひとりでしゃべってうたっているのだ。

そういう日にアルフィがたずねていくと、たいていビリーおじさんはヒスパニオーラ号の上で作業をしながら、『宝島』のなかから長い一節を暗唱《あんしょう》していた。これにはいつだって、おどろかされる。なにしろおじさんは、『宝島』の本を丸ごと一冊暗記していて、登場人物ひとりひとりについて、現実に生きている人間のように話すのだ。主人公の少年、ジム・ホーキンズについては、「これがいいやつでな。アルフィ、おまえにそっくりだ」などといい、ベン・ガンやフリント船長や〝かがやかしきヒスパニオーラ号〟のことも、同じ調子で話すのだった。

おじさんが『宝島』について口にするとき、それはもう単なる物語ではないのをアルフィは知っていた。かつておじさんはそこに描《えが》かれた世界に生き、いまでもその話をするときは宝島の世界にいるのだった。

ときにアルフィを「おい、ジム」とよぶこともあって、それは単なる言いまちがいではなく、ほんとうにジム・ホーキンズだと思いこんでいる。そして自分は、のっぽのジョン・シルバーになりきっていて、現在修繕中《しゅうぜんちゅう》のヒスパニオーラ号が完全に直ったら、また宝島にむけて出航するつもりなのだ。気分が乗ってくると、日の出から日没《にちぼつ》まで、ヒスパニオーラ号の上でのこぎりやかんなをふるい、声をかぎりに海賊《かいぞく》の歌をうたうこともあった。「死人の箱に十五人だ、ヨーホッホー、酒はラムがただ一本！」

アルフィは教室のすみに立たされながら、ビーグリー校長にきこえないよう、ビリーおじさんの〝ヨーホッホー〟の歌を小声でそっと口ずさんでいる。自分を勇気づけるとともに、それは果敢《かかん》な反抗《はんこう》でもあった。鼻歌をうたったり、動いたりすれば、いつ、びしばしビーグリーに頭をなぐられるかわからないからだ。

羽目板にふたつ並んだ節目《ふしめ》が、アルフィをじっと見返している。

ルーシーの場合、いくら話しかけてもビリーおじさんのようにはうまくいかなかった。自分のからに閉じこもって鍵《かぎ》をかけ、何を話しかけようと、どれだけいっしょにいようと、何かが変わる見こみはまったくなさそうに思えた。

アルフィは手を開いて動かしてみる。まだ指は痛くてこわばっていた。とにかくルーシーには話し続けるしかないとアルフィは思う。ビリーおじさんもそれでうまくいったことがあるのだから、ルーシーだって希望がまったくないわけじゃない。

「どんなときでも、物事のよい面を見なくちゃ」

小声でささやいたつもりが、思った以上に声がひびいた。

「静かに！」校長がどなった。

頭をボカンとやられると思ってアルフィが身がまえると、思ったとおりげんこつが飛んできた。痛かったが、指の関節の痛みほどではなかった。

それから何週間か、しんとしているのがいたたまれないからと、ただそれだけの理由で、アルフィがルーシーに話しかける期間が続いた。これではひとりごとと同じだと思いつつも、ルーシーにむかってさまざまなニュースを語っていく。その日学校で何があったか、校長がだれをとりわけ目の敵《かたき》にしているか、だれがじょうぎでたたかれて教室のすみに立たされたか。ハヤブサがウォッチの丘《おか》の上空を飛んでいるのを見たことや、アザラシの子どもが、ラッシー湾沖《わんおき》の岩でひなたぼっこをしながら眠《ねむ》っているのを見た話もした。とりたてて話すようなことがない日もあったが、どんなにたいくつで決まり切った一日であっても、できるだけおもしろおかしく、ルーシーに語ってきかせた。

それはもうビリーおじさんを相手にさんざんやってきたことだったが、ルーシーが相手となると、また事情が変わってくる。話しかけている相手のことを自分は何も知らないからだ。ビリーおじさんなら、母さんの双子《ふたご》の兄で、悲しい体験をいっぱいしてきた人だとわかっている。ブライアー島で、ぼくの母さんといっしょに生まれ育ったものの、十五歳《さい》のとき父親と口論になり、ビリーおじさんは母さんに何もいわずに海に逃《に》げた。母さんはそれから何年も、兄がどこへ行ったのか、何があったのか、知らずにすごしたのだった。

母さんがビリーおじさんの消息《しょうそく》を知ったのは、それから二十年ほどたったころだった。ペンザンスの町でうでのいい造船技師《ぞうせんぎし》になっていたビリーおじさんは、出産で妻《つま》と赤《あか》ん坊《ぼう》の両方を亡《な》くした。悲しみと罪悪感《ざいあくかん》で精神に変調をきたしてしまい、コーンウォールの荒《こう》野《や》をさまよっているところをボドミンにある州《しゅう》の病院に保護《ほご》されたのだった。

それから数年かけて、母さんは病院に入っているビリーおじさんをようやくつきとめ、クロウ先生の助けを借りて家に連れ帰った。ビリーおじさんの持ち物は、『宝島』の本一冊きりだったとアルフィは母さんからきいた。病院に入っているあいだ、おじさんはくり返しくり返し読んでいたらしい。

ビリーおじさんに話しかけているときは、こういったことのすべてがアルフィの頭にうかんでいる。おたがい気心が知れていて、わかり合っているのだ。

けれどもルーシーのことはビリーおじさんのようにはわからない。アルフィはどこからともなく現れた人物の顔にむかって話しているわけで、もっと相手のなかみを知りたかった。ルーシーに言葉を返して欲しい。どこでどう暮らしていたのか、自分のことを話してほしい。そう願いながら、くる日もくる日もアルフィは自分の話をした。

トレスコ海峡《かいきょう》をネズミイルカが泳いでいるのを見たことや、ヒスパニオーラ号を修理しているおじさんの仕事の進み具合、父さんがつかまえた魚のこと、グレートブリテン島のすぐ西の海域《かいいき》で商船がまた一せき、ドイツの潜水艦《せんすいかん》に撃沈《げきちん》されて、生存者がひとりもいなかったこと、などなど。

情景が思いうかぶよう、どんなに生き生きと語ったところで、ルーシーの顔は無表情のままだった。しかしアルフィがいちばんしゃくにさわるのは、ルーシーがときどき、こちらの話に耳をすまし、内容の一部をたしかに理解していると感じられることだった。アルフィがいっしょにいて話をしてくれるのがうれしいと思っているのもわかり、そういうときは、アルフィもはりきって話をする。それでもルーシーのほうは、できないのか、したくないのか、表情を変えることはなかった。

しばらくして、思いがけないところで突破口《とっぱこう》が開けた。アルフィが学校でゼブとけんかをして帰ってきた日の午後だった。帰ったとき、ちょうどクロウ先生がいて、父母とキッチンのテーブルをかこんで何やら熱心に話しこんでいた。入った瞬間《しゅんかん》、何か大事な話をしているところへふみこんだのだと気づいた。母さんが、「ルーシーに牛乳とスコーンを持っていって、しばらくいっしょにいてあげてちょうだい」というのだ。それで、大人たちは何か子どもにきかれたくない話をしていたのだとわかった。べつにそれはかまわない。アルフィはルーシーに会って話したいことがたくさんあったからだ。

ルーシーはベッドの上で身を起こし、窓《まど》の外をながめながら鼻歌をうたっていた。それは初めてのことではなく、いつも同じ歌なのにアルフィは気づいていた。笑顔ではないが、ふだんより明るい顔をしている。起きあがっているのは、部屋にあがってくる足音をきいたからで、ぼくが来るのを楽しみにしていたんだろう。切れたくちびるにルーシーが注意をむけたとわかって、アルフィの胸にふいに希望がふくらんだ。どうしたのって、きいてくるかもしれない。ところがそうはいかず、ルーシーはまじまじとくちびるを見ている。どうしたんだろうとアルフィが思っていると、おどろいたことに、ルーシーが手をのばしてくちびるにふれてきた。

階下で医師が父母と話している声がきこえてきて、アルフィはちょっと気になって耳をすませた。けれどぐもっていて何をいっているのかわからず、ルーシーに話したいこともあったので、すぐ気をそらした。

いつものようにルーシーはゆっくりと、スコーンをちょびちょび、かじっている。アルフィはゼベディア・ビショップとのけんかについて、くわしく語りだした。おかげでこんな罰《ばつ》をあたえられたんだと、傷《きず》ついた指の関節も見せてやる。びしばしビーグリーに万力のような力でうでをおさえられ、じょうぎのへりで思いっきり強く打たれたものだから、そのあとしばらくは指を動かすこともできなかったんだと教えた。

それからゼブが、ルーシーの毛布にヴィルヘルムの名前があったことをみんなにばらすとおどしてきたことも話した。

「でもゼブにはそんなことできやしない。だってこっちは、あいつが仲間といっしょに教会の献金箱《けんきんばこ》をぬすんだのを知ってるんだ。もし毛布についていた名前のことをひと言でも口にしたら、モリソン牧師《ぼくし》にそのことをチクってやるからって、こっちもおどしておいたよ」

その言葉にルーシーが反応した。初めてのことだった。一瞬《いっしゅん》アルフィの顔を見あげ、それから毛布のすみを持ちあげた。一生懸命《いっしょうけんめい》意識を集中しているようで、ゆっくりゆっくり言葉を口にする。

「ヴィ……ヴィル……ヘルム」

いったのはそれだけだった。でもたしかにしゃべった！　ルーシーがしゃべった！　たどたどしくはあるものの、はっきりそれとわかる言葉を口にした。

だれかにいわなきゃ、だれでもいい、いますぐ。アルフィは階段をかけおりてキッチンに飛びこんだ。

「ルーシーがしゃべった！　しゃべったんだ、ほんとうだよ」

「ほら先生、ききましたでしょ？　あの子はよくなってきてるんです！」

メアリーがいってアルフィの両手をつかんだ。

「すごいじゃないの、アルフィ。ルーシーはなんといったの？」

ヴィルヘルム——と、舌《した》の先まで出てきた言葉をアルフィはあわてて飲みこんだ。だめだ、いまはお医者さんにだって教えちゃいけない。危《あぶ》ないところだったと思いながら、いうべき言葉を探す。

「それが……よくわかんないんだ。はっきりしない。でもちゃんとした言葉だった。ほんとうだよ！」

医師はアルフィにほほえみながら、親指でパイプに煙草《たばこ》をおしこんでいる。

「何を話したかは問題じゃない。話そうとした、それが大事だ。もちろん、それはいい徴候《ちょうこう》だよ、アルフィ、すごいニュースだ。しかし、きみのお父さんやお母さんにもいったんだが、わたしはまだルーシーの将来《しょうらい》について、心から心配しているんだ。今日の午後、あらためて診察《しんさつ》してみたんだが、どうもわたしにはわからないことがたくさんあってね。もっとずっと早くに回復すると、そう思っていた。健康状態と体力は申し分ない。ケガをした足首は無事なほうと同じように動かせる。それもこれも、きみのお母さんのおかげだ。わたしが心配しているのは、あの子がふつうにしゃべれないことだけじゃない。ベッドから出ようとしないのも気になっているんだ。それは単なるからだの問題じゃない。頭に何か問題をかかえているんじゃないかと思ってね」

するとアルフィがいった。「頭？　それってどういうことですか？」

医師はため息をつくと、パイプに火をつけ、いすに背をあずけた。

「つまり、わたしはこう見ている。ほんの数週間前――八週間か、九週間前でしたかな、ご主人？　あなたが寒さと飢《う》えで死にかけている、あわれな子どもを見つけた。そのままあと数日も放っておかれたら、生きのびることはできなかった。危機一髪《ききいっぱつ》であなたが死のふちからあの子を救いだしたんです。いまではよく食べるようになり、あのひどいせきもとまった。会うたびにますます強くなっていく。もう危険は脱《だっ》しました。少なくともからだのほうは。ただ頭となると、少し不安がある。アルフィ、しゃべるようになったのはいい徴候《ちょうこう》だ、すばらしいことだよ。それでもなお、精神が健全かどうか、心配はぬぐえない。これまでほとんど進展が見られないんだから」

医師はそこでいったん口をつぐみ、パイプを長々とすってから、また先を続ける。

「思うにあの子は、自分のからの奥《おく》でひとりぼっちになっている。孤島《ことう》にいるときと同じだ。何か精神に強い衝撃《しょうげき》を受けて、そこから立ち直れずにいるんでしょう。それがなんなのか、あの子がしゃべらないかぎり、こちらには永遠にわからない。耳はきこえる。それはたしかです。だが、どういうわけだかしゃべれない。しゃべろうとしない。

いったい何があったのか。もう二か月にもなるのに、口にしたのはたった二語。それじゃあ、しゃべったとはとてもいえない。ひょっとしたら生まれつきしゃべれないのかもしれないが、はっきりそうだともいえない。精神も肉体と同じくこわれやすいものです。ひとつはっきりしているのは、からだが元気になれば心も元気になるということ。これまで負《ふ》傷《しょう》した水兵や兵士を多数治療《ちりょう》してきて、そういう例がよく見られた。からだと心は切っても切れない関係にあるんです。

まずはあの子をベッドから出すのが先決です。からだを動かして、生きることに興味を持たせる。道はそれしかありません」

「ですから先生、さっきもいったように、こちらも手はつくしたんです。でもあの子、ベッドにじっと横たわったままで、まったく動こうとしない。ほかにどうしろというんですか」

「わかります、わかります。奥《おく》さんががんばってるのはじゅうぶん承知《しょうち》していますよ。それ以上できる人間なんていやしません。わたしがいいたいのは、このままいっこうに改善《かいぜん》されない場合、いずれはもっと積極的な……特別な治療《ちりょう》とでもいいましょうか、それが必要になると思います。そういう治療《ちりょう》を受けるには、本土の病院に入れるしかない」

メアリーがはじかれたように立ちあがった。目に涙《なみだ》をためている。

「病院？　ビリーがいたボドミンの保護施設《ほごしせつ》みたいなところにルーシーを入れろっていうんですか？　そんなこと、わたしが生きているかぎり、絶対させません！　あそこがどういう場所だか、この目で見てわかってます。先生もいっしょに見たじゃありませんか。忘れたんですか？　まるで地獄《じごく》のようだった。あんな場所はもうたくさん。ビリーがどうあつかわれていたか、先生だってわかっていた。だからビリーを連れて帰るのに力を貸してくれたんじゃありませんか。あそこには生活なんてありゃしない。一度閉じこめて鍵《かぎ》をかけたら、あとはほっぽりっぱなしです。病院ではなく、監獄《かんごく》です。治療《ちりょう》も希望もあったもんじゃない。

とにかくだめです。あの子のご両親がむかえにくるまで、わたしたちがめんどうをみます。いいですね、先生？　あんなひどい場所にルーシーを入れることは絶対しません。わたしたちがあの子のからだと心を健康にしてやります。神さまだって、きっと力を貸してくださる。たったいま、ルーシーはアルフィに言葉を話したじゃありませんか？　それはいいきざしでしょ？」

「ええ、まさしく。しかし奥《おく》さん、そのような可能性にも目をむけてほしい。わたしがいいたいのは、それだけです」

「そんな可能性はありません」涙声《なみだごえ》ながら、メアリーはきっぱりいいきった。

「みなそう思いたいところです。とにかく、あの子の心の傷を治したいなら、なんとかしてベッドから出して歩かせるなり、運動させるなりするしかありません。もう歩けるだけの体力は確実にもどっている。あとはなんとかして外に出せばいいんです」

「先生、わたしが何も努力してないとお思いですか？」メアリーがむきになっていう。

医師はアルフィに顔をむける。

「アルフィ、きみはどうだ？　ついさっき、しゃべらせるのに成功したんだ、今度はあの子を連れて島をめぐってみたらどうだろう。船に乗せてサムソン島に行き、建ち並ぶコテージを見せるか、ラッシー湾《わん》まで行ってアザラシを見せてやってもいい。生活のなかに興味を見いだし、自分のからをやぶらせるんだ。奥《おく》さんには、これまでどおり、あの子に話しかけ、本を読んでやり、世話をしてほしい。その上で、できるだけ二階からおろして、キッチンや農場の手伝いをさせてください」

するとメアリーがいった。「精神的にそうとうまいっているようで、傷つきやすいんです。本人がしたくないことを、どうして無理じいできますか？」

「おい、メアリー」ジムがいい、妻《つま》の手をにぎる。「先生のいうとおりにしようじゃねえか。アルフィにいって、もう少し外に連れださせる。年が近いんだし、アルフィがいっしょならルーシーもいやとはいわねえさ。おまえひとりで、全部やろうったって無理だ」

「ふたたび生きる気力をとりもどすことが必要なんですよ、奥《おく》さん」

医師はそういって立ちあがった。

「それですべて問題が解決《かいけつ》すると断言《だんげん》はできません。しかし希望の綱《つな》はそこにつなぐしかないと、いまのわたしにはそれしかいえません。本人の好ききらいはわきにおいて、一歩前へふみださせないと」

医師は去りぎわに玄関口《げんかんぐち》で立ちどまった。

「ちょっと思いついたんですが、音楽が役に立つかもしれません。セント・メアリーズの自宅に、すてきな蓄音機《ちくおんき》とレコードがある。次の往診《おうしん》のときに、それを持ってきましょう。操作《そうさ》はかんたん。ゼンマイを回して、針を落とせば、音楽が始まる。魔法《まほう》のようにね。すごい発明です。一家に一台これがあれば、医者なぞ不要。わたしは職《しょく》を失ってしまいますが、かまいません。音楽というのは非常に癒《い》やし効果が高い」

その週はアルフィもメアリーも、ルーシーがベッドから出てくるよう手をつくした。しかし、いくらやさしい声で言葉たくみにさそっても成功しなかった。

一週間ほどたったころ、クロウ先生が約束どおり蓄音機《ちくおんき》を持って往診《おうしん》にやってきた。到着《とうちゃく》するなりゼンマイを回し、レコードをのせる。すると奇跡《きせき》のようにピアノ曲が家じゅうを満たした。ジム、メアリー、アルフィ、医師の全員が、その場に立って音楽に感じ入り、レコードが回転するのを見守りながら、すっかりその世界にひたっている。

「ショパンです」しばらくすると医師がパイプで指揮《しき》をしながらいった。

みんなの後ろで階段のドアが開いた。ルーシーがはだしで立っている。毛布にくるまり、テディベアを片手に持ったまま、風に運ばれるようにふわふわと部屋を横切って蓄音機《ちくおんき》に歩みよった。しばらくその場に立ちつくして蓄音機《ちくおんき》を見おろしていたかと思うと、「ピアノ」とささやき、それからもう一度、「ピアノ」といった。

6 戦地にいるパパ

ニューヨーク　一九一五年三月

マックおじちゃんがその手紙を持ってきたとき、わたしはパパお気に入りのピアノ曲をひいていた。

マックおじちゃんはパパのおじさんにあたる人で、奥《おく》さんのダックおばちゃんといっしょにずっとむかしから、この家でわたしたち家族といっしょに暮らしている。赤《あか》ん坊《ぼう》のときにダックおばちゃんにミルクを飲ませてもらったのを最初に、わたしはずっとダックおばちゃんにめんどうをみてもらい、ぬい物やパンづくりをはじめ、夜にとなえるお祈《いの》りの言葉まで教えてもらった。わたしがまだ生まれる前は、幼いママがダックおばちゃんに、めんどうをみてもらっていた。〝ダックおばちゃん〟というのはわたしがつけた名前だ。毎日乳母車《うばぐるま》にわたしを乗せてセントラル・パークの湖に行き、ダック（アヒル）にえさをやっていたからだ。わたしがダックおばちゃんとよぶようになったので、いつのまにかみんなもそうよぶようになっていた。マックおじちゃんからは、公園でのたこあげや、石を飛ばす水切り遊びを習い、馬の世話や鞍《くら》のつけ方も教えてもらった。家や馬小屋や庭の手入れから、わたしたちの世話まで、マックおじちゃんとダックおばちゃんが一手に引き受けていて、このふたりがいなくては、わが家は回っていかなかった。

わたしは毎日やるピアノのレッスンが大きらいで、とりわけ音階の練習はやりたくなかった。いやがるわたしにママはさまざまな手で対抗《たいこう》してくる。

命令――「練習をしないかぎり、馬の遠乗りはゆるしません」

ごほうび――「メリー、うまくなったら、あとで馬に乗って出かけていいわよ」

脅迫《きょうはく》――「メリー、パパはきっとがっかりね。帰ってきて、あなたが少しも上達していないのを知ったら。毎日音階の練習をするってパパと約束したのに」

パパが戦争に行ってしまってから、わたしを日々ピアノにむかわせるために、ママはよくパパをダシに使った。

やっかいなのは、それが事実だったから。たしかにパパと約束した。でもそれをママにしょっちゅういわれるのも、ママがそばにすわって見はっているのもいやだった。それでその日の朝はむっつりした顔で、少しも気を入れず、おざなりに練習することでママに反《はん》抗《こう》していたのだった。

ママはたいていいつも、居間のいすにすわって、わたしのピアノをきく。そうして、わたしが音階の練習をすらすらと、ひとつのまちがいもなく三回終えたところで、やりたい遊びをさせてくれるのだ。わたしは、ピアノを教わっているフェルプス先生から練習するようにいわれている曲はめったにひかない。にこりともしない、きびしい先生がきらいなのがいちばんの理由だった。先生はいつも顔をしかめていて、くちびるがうすくて、あごにあるほくろふたつから、長い毛が数本生えている。それに、先生が選ぶ曲はいつもむずかしいか、つまらないか。その両方ということも多い。だからママの気がすむまで音階の練習を終えると、練習曲ではなくて、お気に入りの曲、モーツァルトの〝アンダンテ・グラツィオーソ〟をひく。

もとはパパの大好きな曲だった。わたしはそれまで、こんなに美しい音楽をきいたことはなかった。ひいてみると、これがなかなか上手にひけて、パパの大好きな曲ということもあって、わたしのお気に入りの一曲になった。この曲をひいていると、パパが後ろに立って、いっしょにハミングすることもあった。〝メリーの曲〟とパパがよぶものだから、この曲をひくたびに、わたしはパパのことを思いだした。今朝もパパが同じ部屋にいて、わたしの肩《かた》に手をおいているような気がする。ほんとうは遠い戦地にいるのだけれど。

わたしはパパに会いたくてたまらなかった。仕事から帰ってくるパパはいつもキリンのように大またでゆっくり歩いてきて、飛びついていくわたしを抱《だ》きとめてくれる。パパの声は深みがあって、部屋じゅうにひびきわたった。パパのひざの上にすわると、口ひげが耳にふれて、くすぐったい。いっしょに蓄音機《ちくおんき》から流れる音楽に耳をかたむけ、夜には暖炉《だんろ》のそばでチェスをした。寝《ね》る時間になると、二階にあがってくるパパの足音がきこえてきて、部屋に入ってきたパパは、まくらもとでよく『みにくいアヒルの子』を読んでくれた。

この曲をひくだけで、そんなパパが帰ってきて、そばにいるような気分になれる。気がつくと、自分がすねていたのも、ママがそばにいるのも忘れ、メロディにすっかりひたってパパのことを考えていた。

そんなときにマックおじちゃんが居間に入ってきた。おじちゃんはママに手紙をわたすと、またすぐに出ていった。わたしは曲に集中していたけれど、手紙を読みだしたママがいきなりいすから立ちあがり、手を口にあてて泣きだしそうになっているのに気づいて、手がとまった。最悪の事態を予測してぞっとする。

「どうしたの、ママ？　何があったの？」わたしは大声でいってママにかけよった。

「パパからよ」さっきより少し落ちついてママがいう。「ケガをしてイギリスの病院にいるそうよ。田舎《いなか》のほうのね。すぐによくなるから大丈夫」

「ひどいケガ？　パパ死んじゃうの？　死なないよね」

「心配しなくていいって。じきによくなって歩き回れるようになるって書いてあるわ」ママはすばやくびんせんをめくって先を読み、あとは何もいわない。

「なんて書いてあるの？　わたしにも読ませて」しかしわたしの声はママの耳にはほとんど入らない。

「あなたあての手紙でもあるのよ」そういって、ようやくこちらにびんせんをわたしてくれた。読んでいるあいだじゅう、わたしの頭のなかで、パパの声がきこえていた。

最愛なるマーサとメリーへ。

このあいだの手紙を書いてから、部隊も、ぼく個人《こじん》についても、状況《じょうきょう》はあまりよくなっていない。果敢《かかん》に戦って、モンス近辺《きんぺん》でドイツ軍をおしとどめることができたものの、いつでも敵《てき》の数が多すぎて、味方の数が少なすぎる。兵士も馬も銃《じゅう》も、敵《てき》の持ち数のほうが多いのだから最悪だ。しかも敵《てき》の銃《じゅう》は威力《いりょく》がすごい。こちらはどうすることもできず退却《たいきゃく》するしかない。退却時《たいきゃくじ》にも、わが軍は統率《とうそつ》がとれているが、残念なことに、やることなすことがすべて裏目《うらめ》に出てしまう。しかし、大変な被害《ひがい》が出ているというのに、兵士の士気《しき》は枯《か》れていない。今後もみな雄々《おお》しく敵《てき》に立ちむかえることだろう。

残念ながら、いまぼくは仲間たちとはなれている。ぼくは運がよかった。ほかの兵の例をみれば、運がよすぎたというべきだろう。すでにわれわれは、勇敢《ゆうかん》な若い兵士を大勢失っていて、そのなかにはまだ少年にすぎない兵士もいた。

数週間前、ぼくは肩《かた》に榴散弾《りゅうさんだん》を受けて骨《ほね》を折り、戦線からフランスの野戦病院に移され、その数日後に、船でイギリスに送られた。イギリスで入った病院は、ロングアイランドで見かけるような古い豪邸《ごうてい》で、現在はカナダ人将校《しょうこう》を受け入れるため、軍の病院として機能している。ロンドンからそう遠くない場所にあって、ベアウッド・ハウスとよばれている屋敷《やしき》だ。すごい偶然《ぐうぜん》だろ？　メイン州《しゅう》にあるうちの別荘《べっそう》と同じ名前だ。ここにいると、あそこですごした休暇《きゅうか》のことをあれこれ思いだすんだ。窓《まど》から大きな木がたくさん見えて、夜には、高い空に広がる暗雲のあいだを、月がすべるように移動していくのを何度も見た。メリー、おまえと約束したように、月にむかってうたいかけ、月に耳をすましているよ。

ここには公園もあって、晴れの日には、そこに行ってすわるんだ。天気のいい日は少ないんだけどね。湖もあって、アヒルたちがわが物顔で泳ぎまわっているところなんか、セントラル・パークと似ている。そういうところで目を開けたり閉じたりしていると、ニューヨークやメインの家にいるような気分になれるんだ。ここにはカナダ人将校《しょうこう》が大勢いて、ぼくもその輪に入れてもらっている。そういう点でも自分はすごく恵《めぐ》まれていると思う。

生活は快適で、しっかりめんどうをみてもらっている。いまのところ、左うではまったく使いものにならないが、やられたのが右肩《みぎかた》じゃなくてよかった。少なくとも、こうして家族に手紙を書けるんだから。傷が治って骨《ほね》がくっついてくれれば、すっかりもとどおりになるそうだ。もう少し運がよければ、一、二か月後にはフランスにいる仲間のもとにもどれるかもしれない。しかしいまのところは、隊をしばらくはなれているのもいいものだ。ここは静かで、実に平和だ。平和以上に美しいものが、この世にあるだろうかと、そう思えてくる。

ふたりに会いたくてたまらない。マーサとメリーのことをしょっちゅう考えてるよ。なつかしいマックおじちゃんとダックおばちゃんの顔や、ニューヨークの自宅のことも。公園の木々やアヒルや、よくぼくらがのぼった岩のことや、ベスとジョーイの背に乗ってかけ回ったことなんかも。メイン州《しゅう》のコテージや海岸で、よく黒いリスを見かけただろ。それとはちがって、イギリスのリスはみな灰色《はいいろ》なんだ。魚つりをしたり、船遊びをしたり、みんなでいっしょにした、なつかしいあれこれが次々と目にうかんできて、以前はなんて幸せだったんだろうと思う。それでもいまのぼくは、遠くはなれてここにいるべきだと思っている。それはわかってくれるよね。

メリー、ピアノの練習を続けるんだぞ。モーツァルトの曲ばかりじゃだめだ。もちろんパパはモーツァルトがいちばん好きだけど。

ベスとジョーイに毎朝ブラシをかけ、乗る前にひづめのよごれをかきだすのも忘れないように。ジョーイは腹帯《はらおび》をきちんとしめること。あいつはきつくしめられるのがいやで、よくはらをふくらませる。メリーがママといっしょに公園で馬に乗っている場面をよく想像するんだ。馬の背に乗ったふたりは、実にりりしく見える。メリー、おまえが湖のそばを歩いていって、お気に入りのベンチの前で足をとめるのが見えるようだよ。そのベンチでパパが初めて『みにくいアヒルの子』をおまえに読んでやったんだ。おぼえてるかい？　そのあいだ、ぼくらの足もとでアヒルたちがガーガー鳴いていて、とちゅう鳴きやんだと思ったら、アヒルたちまで、お話に耳をかたむけていたよね。

最愛のマーサ、最愛のメリー、ぼくのことは心配しないでいい。すべてうまくいくよ。

この戦争に必ず勝って、ぼくは家に帰り、また家族みんなで暮らす。ありったけの愛情をきみたちふたりに、そしてマックおじちゃんとダックおばちゃんにも。ぼくにとって家族以上に大切なものはない。

パパより

「ああ、メリー」ママがまた涙《なみだ》ぐむ。「どうしてパパのいうことをきいちゃったのかしら。どうしてもイギリスへ行くっていうなら、わたしたちもいっしょに行く、そばにいるって、わたしはそういったのに。パパったら、まったくきく耳を持たなかった。ときどきどうしようもなく、がんこになるのよ、あなたのパパは。『きみたちは安全なニューヨークにいるべきだ。戦争は海でも起きているんだから、大西洋をわたるなど危険きわまりない。敵《てき》の潜水艦《せんすいかん》や戦艦《せんかん》が待ちぶせしているんだ。それにメリーには学校があるじゃないか、ピアノのレッスンもしなきゃいけない。ニューヨークにいるのが、いちばん安全だ』なんていって。ああ、どうしてパパのいうことをきいちゃったのかしら。メリー、どうして？」

パパが戦地へむかう前、ふたりのあいだで何度もいい合いになったのをおぼえている。ママがパパにどれだけお願いしたかわからない。最初のうちは、行かないでの一点ばりだったが、しばらくすると、どうしても行くなら、せめてわたしたちをいっしょに連れていってといいだした。それでもパパは、どうしても行く、しかし家族は連れていけないといって、ゆずらなかった。

その日はママといっしょにパパを見送った。行ってほしくない気持ちは山々だったけれど、心の深いところではパパがほこらしかった。軍服をぱりっと着こなしたパパを見たら、ますますその思いが強まった。あの口ひげまでがかっこよくて、なぜかいつもより背が高く見えた。波止場《はとば》で最後にわたしを抱《だ》きしめて、耳もとでささやいた言葉を思いだす。

「ママのいうことをきいて、いい子でいるんだぞ。ニンコンプープ（こまったちゃん）はだめだぞ」

パパはわたしをしかるとき、よくニンコンプープとか、ニニ（おばかさん）という言葉を使い、しかっているのに笑顔になっている。その笑顔がよくて、わたしはパパにしかられるのが好きだった。

「いいか、メリー、パパはいつも月を見あげて、おまえのことを思いだす。そうしてパパとメリーのテーマ曲、あのモーツァルトの歌を口ずさむよ。おまえも同じことをしておくれ。そうしたら、ふたりがどこにいようと月を見あげて耳をすますだけで、おたがいの声がきこえて、思いが伝わる。約束だよ」

わたしは約束し、大またで歩み去っていくパパを見送った。

それからというもの、わたしは毎晩のように月を見あげては、ふたりの曲をハミングし、月に耳をすましてパパのことを考えた。約束を守ったのだ。

手紙がとどいたその日、わたしはママの目の前にしゃがんで両手をにぎった。

「学校とか、ピアノの練習とかいってる場合じゃないよ。ママはずっと正しかった。やっぱりパパにはわたしたちがついてなきゃ。イギリスにだって、学校はあるでしょ？　ピアノの先生だっているはずだよ。むこうの先生はフェルプス先生みたいに、あごから毛が生えている人は少ないと思う。行こう、ママ。行かなきゃ。パパを病院にひとりでおいておくなんてできない。あたしたちに会いたいって書いてあったでしょ？　それって、こっちにこいってことだよ」

「メリー、あなたもそう思う？　ほんとうにそうしたほうがいい？　家はどうするの？　馬は？　わたしたちがいなくなったら、だれがあとのめんどうをみるの？」

「いつもと同じだよ、ママ。夏にコテージに出かけるとき、マックおじちゃんが家や馬の世話をしてくれるでしょ。マックおじちゃんは庭が大好きで、ジョーイとベスがかわいくてたまらないんだよ。馬たちだって、マックおじちゃんが大好き。わたしたちがメインに行って、船遊びをしたり、つりやピクニックをしたりして、楽しい時間を過ごしているあいだ、ダックおばちゃんが家のなかのことは全部きちんとしてくれてるでしょ？　だから行こうよ、ママ。パパは来てほしいと思ってる。パパにはわたしたちが必要なんだよ」

「あなたのいうとおりだわ、メリー」ママはうでをのばして、わたしをきつく抱《だ》きしめた。

「じゃあ、決めたわ。パパに会いに、できるだけ早くイギリスに行きましょう」

わたしたちはその夜、いっしょにすわってパパに返事を書いた。いつものように一文ずつ、ママと順番に書いていき、最後にわたしが、強調するため、すべて大きな文字で書いた――大好きなパパ、これからそちらにむかいます。

大西洋横断《おうだん》の旅には、数週間の準備期間が必要だった。イギリスにまもなく旅立つことを学校に知らせると、友だちや先生の多くは、悲しむより先に、まずショックを受けた。この時勢にヨーロッパ方面に旅立つなど、あまりにおろかで、むこう見ずだと、先生たちはわたしに警告《けいこく》した。「あっちではおそろしい戦争が起きているのよ」と。

昨年にパパが志願してフランスの戦場にむかったことを知らせたときと同じ反応だった。「行く必要などありません」担任のウィンター先生はそういった。パパが戦争に行ったことに、ほかのだれよりも動揺《どうよう》しているようだった。「お父さまはカナダ人であって、イギリス人ではないんですから。戦争に行く義務《ぎむ》などないんです。この戦争はイギリスとドイツのいさかいですよ。たしかに、かつてカナダはイギリスの支配下にありました。しかしいまは違うんです。どうしてカナダ人が戦争に行くのか、先生には理解できません」

わたしは先生に、パパが入隊すると決めたときに話してくれたことをそのまま伝えた。

「トロントの小中学校や大学でいっしょだった友人がみな戦場にむかった。自分はアメリカにしばらく住んではいるものの、カナダ人であることに変わりはなく、それをほこりに思っている。自分の心はいま、いっしょに育った仲間とともにある。仲間が戦うなら、自分も戦う。それ以外の道は考えられない」

ウィンター先生は自分の意見をはっきりいう人で、そういうところをわたしはいつも尊《そん》敬《けい》していた。わたしが学校をやめてイギリスに行くと伝えたときも、先生はまた自分の考えをはっきり表明した。

「正直にいいましょう。これは明らかにまちがっていますよ、メリー。こんなふうにとつぜん、わたしたちをおいて学校から消えてしまうのは、どう考えてもまちがっている。いまでこそ勉強は順調に進んでいますが、そこまでくるのに、あなたがどれだけ努力をしたことか。それをすべて水の泡《あわ》にしてしまうなんて、もったいない！　悪くとらないでちょうだい、メリー。あなたとお母さまの、やむにやまれない気持ちはよくわかります。同じ立場におかれたら、みなそうしようと考えたでしょう。お父さまが外地で負傷《ふしょう》されたのは大変気《き》の毒《どく》に思います。それでもやはり、わたしは心を鬼《おに》にしていわねばなりません。お父さまは戦争に行く必要はなかった。人と人が傷《きず》つけあい、殺しあうことで、いったい何が達成できるのでしょう？　文明国の人間が暴力を通じて正義《せいぎ》をつらぬくなど、過去にも未来にもありえません。もしわたしに裁量権《さいりょうけん》があるなら、アメリカの少年をフランスの戦地に送りこむことなど絶対にしない。それだけはたしかです」

それだけはたしかです、というのはウィンター先生の決めぜりふだった。

「ひとつ、先生と約束してちょうだい。お父さまがすっかり元気になられたら、あなたはこのニューヨークにもどってきて、わたしといっしょに勉強を最後まで終える。どう、メリー？」

そういい終えるころには、先生の目から涙《なみだ》がこぼれそうになっていた。大好きなウィンター先生。幼いころから読み書きに人一倍《いちばい》手こずっていたわたしに、ほかの先生はいずれそのうち、しびれを切らしたものだった。わたしはみんなのように黒板の字や教科書の字がすらすら読めず、文字や単語を書き終えるのに、おそろしく長い時間がかかる。ようやく書けたと思ったら、それがまちがいだらけで、今度はパニックに。頭のなかで文字や単語がめちゃくちゃに飛びかって、何がなんだかわからなくなるのだ。先生たちからは、話をちゃんとききけ、なまけるな、ぼんやりするなと、しょっちゅうしかられた。

けれどウィンター先生は、うまくいかないわたしに、いつもていねいに説明し、考える時間をあたえてくれるので、なんとかできるようになるのだった。先生に、どれだけはげましてもらったかわからない。こんなことをいわれたこともある。「メリー、読み書きは苦手かもしれないけど、あなたのひくピアノはとてもすばらしいし、絵を描《か》かせたら天下一品。本物の絵描《えか》きさんのようだわ」

先生はわたしに自信を持たせてくれ、とりわけスケッチや油絵をほめてくれた。思ってもいないことは決して口にせず、気持ちをまっすぐぶつけてくる。そんな先生はウィンター先生だけだった。ときどき先生はこみあげる感情に胸がいっぱいになって声をふるわせ、言葉がとぎれることがある。ロングフェローの詩を読んでいるときなんかがそうだった。先生が大好きな詩は、子どもたちも大好きになる。

ウィンター先生にくらべると、ほかの先生はおもしろみがなく、かた苦しく感じられた。そういう先生たちとのお別れはまったく型どおりだったけれど、ウィンター先生は長いことわたしをぎゅっと抱《だ》きしめていて、なかなか放してくれなかった。「メリーに神の祝福がありますように」耳もとでささやいた。「からだに気をつけて、元気でいるのよ」

友だちのなかで、会えなくなったらさみしいと、心からそう思うのはピッパだけだった。ピッパ・マロニーは五年前に入学したときからの親友で、とびきり仲がよかった。読み書きが苦手なことで、ピッパにからかわれたことは一度もなくて、ピッパといると、自分のそういう弱点も忘れた。いつもふたりでくっついていて、クラスも同じで、席もできるだけとなりあってすわり、帰るときもいっしょ。木の葉をふみふみスキップしたり、雪をきゅっきゅとふみならして歩いたり、公園の湖でアヒルにえさをやったり。馬に乗ったり、船をこいだりもした。

最後の日、ピッパはさよならもいわなかった。お別れの時間がくると、ピッパもわたしも何もいえなくなった。それまでひみつを打ち明け合い、夢を語り合い、心配でたまらないことを相談し合った校門のそばにふたりで立ちつくし、お別れにふさわしい言葉が何ひとつ見つけられずにいる。ぎこちない沈黙《ちんもく》がしばらく続いたあと、ピッパがいきなり封筒《ふうとう》をわたしてきた。それからさっと背をむけて、逃《に》げるように走っていってしまった。

手紙には、こんなことが書いてあった――。

大好きなメリーへ

必ず帰ってきて。手紙をちょうだい。大好きだよ。
一生の親友、ピッパより。

「帰ってくるよ、ピッパ！　約束する！　絶対に！」
さけんだけれど、ピッパは行ってしまった。わたしの声はとどかなかっただろう。

7 出航

ニューヨーク　一九一五年五月

学校から家に帰るのに、あれほど落ちこんだ気分になるのは初めてだった。だいたい学校はあまり好きじゃなく、なれた場所というぐらいにしか思っていなかった。それでも、わたしの居場所であることに変わりはない。ひょっとしたら、もう二度とそこにはもどれず、ピッパやウィンター先生に会えなくなるかもしれないという不安が心の奥底《おくそこ》にあった。まるで人生の分かれ道に立っているようで、この先にまったく知らない人生があって、自分はそこを歩んでいくのだという気がした。歩きながら、悲しくて胸がしめつけられる感じがしたけれど、泣きはしなかった。ちょっとしたことですぐ泣いてしまうわたしなのに、これはふしぎだった。きっと悲しすぎて涙《なみだ》も出ないのだろう。

まわりに人や車がたくさん行き来しているというのに、通りを歩くわたしは、完全に周囲の世界から切りはなされて、ひとりぼっちの気がしていた。まるでもう自分のからだは遠くへ行ってしまっていて、ここにはないみたいな感じだった。だれもわたしに目をとめない。自分の町にいながら、透明人間《とうめいにんげん》か、ゆうれいにでもなったようだ。

家では、ママとマックおじちゃんとダックおばちゃんが、あいかわらずせっせと荷づくりをしていた。もう何週間もかかりっきりでやっていて、いまは玄関《げんかん》ホールにスーツケースや旅行かばんが所せましとおいてあった。それを見ると、ほんとうに行くんだという気がする。

最後の夕食を、ママ、マックおじちゃん、ダックおばちゃんと、いつものテーブルで食べた。ダイニングルームにおいてある長いテーブルは、ダックおばちゃんが毎日丹念《たんねん》にみがいているからぴかぴかだ。テーブルの真ん中には、銀製《ぎんせい》のキジの彫像《ちょうぞう》がふたつ、ろうそくの火に照らされている。彫像《ちょうぞう》も四本のろうそく立ても、ダックおばちゃんがつねにみがいていて、夕食の席に必ず登場する。パパの席にも毎回ちゃんと食器が並べられるのは、もどってきたらすぐ食べられるようにという、ママの希望だった。

みなほとんど口をきかない。ダックおばちゃんは鼻と目をナプキンで何度もおさえていて、それがママをいらだたせていた。マックおじちゃんがときどきせきばらいをするのは、沈黙《ちんもく》にたえられないからだろう。

ほかのみんなとちがって、マックおじちゃんはなんとか話をもりあげようとする。

「いい船らしいね、マーサ。大きさも速さもピカ一だってきいた。ブルーリボン（大西洋をもっとも速く横断した船にあたえられる賞。現在でも続いている）をマストにかかげているって話だよ。てっぺんを黒くぬった真っ赤なえんとつが四本立ってるんだ。一度見たことがあるんだが、かっこよかったねえ。威風堂々《いふうどうどう》とは、まさにあのことだ。あそこまで大きな船はほかにないだろう。しかもぜいたくなつくりで、乗り心地も快適だって、だれにきいてもそういうよ」

ママはほとんどきいていない。何かつめ忘れたものがないか、その心配ばかりしていて、料理にもほとんど手をつけていなかった。「ねえダック、わたしの灰色《はいいろ》の上着、ちゃんと入れてくれたかしら？　ほら、花どめがついているあれ。秋になると必要になるっていったでしょ。それとクジャク柄《がら》の部屋着。あれがないとこまるの。それと、写真のアルバムは？　そうだ、あれを入れるのを忘れたわ！」

「入れましたよ、マーサ」ダックおばちゃんがいう。「きれいに包んでから、小さいほうのトランクにつめました。忘れ物は絶対ないから大丈夫。クジャク柄《がら》の部屋着はいちばん上に、室内ばきといっしょに入れておきましたから、トランクを開けたら真っ先に目に入ってきます。もう心配はしないで」

「ほんとうにたしかなのね？　だってほら、あなたこのごろ、忘れっぽいじゃない」

「ほんとうにたしかです」ダックおばちゃんはママの心配性にも、失礼な言い方にもすっかりなれていて、とてもしんぼう強い。けれども明日の朝、わたしたちが出発するという事実には、なれることができないらしい。それだから、しばらくすると涙《なみだ》にくれてダイニングルームを出てしまったのだ。

「ダックったら、どうしちゃったのかしら」

ママは例によってダックおばちゃんの気持ちにまったく気づいていない。ダックおばちゃんはママを慕《した》っていて、いつでもママが気持ちよくすごせるよう気を使って動いているのに、ママはそれにほとんど気づいていないようだった。マックおじちゃんとダックおばちゃんはいるのがあたりまえと思っているふしがある。だからといって、冷たい仕打ちをしたり、わざとつらくあたったりするようなことは絶対ない。ママはそういう人ではなかった。それでも考えなしに少しばかり横柄《おうへい》になることもあって、そういうとき、とりわけダックおばちゃんが傷ついているのが、わたしにはわかる。

わたしがあとを追いかけていくと、階段のいちばん下にダックおばちゃんがこしをおろして、両手で顔をおおっていた。わたしはとなりにすわって声をかけた。「ダックおばちゃん、心配しなくて大丈夫。きっとあっというまだよ。ママとわたしとパパ、全員そろってもどってくるから。うちの家族を、そうかんたんにやっかいばらいはできないよ」

するとダックおばちゃんがいきなり泣きだして、わたしの肩《かた》に頭をもたせかけた。それはなんとも奇妙《きみょう》な時間だった。何かでみじめな気分になり、いたたまれなくなると、この場所にこしをおろして、いつも泣くのはわたしだった。そのたびにダックおばちゃんがとなりにすわって、泣きやむまで抱《だ》きしめていてくれる。その立場が逆転《ぎゃくてん》していた。

「いい子でいてくれるね、メリー？」鼻をぐすぐすいわせながらダックおばちゃんがいう。

「ママにめんどうをかけちゃだめよ。足はぬれたままにしておかないこと。イギリスってところは年がら年じゅう雨が降っているそうじゃないの。ロンドンもイギリスのなかにあるんでしょ。全身ずぶぬれになって、ぶるぶるふるえてなんかいたら、いけませんからね」

「わかった、そんなことにはならないって約束する」

それから数日後に、どんな悪夢でも見たことがない、あんなおそろしいことが起きて、この約束を守れなくなるなんて、だれが予想しただろう。階段でダックおばちゃんとふたりきりですごした最後のひとときを、わたしはあとでよく思いだすことになる。約束やぶりは初めてじゃなかったけれど、こればかりは、わたしにはどうすることもできなかった。この世には、どうがんばっても守れない約束があるのだ。

数分後にダイニングにもどってみると、マックおじちゃんが声を出して新聞を読んでいた。わたしたちが入ってきたのに気づくと、おじちゃんはすぐ口をつぐんだ。わたしにきかせたくない内容の記事を読んでいたんだろう。それでもママがこんなことをいうのをきいてしまった。

「マック、そんなのはゴシップよ。新聞のいうことなんてあてにならないわ。とにかくわたしたちは行く。行かなきゃいけないの。大丈夫だから」

「ママ、なんのこと?」わたしはきいた。

「なんでもないわ」きっぱりと手をはらう。「あなたも、わたしも、何も心配しなくていいの。さあ、ダック、この子をベッドに入れてちょうだい。明日の朝は早いんだから」

その夜、わたしは眠《ねむ》れなかった。窓《まど》の外に目をやり、月が木々のこずえを移動していくのをじっと見ていた。モーツァルトの〝アンダンテ・グラツィオーソ〟を何度も何度もハミングする。それから耳をすましてみる。パパがいる。パパもうたっているのがわかる。

マックおじちゃんのいっていたとおり、わたしたちの乗る船は大きかった。それも並はずれて大きく、パパが乗った船の少なくとも二倍《にばい》はあり、豪華《ごうか》さはその十倍《じゅうばい》だった。巨大な船に圧倒《あっとう》されるように、船着き場や、まわりの船が、どれもちぢこまって見える。これほど堂々とした船は初めてだった。首を上下するクレーンまでが、この船に感服して、おじぎをしているように見える。

マックおじちゃんとダックおばちゃんは、わたしたちの荷物を運ぶポーターを見つけてきて、わたしとママが道板《みちいた》をわたって乗船するのにつきそってくれた。船内もまたおどろくほど広く、船というより宮殿《きゅうでん》のようだった。先に乗船した人々は、だれもかれものぼせあがっているらしく、興奮したニワトリのように、むやみやたらに甲板《かんぱん》をかけずりまわっている。どなり声や笑い声や泣き声がいりまじって、やかましいことこの上ない。

船員、ポーター、メイドは、みな制服を着ていた。目が合えば、会釈《えしゃく》をされるか、ひざを曲げるおじぎとともに、「ご乗船ありがとうございます」の言葉が返ってくる。こんなに丁重にあつかわれるのは初めての体験だった。いたるところでシャンデリアや鏡がきらきらしている。金色の塗装《とそう》や、カーペットを敷いた階段や、みがかれた木とつやつやした真鍮《しんちゅう》でできた手すりも目にまぶしい。

マックおじちゃんとダックおばちゃんがいなかったら、わたしたちは完全に迷って、自分たちの船室に永遠にたどりつけなかっただろう。乗客がごったがえす回廊《かいろう》で、何度もポーターと荷物を見失った。回廊《かいろう》はどこまでもはてしなく続いている。前を行くポーターたちはつねに先を急いでいて、マックおじちゃんが何度もよびもどすはめになった。ダックおばちゃんのほうはニューヨークの道路をわたるときと同じように、わたしの手をずっとがっちりにぎっている。わたしが迷子になったり、とり残されたり、だれかにたおされたりしないためだったが、それと同時に、別れの時間がせまっていることを知っていて、それがいやで、はなれたくないのだろう。わたしがダックおばちゃんの手にしがみついていたのも、まったく同じ理由だった。

とにかくポーターからはぐれないようがんばって、最後には追いついた。船室に案内されたところで、出港まではまだ一、二時間あるとわかった。なかに入ってドアを閉めると、いきなり静かになった。みな、何をしゃべっていいかわからない。マックおじちゃんでさえ言葉を失っている。ダックおばちゃんとママがスーツケースや旅行かばんからせっせと荷物を出してクローゼットや机にしまっているあいだ、マックおじちゃんはいすにすわって新聞を読んでいたが、せきばらいをしながら、しょっちゅう懐中《かいちゅう》時計を出しては時間を確認している。

わたしはとにかく、この時間を早く終わらせたかった。いまにきっとだれかが泣きだすだろう。自分の胸にも涙《なみだ》がもりあがっていた。ダックおばちゃんはママのクジャク柄《がら》の部屋着をベッドの足もとに広げ、そのそばに室内ばきをそろえておいている。そしてとうとう涙《なみだ》をこぼした。わたしは歩みよって、ダックおばちゃんの肩《かた》に頭をのせた。ダックおばちゃんがわたしの手をぽんぽんとたたく。水仕事で荒《あ》れている、いつもと同じ手で。

船室は想像していたのよりずっと大きく、ここもまた宮殿《きゅうでん》のようだった。窓《まど》がひとつ、ちょうどわたしのベッドの上についていて、ベッドの上にひざをついて外をながめることができる。波止場《はとば》はまだこれから船に乗りこむ客でごったがえしていて、そのなかには軍服を着た人もまじっていた。カナダ人の兵士だよ、とマックおじちゃんが教えてくれる。たしかに、パパと同じ軍服を着ている。子ども連れの家族も何組かいて、そのなかに、わたしと同じ十二歳ぐらいの子どもの姿《すがた》を見つけて、なんだかうれしくなった。

何百という乗客が手すりに群《むら》がって、手をふりながら笑い声をあげている。泣いている人も大勢いた。楽団がかなでる音楽がどこかから流れてきて、ドラムの低音がからだにズンズン感じられる。エンジンのとどろきも伝わってきた。まもなく出航だろう。ダックおばちゃんもとなりでベッドの上にひざをつき、わたしの肩《かた》にうでをまわして窓《まど》から外をのぞいている。「メリー、いっしょに行けたらどれだけいいだろうね」

「わたしもそう思うよ、ダックおばちゃん」

さっきから、マックおじちゃんとママがせっぱつまったようすで、声を落として話をしている。わたしはふり返って聞き耳を立てた。ふたりは船室のドアのところにかたまって話していて、そのひそひそした感じから、わたしに話をきかれたくないのだとわかる。マックおじちゃんは読んでいた新聞をママに見せながらいっている。「とにかく、いやな予感がするよ。おもしろ半分でこんな記事をのせるはずがない。そう思わないかい？」

「やめてよ、マック」ママが声をひそめていった。「メリーにきこえるわ。前にもいったとおり、ゴシップを信じるつもりはないの。きっとこれはドイツ軍の宣伝《せんでん》よ。こういうことを書いておびえさせようって魂胆《こんたん》なのよ。新聞に書いてあることは全部正しいなんてナンセンス。正しかったとしても、わたしは気にしない。あの人のいるイギリスに行かなきゃいけないんだもの。だいたい、この船が航海するのはイギリスの領海《りょうかい》よ。それなのに何が危険なの。あなただって自分でいったじゃないの。これより速い船はないって」

船のサイレンが鳴った。それからまもなく、船室のドアをせっつくようにたたく音が大きくひびき、こちらへよびかける声がきこえてきた。

「すみません、お見送りの方は下船してください！　お早くお願いします！」

四人がいっせいに顔を見合わせ、気づいたときにはたがいのからだにしがみつくようにして、かたく抱《だ》き合っていた。わたしはマックおじちゃんが泣くのを一度も見たことがない。それがいまは泣いている。みんなが泣いている。泣いているママをダックおばちゃんが抱《だ》きしめてキスをしている。なんだかママが、大人にあやされる小さな女の子になってしまったようだ。

しばらくしてママと甲板《かんぱん》にあがった。船が出航の準備をするあいだ、手すりから身を乗りだして、マックおじちゃんとダックおばちゃんに最後のお別れをする。大きく手をあげながら、何度も何度もさよならをいっていると、しまいにうでが痛くなり、大声をあげたせいで、のども痛くなった。するとふいに、すぐ下の波止場《はとば》がさわがしくなった。波止場《はとば》と、甲板《かんぱん》に立つわたしたちのまわりの両方で、笑い声やはやし声がはじけている。

まもなくさわぎのもとがわかった。若い一家族だった。わんわん泣いている子どもふたりを抱《だ》きかかえた父親と、赤ん坊《ぼう》を胸に抱《だ》いた母親が、混雑《こんざつ》する人のあいだを必死になってぬけようとしていた。とりはずされる道板《みちいた》の手前に一家はぎりぎりで到着《とうちゃく》した。息をはずませながら、みんなにぺこぺこあやまる若い夫婦を周囲が歓声《かんせい》でねぎらい、手を貸して道板《みちいた》をあがらせてやっている。

ところがそこでとつぜん、あたりの雰囲気《ふんいき》が変わった。歓声《かんせい》がぴたりとやんで、その代わりに、不吉な風がさっとふいてきたように、群衆のあいだをひそひそ声が流れた。わたしには、みんながいっせいに背すじをこおらせているように思えた。いったい何が起きたのだろうと、いぶかった瞬間《しゅんかん》、わたしの目にも、それが見えた。

若い家族が道板《みちいた》をあがりきって船に乗りこみ、ポーターが荷物を受けとったのと入れちがいに、船から黒ねこが一匹飛びだしていって、その横をひた走った。いまにもとりはずされようという道板《みちいた》を、黒ねこは一気にかけおりて、最後は宙《ちゅう》を飛んで波止場《はとば》に着地し、群衆のなかに姿《すがた》を消した。

それから笑い声が起きたが、ひきつったような笑いだった。楽団が演奏《えんそう》を再開しても、お祭りムードはすっかり冷えていて、カモメがかん高い声で鳴きながら船の上空をぐるぐる旋回《せんかい》している。わたしはママの顔を見あげた。ママはわたしを安心させようと、笑顔をつくろうとしたが、できなかった。

船がまたサイレンを鳴らし、じりじりと波止場《はとば》からはなれていく。足の下で甲板《かんぱん》がふるえるのを感じながら、わたしはまだ手をふっていた。けれど、もうマックおじちゃんもダックおばちゃんも手をふり返してはこない。ダックおばちゃんはわたしたちを正視《せいし》できずに、こちらに背をむけてマックおじちゃんの肩《かた》に顔をうずめていた。マックおじちゃんのほうはずっとこちらを見ていて、一瞬《いっしゅん》たりとも目をはなさない。これでわたしたちの顔も見おさめだと思っているようだ。わたしも同じ思いだった。マックおじちゃんも、ニューヨークも、そこで知り合ったあらゆる人々も、今日で見おさめ。もう二度と目にすることはないような気がした。

ピッパとウィンター先生に小声でさよならをいう。船から岸へ、岸から船へ、また歓声《かんせい》が飛びかって、手をふりあっていたが、もうあまり気が入らずに休み休みやっている。マックおじちゃんとダックおばちゃんの姿《すがた》が群衆のなかに消えて、見分けがつかなくなるまで、わたしたちもずっと甲板《かんぱん》に立っていた。

それからすぐ、ママが船室におりたがったが、わたしはまだ甲板《かんぱん》にいたいとねばった。

「お願い、ママ。自由の女神の前を通りすぎるまで」

どうしても見たい気がしていた。ところが実際に見てみたところ、巨大な船のなかからだと、自由の女神像がずいぶん小さく見えるのにおどろいた。乗客のなかには、手をふって女神像とお別れをする人もいて、まるであとに残していく家族のようだった。それでわたしも手をふったのだが、ママはふらない。すでに海に背をむけ、おちつかないようすで手にした新聞にちらちら目をむけている。

「ねえ、ママ。マックおじちゃんと何か話してたでしょ。新聞に書かれていることがどうのこうのって。家にいるときもそうだったし、さっき船室でもそうだった。なんなの、ママ？」

「だからいったでしょ、なんでもないって」怒《おこ》ったような口調できっぱりいった。「なんでもないの。すべてうまくいくから大丈夫。さあ、メリー、船室におりるわよ。ここは寒くて、ママふるえてきたわ」

そういえば、わたしもふるえているのに気づいた。最後にもう一度自由の女神像に目をやり、ニューヨークの街並をながめてから、くるりと背をむけて、階下へおりていった。

その夜、船室で横になりながら考えたのは、マックおじちゃんやダックおばちゃんのことではなく、ピッパのことでもない。イギリスの病院で傷《きず》ついて横になっているパパのことでさえなかった。黒ねこが道板《みちいた》の上をひた走り、海を飛びこえて波止場《はとば》にわたった、あの場面がくり返し頭のなかによみがえっていた。黒ねこが、船から脱出するというのは、きっと何か意味があるにちがいない。けれども幸運をしめすのか、それとも悪運をしめすのか、それがわからない。いずれ時がたてばわかるのだからと、わたしは自分の胸にいいきかせた。

8 音楽の効果

シリー諸島《しょとう》　一九一五年七月

音楽がルーシーを変えるかもしれない。そんなクロウ先生の直感が正しいことを、みんなは願っていた。音楽が暗い気分をふきはらい、ルーシーが自分のからをやぶって外へ出る。記憶《きおく》の鍵《かぎ》があくと同時に、声もとりもどしたらいいと願っていた。

しかしジムは、最初からそういったことのすべてに疑いを感じていた。そもそも、このところしょっちゅう流れている音楽自体があまり好きではなかった。それでも、ルーシーの回復に人生のすべてをかけているようなメアリーを見ていると、何もないよりは少しでも希望があったほうがいいだろうと思えてくる。いまメアリーの生活は、どこからともなく現れた物いわぬ少女を中心に回っていた。だからジムも疑いはできるだけ表に出さないように気をつけていた。音楽は一日の例外もなく四六時中家のなかで流れていた。帰宅するなり、真っ先に耳に飛びこんでくる音楽にも、ジムは愚痴《ぐち》ひとつこぼさずにたえていた。

それでもしばらくすると、音楽に健康増進効果があるというクロウ先生の直感が、あながちまちがいでないことが、ジムにもわかってきた。ルーシーが自分から階下におりてくるようになったのだ。めったにないことだが、これはたしかに進歩だった。

おりてくるときには、階段がきしむ音もしないし、ドアのかけ金をはずす音もしない。それなのに、ふり返ると、ルーシーがだまってキッチンに立っている。階段をおりてすぐのところで全身を毛布でくるみ、テディベアを抱《だ》きしめているのだからぎょっとする。アルフィは、まるでゆうれいのようだと思ったことがある。ルーシーの目は家族ではなく蓄《ちく》音機《おんき》にむいていて、ぐるぐる回転するレコード盤《ばん》を見ながら、まるで催眠術《さいみんじゅつ》にかかったようにに、一心に耳をすましている。やっぱり音楽は効果があったと気づいてから、メアリーもアルフィも、ときにはメアリーにせっつかれてジムまでが、蓄音機《ちくおんき》のそばを通りかかったり、音楽のテンポがおそくなっていると気づいたりすると、自分でゼンマイを巻いて、できるだけ音楽を絶《た》やさないようにした。

そうした進展《しんてん》はあったものの、あいかわらずルーシーは一日のほとんどを二階のベッドですごしていた。上体をまくらにもたせかけ、自分のからに閉じこもったまま、ひと言もしゃべらずに窓《まど》の外を見つめているか、天井《てんじょう》を見あげている。それでもときどき、ベッドから出ているところをメアリーが見つけた。たいていは夜で、音楽がかかっていないときだった。ルーシーが部屋でハミングをしているのが家族にきこえてくる――あれはうなり声ではなくハミングだと、いまではは っきりわかっていた。

そのうち、就寝時間にメアリーが二階にようすを見に行くと、ルーシーが窓辺《まどべ》に立っていて、月をじっと見あげながら、悲しくもやさしい声で、ハミングをしていることが何度かあった。いつも同じ曲で、それも単なるひまつぶしではなく、月にきかせているかのようだった。それぐらい一心に月を見つめている。

いつしかルーシーは夕食の時間に下にいることが多くなった。どうやらその時間に合わせておりてくるらしいとみんなが気づきだした。家族とは距離《きょり》をおいているものの、ルーシーは蓄音機《ちくおんき》のそばに立ってじっと音楽をききながら、みんなの食事風景をながめている。ルーシーがおりてくるたびにメアリーは大さわぎで、愛《いと》しそうに抱《だ》きしめたあとで、手を引いてテーブルにつかせようとする。

「ルーシー、あなたはもう家族の一員なのよ。ビリーおじさんも、アルフィも、ジムも、わたしも、みんなあなたの家族なんだから」

メアリーはそれからビリーのことをルーシーに話し、もう少し元気になって歩き回れるようになったら、ボート小屋に連れていって、ビリーおじさんと引き合わせ、ヒスパニオーラ号を見せてあげるといった。「すごい船ができあがったのよ、ルーシー。信じられないほど美しいの。見たらきっとおどろくわよ」

しかしルーシーはみんなといっしょにテーブルにつこうとはしなかった。どんなにメアリーがさそってもだめだった。そこでアルフィがいいことを考えた。蓄音機《ちくおんき》のそばの壁《かべ》にくっつけるようにして、いすをひとつおいたのだ。たちまちそこがルーシーの指定席になった。いつもそのいすにすわり、食事もそこで食べるようになった。二階の寝室《しんしつ》で、ひとりで食べるよりも食欲が出るようだった。以前のように料理をつっつき回すだけでろくに食べないということもなくなった。

ある夜、ルーシーがおりてくる前に、アルフィがべつの作戦をためしてみることにした。蓄音機《ちくおんき》のそばにおいてあるルーシーのいすを、みんなが食事をするテーブルまで移動させたのだ。おりてきたルーシーはまゆをひそめ、しばらくためらっていた。きっとすぐ、回れ右して、二階にあがってしまうだろうとアルフィは思った。ところがルーシーはキッチンをゆっくり横切って、テーブルの前におかれたいすに近づき、そのままこしをおろしたのだから、おどろいた。

たったいま、とてつもなく重要な場面を目撃《もくげき》したのだと、テーブルについているだれもがわかっていた。言葉にこそしないものの、家族どうし目を合わせ、とうとう重要な角を曲がったことを確認しあっている。これを機にますます状況《じょうきょう》はよくなるだろうと、だれもが希望に胸をふくらませた。

次の日、アルフィはルーシーに蓄音機《ちくおんき》の使い方を教えた。針からほこりをふきはらい、レコードをしめった布でふき、レコードの上に針をそっとおくと曲が始まる。数週間前にクロウ先生から教えてもらったことを全部そのままルーシーに話した。そのころには家族全員、目をつぶってでもできるようになっていた。

ルーシーは最初の一、二度は、アルフィが教えてもほとんど興味をしめさなかったが、あるときから、ふいに真剣《しんけん》に話をきくようになった。そればかりか、ひとりでやってみたくて、うずうずしているのがわかった。実際やらせてみると手なれたもので、アルフィが教える必要もなかったと思えるほどすらすら操作《そうさ》する。きっと以前から何度もやっているんだとアルフィは確信した。

その日から、蓄音機《ちくおんき》の操作《そうさ》はルーシーひとりにまかされ、だれも手出しはしなくなった。いまや蓄音機係《ちくおんきがかり》となったルーシーは、メアリーがつくってくれた服を着て、毎日階下におりてきては、四六時中蓄音機《ちくおんき》の番をしている。レコードが終わるとすぐ、また最初に針をもどすか、べつのレコードに取りかえる。ゼンマイも、いつもきちんと巻いておいた。

あいかわらずだれとも言葉はかわさないが、ルーシーはいつも家族のなかにいて、いっしょに生活しているという感じが強くなった。パンづくりをしているメアリーを手伝うこともあって、とりわけルーシーは生地をこねるのが好きなようだった。しかしそれ以外の時間は、たいてい毛布にくるまって、片脚《かたあし》をおるようにしていすにすわり、前後にからだをゆらしていた。そばにはいつも、笑顔のテディベアがいる。

ルーシーは音楽に合わせてハミングすることもあった。そうしているときのルーシーは、ときに悲しそうな表情を見せることはあっても、すっかり安心して、まるで自分にむかって子守歌をうたっているようだった。蓄音機《ちくおんき》から流れる曲の多くは、すでに知っているのか、あるいは、きいたそばからおぼえてしまうのかもしれなかった。このハミングをきくと、ルーシーはきっとよくなるのだと、家族みんなが希望を持った。パンの生地をこねたり、ハミングをしたりするのなら、いつかしゃべれるようにもなる。それもひと言やふた言ではなく、ちゃんとした会話ができる日がくると。

きっともうすぐだよと、アルフィは母親にいい続けた。いまにルーシーは自分が何者で、どうやってここにたどりついたのか話すようになる。どんな話がきけるか楽しみだねと。

クロウ先生は往診《おうしん》に来るたびに、いつも新しいレコードを持ってきたが、そのすべてをルーシーが気に入るというわけでもなかった。耳にうるさくきこえる曲は、かけようとしない。何よりもピアノ曲が大好きで、とりわけモーツァルトがいちばんのお気に入りだった。アンダンテ・グラツィオーソのピアノソナタを何度も何度もくり返しかけて、一日じゅうそれしかかけないこともある。その曲に合わせてハミングをしながら涙《なみだ》をうかべることもよくあった。ルーシーがその曲を好きでたまらないのは明らかで、じきに家族みんなが好きになった。家のなかに四六時中音楽が流れていることに、いまだになれないジムも、〝ルーシーのテーマ〟とみんながよぶ、その曲は大好きになった。

「ルーシーのハミング、ありゃあ、実にきれいな声だ」ある夜、ルーシーもアルフィも寝《ね》たあとで、ジムがメアリーにいった。「天使みてえだな」

「それはあの子が、天国から舞《ま》いおりてきたからよ。子どもはみんな神さまからのおくり物。それでわたしたちはアルフィをさずかった。子どもはそういうものだって、わたしはむかしから思ってたわ。だからいったのよ。アルフィがあの子をセント・ヘレンズで見つけて家に連れてきたのは、ただの偶然《ぐうぜん》じゃないって。神さまからのおくり物よ」

しかしルーシーがずいぶん回復してきていても、メアリーがときに絶望しそうになるのに、ジムもアルフィも気づいていた。何週間、何か月とたっても、まだルーシーは家族のだれにも話しかけない。できないのか、したくないのか、それはわからない。こちらの話をどこまで理解しているのかも不明だった。何をきいても答えず、表情さえ変えない。とにかく人と目を合わせるのをいやがるのだ。アルフィとだけはたまに目を合わせることはあっても、すぐそむけてしまう。

ブライアー島にクロウ先生がやってくるたびに、メアリーはルーシーの状況《じょうきょう》をくわしく話し、なぜルーシーがしゃべろうとしないか、しゃべれないのか、じっくり時間をかけて、その原因《げんいん》と解決《かいけつ》方法をさぐっていく。クロウ先生は、自分の理解がおよばない、このふしぎな子どものことをいつも気にかけ、毎回の往診《おうしん》記録をくわしく記すようになった。

クロウ医師の日誌《にっし》より——一九一五年七月二十八日

ブライアー島からもどったら夜になっていた。今日の往診《おうしん》は、ジャック・ブロディとルーシー・ロストをふくむ四人。かなりつかれた。ミセス・カートライトの夕食はまたしても魚パイ。これがどうにも苦手なのだが、面とむかってそうはいえない。家《か》政婦《せいふ》としてわが家にきてくれて十一年。そろそろ気づいてくれてもよさそうなものだが。とはいえ彼女はすばらしい女性で、家事いっさいを完璧《かんぺき》にこなし、わたしの世話から始まって患者《かんじゃ》のめんどうまで、いつもせっせと働いてくれる。あの魚パイだけ……どうにかならないものか。

ウィートクロフト家のルーシー・ロストについてはなぞだらけだ。からだはすっかり回復しているのはまちがいない。ずっと苦しんでいたせきもとまり、胸のうっ血もなくなり、体温も平常にもどった。足首もすっかりもとどおりだ。ところが体重がわずかしかふえない。わたしから見たら、やせぎすの虚弱体質《きょじゃくたいしつ》だ。ウィートクロフト夫人があんなに親身に世話をしているのに、これは妙《みょう》だった。

メアリー・ウィートクロフトは意志の強い人だ。数年前、兄のビリーを保護施設《ほごしせつ》から出して家に連れて帰ろうと、長きにわたって力をつくして戦った。その決意のかたさはともに戦った自分がいちばんよく知っている。勇敢《ゆうかん》な女性だった。しかも家に連れ帰ってきてからは、一日も欠かさずに世話をしているのだから、おどろくしかない。ところがそれだけでは満足せず、兄のときと同じ強い決意のもとに、今度はルーシー・ロストを引き受けた。まるで自分の実の子どもであるかのように世話をしている。あの愛情のかけ方は、わたしにいわせれば過保護《かほご》のひと言だが、もちろんそんなことは本人にはいわない。

とにかく、あの家族はみなルーシー・ロストを心から歓迎《かんげい》していて、彼女の不可解《ふかかい》な点にわずかも動じない。ただしジムは、「音楽が一日じゅう鳴ってるんで、ときどききさけびだしたくなる」と打ち明けている。「そもそもああいう〝いまいましい機械〟を持ちこんできた先生が悪い」とよくしかられる。まあ本気ではなかろうが、実際今日もしかられた。

しかし家族はもちろん、いまではわたしにもわかっている。音楽がルーシーの内側にある何かをよびさまし、生きることにふたたび興味をむけさせた。なにしろ以前より明らかに幸せそうなのだから。できれば、よびさまされたのは遠い記憶《きおく》であってほしい。

問題は、まだ一度も笑顔を見せていないことだ。それがウィートクロフト夫人を大いに悩ませているようだった。おそらくルーシーには笑うようなことが何ひとつないからだろうと、わたしはにらんでいる。いずれにしろ、あの家で新しい家族にかこまれて、ルーシーはすっかり安心しているようだった。

ウィートクロフト夫人がつくってくれた服をうれしそうに着て、いっしょにパンをつくったり、暖炉《だんろ》の前で髪《かみ》をとかしてもらったり。しゃべりこそしないものの、ハミングはする。わたしと同じように、ルーシーも音楽に深い喜びを見いだしているのだろう。音楽に耳をかたむけているとき、とりわけこのあいだ持っていったモーツァルトのピアノ曲をきいているとき、彼女の目を見ると、音楽とひとつになっているような気がするのは、わたしの勝手な思いこみではなかろう。名前は忘れたが、とても美しい曲で、ルーシーはとりわけ気に入っていた。

彼女がどこからやってきたのか、何者なのか、いまだになぞだ。これまで口にした言葉はみっつだけ――ルーシー、ピアノ、それに意味不明のひと言。それもくり返し口にすることはない。しゃべるのが好きじゃないのかもしれないと家族はいっていた。ルーシーの心のなかに深い悲しみがいすわっていて、それがしゃべることや思いだすことを拒否《きょひ》しているような気がしてならない。その悲しみを音楽がほんの少しとかしたのだろう。どうして、とりわけピアノ曲にひきつけられるのか、はっきりした理由はわからない。わたしの持っていたピアノ曲は、いま全部ルーシーのところにあるはずだ。

　ルーシーはアルフィといっしょにいるのをことのほか好むようだ。ウィートクロフト夫人もそう感じているらしく、今朝アルフィが学校へ行く前に、ルーシーがいっしょに外に出て、メンドリにえさをやったと教えてくれた。ウィートクロフト夫人はこれに喜びながらも、ルーシーは、アルフィが相手だと喜んで外に出ることにくやしさも感じている。いっしょに農場に行こう、ビリーおじさんに会いにボート小屋に行こう、小エビをとりに出かけよう、島をめぐって散歩しようと、いくら夫人が熱心にさそっても乗ってきたためしがないという。

（ウィートクロフト家から帰るとちゅう、ビリーが愛《いと》しの船にせっせと手を入れているのを見かけた。こちらにむかって陽気に手をふり、歌をうたっていた。気分がいいにちがいない。やがてまたふさぎこむのはわかっているが、重度の抑《よく》うつ症《しょう》にかかっている患者《かんじゃ》にしては、おどろくべき回復で、これもみなウィートクロフト夫人の苦労のたまものだ)

ルーシーは、今朝初めて家から外に出たそうで、これは回復している徴候《ちょうこう》といっていい。いまこそ、できるだけ外に出るようしむけ、それを日課にするべきだろう。歩くことで体力がつき、食欲がわき、自然にふれることで気分が上むきになる。それはルーシーにかぎったことではなく、わたしたちみんながそうなのだと、ウィートクロフト夫人にいっておいた。しかし夫人には、無理じいするのは気が引けるといわれた。何度かやってみたけれど、そっぽをむかれておしまいだったというのだ。それでも、できるだけやってみるといってくれたので、新鮮《しんせん》な空気をたっぷりすうことも、歩くことも、ニワトリにえさをやることも、いまのルーシーにはいちばんの薬ですよ、といっておいた。

帰るとき、学校からもどってきたアルフィと波止場《はとば》で会った。いい機会だと思ったので、ルーシーのめんどうをがんばってみていることをねぎらい、これからもできるだけ外に連れだしてやってくれとたのんだ。アルフィはがんばりますと約束した。実にいい子で、この一家はそろいもそろってすばらしい。とりわけウィートクロフト夫人はたのもしく、ずばずばものをいうところなど、ミセス・カートライトに似ている。このふたりは敵《てき》にまわさないのが賢明《けんめい》で、こういう女性たちを見ていると、独身《どくしん》でよかった、これからもずっとひとりでいようと決意がかたまる。

しかしほんとうをいうと、ジムがうらやましい。メアリーほど感じのよい女性はなく、一生をともにするなら自分だってああいう女性を選ぶだろう。とはいえ、ジムだからこそめぐりあえた気もする。ジムは、「魚をとるよりジャガイモや花を育てるほうがむいてるよ」などと漁師仲間からいわれているようだが、彼ほど賢明《けんめい》な男もいない。きっと漁師というのはライバル心が強いから、ときに意地悪な口をきくのだろう。

日が落ちてセント・メアリーズにもどる道すがら、空に嵐雲《あらしぐも》が集まってくると、片《かた》脚《あし》のジャック・ブロディが思いうかんだ。彼の脚《あし》——残っているほうの脚《あし》——はまだ治っておらず、夜となく昼となく、痛みに苦しめられている。どんな治療《ちりょう》もきかなかった。いまでは口も満足にきけない。彼の目を見ていると、とにかくいまの自分から逃《のが》れたいと、それだけを願っているように思えた。生きている一日一日が苦痛の連続で、こんな状態で生きている自分をはずかしく思い、できることなら終わりにしたいと願っている。まだほんの少年にすぎないというのに。ジャックの苦境《くきょう》を見ていると、同じような境遇《きょうぐう》にいる何千という若者が頭にうかぶ。ジャックと同じように、心身ともにぼろぼろになりながら、残りの人生を生きなければならなくなった若者が、国じゅういたるところにちらばっていて、その数は戦争が終わるまで、さらに何千人もふえるのだ。

島に帰る船に乗りこむと、へさきに立って深々と息をすった。潮風《しおかぜ》が心のゆううつをふきはらってくれると思ったのだが、それはかなわぬ願いだった。灰色《はいいろ》にうねる海をながめながら、わたしの頭にうかぶのは、水平線のかなたにうかぶ、わが国の勇敢《ゆうかん》なる船群と、その下にひそむドイツの潜水艦《せんすいかん》だった。船を撃沈《げきちん》されて海にしずんだ大勢の若者たちと、息子の死を悲しむ母親たち。戦争で負《お》った傷に生涯《しょうがい》苦しめられ、みじめな人生を送るはめになったジャック・ブロディ。わたしの心は降り積もる悲しみで重くなっていくばかりだった。そんななか、ルーシー・ロストという少女の存在は、島の大勢の人々と同様に、わたしにとっても希望のかがり火だった。

ルーシーは最近よくキッチンに立って窓《まど》の外をじっとにらんでいる。とりわけアルフィが学校から帰ってくるのを待つときはそうだった。ドアのところにはりついて待ちこがれているように見えるのは、メアリーだけかもしれない。ルーシーは決してひとりで外に出ようとはしなかった。どんなにメアリーがすすめても、アルフィといっしょでなければ、玄関《げんかん》の階段より先には行かない。アルフィとメンドリの世話をし、卵を集めてえさをやるのは、ルーシーにとって一日のハイライトになっていた。

ルーシーは、朝いちばんに蓄音機《ちくおんき》でモーツァルトの曲をかけ、それからアルフィといっしょにメンドリ小屋を開けに行き、日が落ちたらアルフィが小屋を閉めるのを手伝って一日の仕事が終わる。朝などアルフィの用意ができる前に、もうルーシーが裏口《うらぐち》で待っている。アルフィは帽子《ぼうし》をかぶると、トウモロコシの粒《つぶ》が入ったバケツをふって、「じゃあルーシー、行こうか」と声をかける。外に出る瞬間《しゅんかん》は、いつでも不安で胸がいっぱいのようだが、それでもルーシーはアルフィといっしょに出ていきたいようだった。

アルフィのあとについて、おびえた子ジカのようにあたりをおどおどと見回し、アルフィにくっついている。庭をつっきってメンドリ小屋に行くまで、ずっとアルフィのひじをつかんでいるときもある。バケツを持たせようとか、小屋のとびらを開けさせようとしたこともあったが、ルーシーはしりごみしてあとずさり、こぶしを口におしあてたまま、おびえた表情でアルフィのやることを見ている。例によって毛布をはおり、テディベアを胸に抱《だ》きしめながら。

アルフィが小屋のとびらを開けてやると、ルーシーがひとにぎりのトウモロコシをばらまいてから、卵を集めたり、水をくんできたりする。そこまでできるようになるのにかなりの日数がかかった。とりわけルーシーはトウモロコシをばらまくときにおっかなびっくりだった。メンドリがかけよってきて、足もとでクワックワッと鳴くと、必ずアルフィのうでにしがみついて、かげにかくれてしまう。それでも卵を集める仕事は気に入ったようで、メンドリが遠くでえさに夢中になっているかぎり、熱心に集めていた。ルーシーにとっては卵のひとつひとつがおどろきらしく、ほおにあててあたたかさを楽しんだりもしている。

朝食のときに、メアリーはルーシーに自分の食べる卵を選ばせる。そうすると、ルーシーはさっそくそれを自分でゆで、細切りにしたバタートーストを半熟《はんじゅく》の卵にひたして食べる。ルーシーにとって卵はいつもごちそうで、これもよいきざしだった。あいかわらず物いわず笑顔も見せないが、ルーシーの食欲がアルフィと同じぐらい旺盛《おうせい》になったので、メアリーの心配事がひとつへった。さらに一、二週間たつと、メンドリにえさをやるときの恐怖《きょうふ》がすっかり消え、メンドリにまつわる仕事はすべてルーシーが責任を持ってやるようになった。

一方、アルフィは、ほかの人に感じたことのない想いをルーシーに感じるようになっていた。ただしそれもアルフィがいっしょという条件つきなのだが。

いた。言葉はいっさいしゃべらないものの、ルーシーと自分は目に見えない信頼《しんらい》のきずなで結ばれているようで、いっしょにいて安心するのだった。そしてある夜、この言葉のいらない友情が、まったく思いがけない形で証明されることになる。

その日、ルーシーはキッチンの窓辺《まどべ》にすわって、暗くなっていく空を見あげていた。蓄《ちく》音機《おんき》の音楽に合わせてそっとハミングをしていたと思ったら、ふいに立ちあがってアルフィに歩みより、手をつかんだ。アルフィ同様、これにはジムもメアリーもおどろいた。ルーシーに引っぱられてアルフィは立ちあがり、手を引かれるままに月のかがやく庭に出ていった。グリーン湾《わん》に打ちよせる波のおだやかな音がきこえるなか、ビリーおじさんのボート小屋に灯《とも》るランプの明かりが見える。風はそよともふかない代わりに歌声が流れてくる。

「ビリーおじさんだよ、ルーシー。おじさんのことは話したよね？　ああやって歌をうたうこともあるって。昼食を持って行ったら、今日はごきげんななめだったって母さんがいってたけど、きっとよくなったんだ。おじさんがうたうのは気分がいいときだけだから。いつかおじさんのところに連れていって、会わせてやるよ。ルーシーのことは全部話してあるんだ。もちろんきみがその気になったらだよ」

けれどルーシーは話をきいていなかった。アルフィの背中をしきりにたたいて、月を指さしている。顔をあげると満月だった。ぐっとこちらにせまっていて、これまで見たどんな満月よりも近くにある気がする。月面の山々までがくっきり見えた。するとアルフィの手にルーシーの手がすべりこんできた。「しゃべらないで、ただ耳をすませていよう」と、そういいたいんだと、なぜかアルフィにはルーシーの気持ちがわかった。まるで言葉にならないひみつを、月を通じてルーシーと共有しているような感じだった。

ふたりは長いことその場に立ったまま、海の音に耳をすましていた。するとルーシーがハミングを始めた。お気に入りのいつもの曲。きっとそうしてほしいのだろうと思って、アルフィもいっしょになってハミングした。

曲が終わっても、ふたりして、もうしばらくその場に立っていた。海の息づかいに耳をすますように、月に耳をすます。そんな感じがした。いったい何が起きたのか、アルフィにはよくわからない。それでもこのひとときが、自分にとってそうであるように、ルーシーにとってもかけがえのないものであることだけはわかる。自分はこのときのことをずっと忘れないだろうとアルフィは思った。

それから一週間ほど過ぎた霧《きり》の濃《こ》い朝、アルフィが登校前にルーシーといっしょにメンドリ小屋を開けているときのことだった。ルーシーがふと目をあげると、たまたまそこに馬がいた。霧《きり》のなかから、畑をぶらぶら歩いてきたペグがひょっこり姿《すがた》を現したのだ。草を食《は》み食《は》み、ぼさぼさのしっぽをふっている。ペグは地面に身をふせると、そのままころげまわって、うれしそうに鼻を鳴らし、おならをした。ルーシーはアルフィの顔を見あげて、にっこり笑った。アルフィが初めてみるルーシーの笑顔だった。

「ルーシーは馬が好きなんだね。でもいっておくけど、こいつには気をつけたほうがいいよ。ペグはね、性格がねじまがってるんだ。仕事はちゃんとやるけど、人間が大きらいなんだ。すきを見せると、おしりをかまれる。本気でけってきたりもするんだ。だから、ペグには絶対乗ろうとしちゃだめだよ。ペグの背に乗ってお散歩なんて無理だから」

ルーシーは馬にすっかり心をうばわれて、アルフィの話などひと言も耳に入っていないようだった。「ルーシー、ぼくのいうこと、ちゃんとわかってくれてる？　ずうっと話しかけているんだよ。なのに三か月たってもはっきりしない。きみがぼくの話を理解しているのか、いないのか。べつにいやだっていうんなら、ずっとしゃべらなくてもいいけど、せめてわかったときには、うなずいてくれないかな？」

ルーシーはうなずいたが、アルフィの顔は見ない。馬から目がはなせないのだ。

「そうそう、それでいいんだ」アルフィはおどろくと同時に興奮しながら先を続ける。「話すのは全部ぼくがやる。きみはきくだけで、わかったらうなずいてくれればいい。それならいいだろ？　そのうち心の準備ができて、話をしてくれるようになるよね？」

ルーシーはまたうなずいた。

アルフィは、はずむ足どりで学校へ行った。その日は一日、うれしさのあまり、心のなかで歌をうたっているような気分だった。ルーシーが笑った！　ルーシーがうなずいた！

ルーシーはちゃんと話をわかっていた。

アルフィが学校へ行ってしまったあともルーシーはまだ長いこと庭にいて、ペグをまじまじと見ていた。そのあと漁に行こうと外に出たジムがこれを見つけ、ルーシーにきこえないよう、小声でメアリーを外によびだした。

「そら、アルフィがいねえってのに、ひとりでこれだけ長く外にいる。初めてじゃないか」

「それなのに、どうしてわたしたちに話しかけてくれないんでしょうね」とメアリー。「いいたいことは山ほどあるはずよ。どうしてそれを口に出さないのかしら。自分のこと、もっと話してくれたらいいのに。わたしたちはまだなんにも知らないのよ」

「知ってることはあるさ」とジム。「ルーシーは音楽が好きだろ？　お気に入りの曲をいつもハミングしてる。あのいまいましい蓄音機《ちくおんき》をしょっちゅう鳴らしやがってな。これはまちがいなく回復している証拠《しょうこ》だ。ルーシーは完全に復活する。それには時間が必要だ。あせらなければ、いまにきっと元気に外を走り回るようになるさ。最近じゃあ、馬みたいにバクバク食うじゃねえか。メンドリにも喜んでえさをやってる。ルーシーのやつ、アルフィに熱をあげてるぜ。アルフィがあの子に奇跡《きせき》を起こしたんだよ。それをいうなら、メアリー、おまえだってそうさ。てえしたもんだよ」

「ほんとうに?」メアリーが夫をふり返り、目に涙《なみだ》をためていう。「ほんとうにそう思う?」

「学校へ行く前にアルフィがいってたじゃねえか。ペグを見て、ルーシーがにっこり笑ったって。初めての笑顔だ！　それにルーシーは思っていた以上に話をしっかり理解してるそうだぜ。だからおまえも元気出せって。くそっ、まさかあの子が笑うなんて」

「朝からきたない言葉を使うんじゃありません、ジム・ウィートクロフト」メアリーがふいにいつもの調子をとりもどした。「そのよごれた口をせっけん水で洗って、さっさと漁に出かけなさい。うちには役たたずはいらないの」

そういって、ふざけて夫をおしだす。「霧《きり》が出ているから、あまり遠くへ行かないほうがいいわ。なんだかいやな感じ」

「また心配性が始まったぜ。海霧《うみぎり》がちょっと出ただけだ。すぐ晴れるから、くよくよすんなって」

9 濃《こ》い霧《きり》の中に

シリー諸島《しょとう》

その朝、ジムが霧《きり》のなかをサムソン島沖《おき》まで漁に出て、アルフィがまだ学校にいるあいだに、ルーシーがいなくなった。メアリーはそのとき、夕食用のジャガイモをほりに数分家をあけていた。出ぎわに、ルーシーがいつものように蓄音機《ちくおんき》で音楽をきいているのを確認していたが、もどってみると音楽は流れていなかった。蓄音機《ちくおんき》の針がレコードの最後の部分に引っかかって、カチカチと不吉な音を立てているばかりで、家のなかはしんと静まりかえっていた。

メアリーは恐怖《きょうふ》に胸をわしづかみにされた。こんなふうにルーシーが突然いなくなることなど一度もなかった。二階の寝室《しんしつ》までかけあがって、大きな声で名をよびながらも、ルーシーはいないと、もうわかっている。一階におりてくると暖炉《だんろ》の前のジムのいすにルーシーの毛布がきちんとたたんでおいてあるのが目にとまった。その上にテディベアがうでをのばして横になっている。家のなかでも外でもルーシーが、はだ身はなさず持っているもので、どちらかひとつでも欠けているのをメアリーは見たことがない。

心配にわれを忘れて家から飛びだし、外に立ってルーシーの名をさけぶ。行きそうな場所といってもさっぱり見当がつかず、どこから探したらいいのかわからない。島のはしからはしまでめぐったところで距離《きょり》はせいぜい三キロメートル。せまいけれど、ルーシーが迷子になりそうな場所はいくらでもあった。霧《きり》のなかではなおさらだ。だいたい外に出るといったって、これまでルーシーは庭のはずれのメンドリ小屋までしか足をのばしたことがない。どこかに迷いこんだとしたら、どうやって帰ったらいいのか、わかるはずもない。数百メートルの高さでそびえる崖《がけ》がヘル湾《わん》にはある。もし崖《がけ》をめぐる道のへりから足をすべらせでもしたら……おそろしくて考えられない。

そこでメアリーは海の潮《しお》が満ちてきているのを思いだした。もしルーシーが遠くの砂州《さす》までふらふらと出ていったなら、満ち潮《しお》で帰れなくなるのは目に見えている。つい昨年も、幼いデイジー・フェローズがそうなったばかりだった。デイジーは首まで水につかっていた。泳げない子だったから、へたをすると命を落としかねなかった。見つかったとき、

ジェンキンズじいさんのところの野犬まがいの犬は、ほとんど放し飼《が》い状態で、以前にも子どもにおそいかかったことがあった。それにウォッチ丘《おか》のふもとに広がる牧草地では

雌牛《めうし》にまじって、気の荒《あら》い牡牛《おうし》が一頭いると有名だ。ルーシーがそこに迷いこんだとしてもふしぎはない。何が起きてもおかしくなかった。

メアリーの胸に恐怖《きょうふ》の波がもりあがってきて、いまにも外にあふれだしそうだった。どうすることもできず、気がつくとメアリーは、ルーシーの名をどなりながら走っていた。ウォッチ丘《おか》やサムソン丘《おか》を探し、教会の周辺と墓地《ぼち》も見て回り、ポプルストン湾《わん》ぞいを走ってヒースの丘《おか》へ出る。どこへ行って、だれに出くわしても、ルーシー・ロストを見なかったかときいてみた。見たという人間はひとりもいなかった。まもなく島内に警報《けいほう》が広まり、住民がこぞって出てきてルーシーを探し回ったが、そのころには島は濃《こ》い霧《きり》にすっぽり包まれていて、わずか数メートル先も見えなかった。ホワイトアウトとよばれる現象だった。

午後になってアルフィが、ブライアー島に暮らすほかの子どもたちといっしょにトレスコ島の学校から船で帰ってきた。そのときもまだルーシーは行方不明《ゆくえふめい》だった。何が起きたのか知るとすぐ、全員がルーシーを探しに出た。

おまえの母さんが教会にいるぞときいて、アルフィが行ってみると、メアリーが床《ゆか》にひざまずいて無言で祈《いの》りをささげていた。こちらに顔をあげると、メアリーの目に涙《なみだ》がたまっていた。「神さまが助けてくださる。絶対あの子を守ってくださる。そうよね、アルフィ?」

ふたりはしんとした教会の暗がりでしばらく抱《だ》き合っていた。そのうちメアリーの涙《なみだ》がとまり、気持ちも落ちついてしゃんとした。「しっかりするのよ、メアリー。泣いてたってなんにもならない。神は自《みずか》ら助ける者を助けるっていうでしょ」そう自分にいいきかせると、「さあ、アルフィ。ルーシーを探しに行きましょう」と立ちあがった。

ふたりはそれからたがいにはげまし合いながらルーシーを探した。きっと無事だから大丈夫と相手にはそういいながら、ともに最悪の事態を予想しておびえている。真っ白な霧《きり》におおわれた島のなかを何時間探しても見つからず、島民はしだいに希望を失ってきた。霧《きり》が出ていようがいまいが、時間が経過すればするほど、無事に見つかる可能性は低くなるとわかっている。ただ道に迷っただけではなく、何か事故にあったのだと思い、みんなは島のあちこちで大声を出し、口笛をふき、教会の鐘《かね》まで鳴らしたが、ルーシーの気配《けはい》はどこにもなく、なんの反応も得られなかった。あらゆる音を霧《きり》が飲みこんでしまったようで、カモメやミヤコドリのかん高い鳴き声までがくぐもってきこえる。光がみるみるうすれていき、霧《きり》があたりをいっそう暗くしていく。

これ以上、大声でよんでも、どこを探しても意味がないと、だんだんにみんなが気づいてきた。そもそもルーシーは口がきけない。よばれたところで、どうやって答えるのか？崖《がけ》も浜《はま》も畑も生《い》け垣《がき》も庭も、何度も探したし、あらゆる納屋《なや》や小屋を見て回った。ルーシーは現れたときと同じように、また、ぷいっとどこかへ消えたのだと、そうみんなを納得させようとする者もあった。

さらには、子どものなかからだけでなく、大人のなかからも、こんなささやき声がきこえる始末だった。

「ルーシー・ロストがゆうれいだってうわさは、ほんとうだった。セント・ヘレンズ島に住みついた子どものゆうれいで、永久にひとりでさまよい続ける運命なんだ。ほら、ゆうれいってのは、好きなときに現れて好きなときに消えるだろ?」

ばかげているとしかいいようがないが、いくら探しても見つからないとなると、こういう考えに納得する者もふえていく。なかには、死体ひとつ残さずに消えたのだとしたら、ルーシー・ロストはやっぱりゆうれいなのだと、すっかり信じこんでしまった者もいた。

ほかのだれよりもルーシーのことを知っていて、肉体をちゃんと持っているとわかっているアルフィとメアリーでさえ、なんの手がかりもないまま数時間もすごしていると、すっかり気が動転して、そんな話のひとつも信じてしまいそうになる。それでもふたりは、ほかのみんなといっしょに、視界《しかい》をふさぐ霧《きり》のなか、ウォッチ丘《おか》やサムソン丘《おか》にのぼり、荒野《こうや》に生えるヒースのなかに目をこらし、ひょっとしたらルーシーが入りこんでいるかもしれないと、大きな石棺《せっかん》や古代の埋葬地《まいそうち》をかたっぱしからのぞいて、もう一度確認した。ヘル湾《わん》やドロッピー・ノーズ岬《みさき》の岩のあいだもめぐったが、崖《がけ》のへりにあたる海岸ぞいの道に出てみると、小石を投げればとどくところに海があるはずなのに、霧《きり》におおわれて水面が見えない。霧《きり》はルーシーをはじめ、あらゆるものを飲みこんでしまったようで、波の音さえきこえなかった。

メアリーとアルフィはもう話もしない。その必要はなかった。たがいに最悪の事態を覚《かく》悟《ご》しているとわかっていた。母と息子は手をかたくにぎりあい、霧《きり》のなかからぬっと人かげが現れるたびに、ルーシーではないかと期待する。しかしそれらはすべて、自分たちと同じように、ルーシーを探している人間だった。

「何かわかった？」メアリーは毎回期待をこめてきくのだが、それと同時に、どうせ答えはわかっているという、やりきれなさも感じていた。

「何も」やはり同じ答えだった。

「じゃあ、引き続き探して、祈《いの》り続けましょう」会う人ごとに、きっぱりそういうものの、メアリーのなけなしの希望も、そろそろつきてきたのがアルフィにはわかる。

ラッシー湾《わん》のかげにある砂丘《さきゅう》をまた探し、グリーン湾《わん》にそって歩いてもどる道すがら、前方の霧《きり》のなかからジムの声がきこえてきた。

「そこにいるのは、メアリーか？　そうだそうだ！　アルフィもいっしょか？　こんなところまできて何をしてる？」

いまではもう霧《きり》のなかを歩いてくる人かげがはっきり見える。

「こんな霧《きり》は初めてだ。だが魚は好きらしい」そういって魚の入ったバケツを持ちあげて、ふって見せる。「これならおまえも満足だろう――上物のサバが十二匹に、極上《ごくじょう》のスズキが一匹。ビリーが喜びそうなカニも一匹あるぞ。どうだ、悪くないだろ？　それにおどろくんじゃねえぞ、浜《はま》にあがるオレをだれがむかえてくれたと思う！」

ジムの後ろのうす暗がりから、ペグが姿《すがた》を現した。砂《すな》の上を歩いてくるペグの背中に人が乗っている。ルーシーだった。「うちのルーシーが馬に乗れるなんて知らなかっただろ？おい、どうした？　ゆうれいでも見たような顔して？」

メアリーは言葉が出てこない。ただ浜辺《はまべ》に立ちつくし、顔を両手でおおってすすり泣いていた。アルフィが代わりに説明をする。

「ルーシーは一日じゅう行方不明《ゆくえふめい》だったんだよ。島じゅうみんなで探したんだ。崖《がけ》から落ちでもしたんじゃないかって。いったいどこにいたの？」

気がつけばペグがアルフィの目の前にいて、鼻面を肩《かた》にこすりつけていた。

「ビリーおじさんといっしょだったらしい。だよな、ルーシー？　ビリーおじさんは小エビをとってこようと海に出ていた。あたりにだれもいないときに、ちょこっと出ていくんだな、あの人は。霧《きり》が出ていりゃ、なおさら都合がいい。と、そこへルーシーがペグに乗ってやってきた。自分がどこにいるのか、さっぱりわかってなかったって、ビリーはそういってたぜ。そりゃ無理もねえ。ずいぶんと不安げだったらしい。それでビリーは自分のボート小屋へ連れていった。そこで午後のあいだずっと、小エビを食べたり、ヒスパニオーラ号の帆《ほ》を直したりして過ごしたそうだ。この子は針仕事がうまいってビリーがいってたよ。で、かなりの時間がたったころ、ビリーはいろいろ考えて、ルーシーとペグを家まで送ることにした。そこへ漁からもどったオレが出くわしたんだ。霧《きり》のなかからぬっと現れたもんだから、おどろいたのなんのって。そんなわけで、ビリーは家に帰り、ルーシーはここにいるってわけだ」

「おい、メアリー、この子の顔を見てみろ。とびっきり幸せそうじゃねえか。何を泣く必要がある？」ジムはいって、妻《つま》の肩《かた》にうでを回した。「ちゃんともどってきたんだ。ルーシーはピアノ曲とおんなじくらい馬が好きらしい。ちゃんと乗り方をわかってる。ほら、引《ひ》き綱《つな》も鞍《くら》も、なんにもありゃしねえ。ひざだけでペグを乗りこなしてる。馬のことをよく知ってるんだろう。生まれたときからずっと乗ってきたって顔だ。しかも相手はこのペグだぜ。この馬が人を乗せたことがあったか？　こいつの仕事は荷を引くことだ。荷馬《にうま》は人を乗せない。オレもむかし、二度ほど挑戦《ちょうせん》してみたさ。アルフィや他のみんなもな。だが結局、生《い》け垣《がき》やみぞや、イラクサのなかにしりもちついて、おしめえだ。人を乗せるなんて、どだい無理なんだ。それが見ろ、ルーシーときたら、すました顔で乗ってやがる」

ジムは笑って手をのばし、ペグの前髪《まえがみ》を持ちあげる。

「おい、ペグのやつ、笑ってるぞ！　こんなの初めてだ。それに見ろ、うちのルーシーも笑ってる。いいねえ、まぶしい笑顔ってやつだ。そういう顔をしょっちゅう見せろや。乗馬もどんどんやってみな。そら、アルフィ、おまえのほうが若いんだから、持ってろ」ジムは息子に魚の入ったバケツを手わたすと、「さあ帰るぞ」とメアリーのうでをとった。

「海からもどってくるのに、とんでもねえ時間がかかっちまった。海峡《かいきょう》を手さぐりでわたってきたようなもんだからな。どんより濃《こ》い霧《きり》で、自分の鼻先も見えやしない。頭ンなかに海図が入っててよかったぜ。これだけ長いこと海に出ていりゃあ、いやでもおぼえるってもんだ。夕めしは早めにたのんだぞ、メアリー。はらがすいて死にそうだ。いまなら馬のようにがつがつ食える。おっと、ゆるしとくれよ、ペグ」

ビリーがルーシーを保護《ほご》して、ずっとめんどうをみていたといううわさが広まると、「やっぱりあいつはプッツンだ。メアリーにでもだれにでも、ちょっと連絡《れんらく》すれば、こんな大さわぎにならなかったものを」とつぶやく声もきかれたが、おおかたはそんなことを気にはしない。ルーシー・ロストが無事見つかったと、それだけで胸をなでおろし、何もかも帳消《ちょうけ》しになった。

この事件はそれから数日にわたって島の人々に話題を提供した。霧《きり》のなか、どのぐらいの時間さまよっていたのか。いつビリーに発見されたのか。そのへんのところはまったくわからないものの、そのあいだにペグががらりと変わったのはまちがいなく、まるでルーシーに魔法《まほう》をかけられたかのようだった。

ときにまったく手に負《お》えないほど、がんこで意地悪くなる。そんなペグの性質を島の人間ならだれでも知っている。全身黒毛におおわれ、ぽよぽよした毛の生えるひづめと曲がった鼻を持つ、ほおひげのある老馬ペグは、島のあちこちで働いている。とはいえ働くのはその気になったときだけ。きちんとえさをあたえられ、しかるべきあつかいを受けたうえでという条件つきだ。ほんとうは島のなかを勝手気ままに歩き回って、のんびり草を食《は》んでいるのがいちばんいいのだが、やさしいところもあって、必要とあればどこへでも出むいていく。ただし不当なあつかいを受けたと感じたり、気分を害されたりしようものなら、二度と行かない。

ペグは農耕馬《のうこうば》であり、島で一頭しかいない荷馬《にうま》でもある。かつてはジャガイモ畑や花畑の肥料《ひりょう》にする海草を荷車に積んで、浜辺《はまべ》と畑を何度も往復していた。島にはロバも二頭ほどいて、荷物の運搬《うんぱん》は彼らが一手に引き受けているものの、ペグがいなくては島民の暮らしは立ち行かない。それを島民はもちろん、ペグ自身も知っているようだった。自分のことは自分で決め、だれの言いなりにもならない。つねに最大の敬意《けいい》を持ってあつかわれるのを好んだ。

人間はきらいだ、それでもこちらの気にいるようにふるまうなら大目に見てやろうと、ペグの態度ははっきりしている。過大な要求をしたり、長時間働かせたりすれば、必ず痛い目に遭《あ》う。背に乗ろうとしたり、ぼうやむちをふるったりして言いなりにしようものなら、どっちが主人か、すぐ思い知らされることになる。ブラシをかけるのも、ひづめのよごれをかきだすのも、本人がいやがるのを無理にやろうものなら、とたんに気を荒《あら》げ、若者だろうが老人だろうが、おかまいなしにするどい歯でかみつき、ねらいを定めてけりつけてくる。だから島民はみな、ペグにはそうとう気を使っていた。

しかし子どもが相手となると、たいていの場合、ペグはおとなしい。ニンジンなど持ってこられた日にはなおさらだ。ニンジンがあれば、どんな小さな子でもペグを連れてきて仕事をさせることができる。指示もほぼいらず、自《みず》ら働く。ところが一日の仕事が終わって、じゃあ家まで乗せてもらおうとすると、大変な目にあうのだった。

だれもペグには乗らない。きもだめしのつもりでチャレンジする者もいたが、必ず最後は泣きを見る。だれも乗りこなせず、わずかでも背にとどまっていることはできない、そんな馬に、いまルーシーが乗っている。あのルーシー・ロストがペグの背に何時間も乗っていた。まったく意外な話で、この日を境《さかい》に、みんなのペグを見る目が大きく変わった。霧《きり》のなかルーシーを乗せて歩いていたと、島の話題を一気にさらった事件の日から、ベロニカ農場へ通うペグの姿《すがた》がよく見られるようになった。ペグは庭に入ってドアの真ん前に立って、ルーシーが出てくるのを待っている。ときには窓《まど》からなかをのぞいていることもある。午前中、たいていルーシーはペグの背に乗って島めぐりをしており、どちらもそのひとときを心から楽しんでいるのがわかる。

そうして最近はペグに仕事をさせよう、馬具をつけようと、だれが探しに行ってもなかなか見つからず、見つかってもペグは、馬具をつけるのをこばむようになった。

足をふみならし、ぼさぼさのたてがみをふって、ここではないどこかへ行きたいのがだれの目にも明らかで、だれといっしょにいたいのかもわかっていた。畑を耕《たがや》したり土をくだいたりといった仕事が終わり、馬具をはずしたとたん、ペグは小走りにかけだしてベロニカ農場へルーシーを探しに行く。速歩でかけだすことは絶対ないといわれていたあのペグが、いまはルーシーを背に乗せて走っている。ラッシー湾《わん》ぞいをゆるいかけ足で走っていたかと思うと、いきなり全速力でかけだしたりするものだから、島民はひたすらおどろいている。

10 希望の光

シリー諸島《しょとう》

それから数週間後、ブライアー島に往診《おうしん》にやってきたクロウ医師は、それまでルーシーを夢中にさせていた自分の蓄音機《ちくおんき》が、いまでは完全に馬に負けているのを知ることになる。とはいえ、それほどがっかりはしなかった。

クロウ医師の日誌《にっし》より——一九一五年八月二十七日

ルーシー・ロストとペグをこの世にもたらしてくれた神に感謝する。うつうつとした朝から始まった一日が、これほど幸福な気分で終わるとは思いもしなかった。ドアをノックする音で夜明けに目がさめた。ジャック・ブロディをまたみてほしいという急報をミセス・マートンがブライアー島から持ってきたのだ。この夫人は少々苦手だ。おせっかいなうえにシリー諸島《しょとう》一のうわさ好き。こういう場所にもその手の人間が少なからずいる。しかし今回は、わたしをたたき起こすだけの正当な理由があった。あわれなジャックがまた正気を失ったから、すぐにかけつけたほうがいいとミセス・マートンはいった。

ジャック・ブロディの往診《おうしん》をしぶったことは一度もない。この島々で、だれよりも医者の助けを必要としているのが彼だった。それでも、いつまでたっても治らない患《かん》者《じゃ》を目のあたりにするのは医者として非常にしのびない。

ジャックは傷が治らないばかりか、痛みに終始苦しんでいた。片脚《かたあし》の切断手術は成功したものの、また感染症《かんせんしょう》を起こした。こちらはできるだけのことをし、傷口を消毒《しょうどく》して包帯《ほうたい》を巻《ま》くやり方を母親に何度も教え、手当のさいには手と指を必ず消毒《しょうどく》するよう、口をすっぱくしていっておいた。いちばんこわいのは敗血症《はいけつしょう》だ。ひとたびその症《しょう》状《じょう》が出たら、もうなすすべはなかった。

運がよければ、じきに傷は治るだろうが、彼の目にうかぶ苦悩《くのう》は治しようがない。少しでも楽になるよう心をくだいてきたものの、正直にいうと、ジャックは二度と楽にはなれず、四六時中おそいかかってくる痛みと一生つきあっていくしかないと、わたしにはわかっていた。けなげにたえてはいるものの、元気なときの彼を知っているわたしが思うように、ジャックもいまの自分はあまりにみじめだと思っているにちがいない。慈悲《じひ》深い神が最大限の思いやりをしめすなら、一刻《いっこく》も早く彼をこの生き地獄《じごく》から救出して天国へ連れていくだろう。母親はずいぶんむかしに夫に先立たれて、たいていの苦しみにはなれっこになっているようだが、息子がこれだけ苦しんでいるのを見るのは、たえがたいはずだった。

悲しみの家を出たあと、わたしはもっと幸せな家にむかった。ジャックの家から数百メートルしかはなれていないその家を、このタイミングでたずねたのは幸運だった。そこで第二子をみごもったミセス・ウィロビーの出産を手伝うことになった。すべての出産がこれほど楽なら、どんなにいいだろう。生まれたのは男の子で、〝ハンサム〟と名づけられた。めずらしい名だが、この美しい子どもには、実にふさわしい。大きなからだで体重は四キログラム近くあり、頭は黒髪《くろかみ》におおわれている。

はずむ足どりでその家を出ながら、悩《なや》みをかかえたいまの世界にも、いずれまた平和がもどり、人々が幸せに暮らせる日がきっとくると、そんな気がしていた。歩きながらまわりの自然に目をやると、その思いはますます強くなった。濃《こ》い青色の空から日ざしがこぼれ落ち、波が浜《はま》にけだる気に打ちよせるなか、ツバメが海岸線をすいすい飛んでいる。グリーン湾《わん》ぞいを歩いていくと、ジェンキンズさんが網《あみ》をつくろっているのが目に入った。荒《あら》っぽいと評判のじいさんで、飼《か》い犬《いぬ》もろくなものではなく、できるだけさけるのが賢明《けんめい》だった。

近づかないのがいちばんだと思っていると、なんとこちらに手まねきをしてきたものだから、行かないわけにはいかなくなった。最新のニュースをきいたかと、ジェンキンズさんはいい、グレートブリテン島の西沖《おき》でまた商船が魚雷《ぎょらい》にやられ、だれひとり助からなかったと教えてくれる。できればそんな話はききたくなかった。

その先にはビリーの姿《すがた》もあった。いつものように船に手を加えていて、こちらを見ようともしない。ビリーが目をむけるのはほんの数人だけだった。興味がないのか、あるいはあえて見るのをさけているのか、おそらく両方だろう。それもまたひとつの生き方という気がする。

ビリーの場合、口をきくのもごく親しい家族だけで、それもたまにしかない。身近にいて自分を大切に思ってくれる相手にしか注意をむけず、近づこうともしない。より広い世界に目をむけて、悲しみを見てしまうのがいやなのだ。この世界で、気がおかしくならずに生きていくには、そうするしかないと、実際そう信じているのかもしれない。ときどきおかしなことをいうビリーだが、それについてはたしかに一理あって、われわれも見習うべきだろう。でなければ、この戦争と、それがもたらす山ほどの悲しみに、みなおかしくなってしまう。

戦争のおぞましさには怒《いか》りを禁じえない。とはいえ、この時勢ではそんなことを口にはできない。とりわけ、ルシタニア号がしずんでからはそうだ。愛国心がないと非《ひ》難《なん》され、戦場にいる兵士のことを考えろといわれてしまう。

わたしだってほかの国民同様、イギリスを愛している。だからといって、どうして戦争を支持しないとならないのか？　勝とうが負けようが、戦争からは何もよいものは生まれない。

わたしの願いはただひとつ。悲しみとなげきのもとを絶《た》つことだ。浜《はま》に打ちあげられる水兵を山ほど見てきた。まだ少年といっていい兵士もたくさんいて、セント・メアリーズ島に打ちあげられたときには、みなすでに溺死《できし》していた。おそろしいやけどを負《お》っているものや、溺死《できし》する前に寒さにやられたと思われる死体もあった。

みなジャック・ブロディと同じように、どこかに暮らす母親の息子であり、その人を大切に思う恋人だっているだろう。さほど遠くないむかしには、みな生まれたばかりの赤《あか》ん坊《ぼう》で、今日生まれたハンサムのように、幸せに満ちた未来が待っていたはずだ。

そのあと、重たい心をかかえて、島むこうに住む少年、フィリップ・ブレストの往《おう》診《しん》へむかった。百日ぜきを発症《はっしょう》してしばらくふせっている。現在同じ病気に苦しむ子どもが、この島に全部で三人いる。ほかのふたりはほぼ完治にむかっているが、胸が虚弱《きょじゃく》なフィリップはなかなか回復しない。

ところが家に着いてみると、フィリップが快活《かいかつ》に動き回っていて、せきもほとんどしなかった。母親もまた晴れ晴れとした顔をしており、息子が元気になって心からほっとしているのがわかる。どうしてもと夫人がすすめてくれるので、お茶とおしゃべりにつきあった（この味もそっけもない飲み物を医者は往診《おうしん》に出ると一日に何杯《ばい》も飲むはめになる）。

ルーシー・ロストに関するおどろくべき話を最初にしてくれたのが、このミセス・ブレストだった。数週間前、霧《きり》の深い日にルーシーの行方がわからなくなり、島じゅうの人々が必死に探したところ、ルーシーはペグを乗り回していたという。「あのやっかいな馬にですよ、先生」と夫人はいい、それをビリーが見つけて、自分の家に連れて帰ったのだと教えてくれた。

なんだか話がこみいっていて、すぐには信じられなかった。しかしそれからまもなく、ブレスト家をあとにして、教会の先まで歩いていったところ、ルーシー・ロストが、島でいちばん高い丘《おか》から馬に乗っておりてくるのが見えた。顔つきががらりと変わっているのにすぐ気がついた。以前は、げっそりやつれた顔に落ちくぼんだ目がどんよりしていたというのに、いまはほおに血色があり、これまで見たことのない光が目に宿っている。しかもこちらに手までふって、通りがかりににっこり笑いかけてきた。しゃべるかもしれないと期待したが、それはなかった。はだか馬にはだしで楽々と乗りながら、馬と一体になっている。

馬のほうもうれしそうで、それだけでもびっくりだった。しばしおどろきに目を見はってから、まもなくそっちに行くよと声をかけたが、きこえていないようだった。

ミセス・ウィートクロフトはこぼれるような笑顔でむかえてくれた。以前とはうって変わって、実に幸せそうだった。そうしてここでも、あの話を初めからきくことになった。ミセス・ブレストからほぼそっくりきいているとはいえなかったのだ。

「知ってますか、先生。ビリーがあのボート小屋で暮らすようになってから五年になりますけど、人をそこに入れたのはこれが初めてなんです。もちろんわたしとジムとアルフィは別にして。ビリーは他人を前にすると、たいていふきげんになってむっつりする。ルーシーがうちで暮らすようになったいきさつは話してあったんですが、まだふたりを引き合わせたことはなかったんです。ビリーがルーシーを動揺《どうよう》させるようなことがあったら、まずいですから。ところがビリーは、あの霧《きり》のなかでルーシーを見つけてボート小屋へ連れていって世話をし、いっしょにすわって帆《ほ》の修繕《しゅうぜん》を手伝わせたっていうんですから、おどろきましたよ」

それからわたしはお茶をもう一杯《ぱい》おかわりして、夫人のつくるおいしいポテト・スコーンをいただいた。これはまちがいなくシリー諸島《しょとう》一のおいしさで、これがあれば、お茶を飲むのも苦ではなくなる（ミセス・カートライトがこういうのをつくってくれたらどんなにいいか！）。夫人は、「先生の持ってきてくれた蓄音機《ちくおんき》とレコードが、そしていまでは馬が、ルーシーに奇跡《きせき》を起こしたんです」と礼をいった。

「ほんとうですよ、先生。本気でいってるんです。わたしの祈《いの》りが通じたんです。ルーシーは日に日に健康でほがらかになって。ひとりの人間があそこまで変わるなんて、初めて知りました」

そこで夫人はわたしのほうへ身を乗りだしてきた。こちらのうでに手をおいて、ひみつめかしてささやく。

「先生、ここだけの話ですけど、アルフィはルーシーにすっかり熱をあげて。ルーシーのほうもそうだと思いますよ。馬に乗っていないときは、アルフィといっしょに島をめぐるんです。でも船に乗って海へ出たり、岩壁《がんぺき》から飛びこんだりするのは、あの子がいっしょでもいやがります。水がこわいんだって、アルフィはそういってます。

でも知ってました？　アルフィったら、ルーシーから馬の乗り方を教わってるんです。アルフィは以前にも何度か挑戦《ちょうせん》したんですが、いつも投げだされて終わり。それでもう二度と馬には乗らないっていってたのに、ルーシーが乗せたんですよ。馬具も拍車《はくしゃ》もむちも使わない。わたし、ルーシーの教えるところをずっと見てたんですけど、馬の鼻面に息をそっとふきかけて、首をなでて耳にキスをする、ただそれだけなんです。声をかけたりもしない。なにしろ、まだしゃべりませんからね。マルハナバチみたいに、しょっちゅうハミングをしてるって、アルフィはいってますけど、馬の乗り方を教えるんでも、ひと言もしゃべらずに、自分が乗ってお手本を見せるだけ。で、アルフィがまねして、ペグの鼻面にちょっと息をふきかけて、首をやさしくなでて耳にそっとふれると、ちゃんと乗れて、そのまま馬が歩いていくんです。大事に大事にあつかうのがコツみたいです」

夫人が話し終えたところで、ルーシーが家にかけこんできた。息を切らしながら、子どもらしい、くったくのない顔をしている。声をかけたところ、わたしの顔を見てにっこり笑った。これまで一度もまっすぐ目を合わせてこなかったのに、すごい変わりようだ。さっきまで夫人からきいた話もあって、わたしは楽観的になり、「調子はどうだい」と声をかけてみた。答えはなかった。ルーシーは顔をそむけると、まっすぐ蓄音機《ちくおんき》に歩みより、レコードをのせた。

あいかわらずだんまりを決めこんでいる相手に、正直、胸を針《はり》でさされたような失望を味わったが、それはおろかなことというべきだろう。夫人がいうように、ここまで変わっただけで奇跡《きせき》であって、それ以上を期待するほうがおかしい。

しかしルーシーの変化はそのかぎりではなかった。テーブルについて、わたしたちといっしょにお茶を飲み、出してもらったスコーンをバクバク食べたのだ。まるで別人のようだった。しゃべりはしないものの、おどおどした感じも、内に引っこもうとする感じもない。アルフィの口笛が外からきこえてくると、すっと立ちあがり、気がついたときにはもうドアの前に立っている。お茶の時間もそこそこに、アルフィは外へ引っぱっていかれた。窓《まど》からのぞくと、ふたりが馬に乗って畑をぬけていくのが見えた。アルフィが後ろに乗って、ふたりして大声で笑っている。どうやら夫人の見立てはあたっている。熱々のカップルだった。

いったい何があの子をここまで回復させたのか？　わたしは医者であるから、自分の処方《しょほう》した薬がきいたと思うべきなのだろう。音楽も効果があったが、おそらくいちばんの薬は馬と、家族の愛情だ。この家族にささえられながら、言葉や記憶《きおく》をとりもどして、すっかりもとどおりになってほしいと願ってやまない。

ルーシーのような、まだいたいけな子どもが、あのビリーと同じようにボドミンの保護施設《ほごしせつ》に隔離《かくり》されていたらと思うと、考えただけでぞっとする。人とちがうから正常じゃないと、そういうまちがった判断《はんだん》がまかり通る世のなかで、われわれはしばしば自分とちがう人々を追いやる。おそろしいからだ。そしてルーシーは明らかに変わっていて、ほかの人とまったくちがう。

その日、夫人からきいた話で、どうにも気になることがあった。実は、次の学期から、ルーシーをアルフィといっしょに学校に通わせるよう手続きをしたという。トレスコ島のビーグリー校長から勧告《かんこく》があったから仕方がないのだと夫人はいった。学齢《がくれい》に達した子どもがもれなく教育を受けるようにするのが自分のつとめであり、この諸《しょ》島《とう》内で例外は認められないと校長にいわれ、もし通学させないなら、しかるべきすじに通報するとおどされたらしい。

わたしにいわせれば、あの校長は器《うつわ》の小さい杓子《しゃくし》じょうぎな人間で、自分の身ばかりをかわいがり、なんでも思いどおりにしないと気がすまない。暴君的《ぼうくんてき》なところがまったく鼻につく。何かというと体罰《たいばつ》で子どもをおさえこむのは有名な話で、教師に必要な感受性《かんじゅせい》に欠けている。この校長も、子どもたちも、ルーシーに思いやりを持ってせってくれるよう願わずにはいられない。学校というのは、ときに非常にざんこくな場所にもなる。残忍《ざんにん》な手で友だちをいじめることもあり、とりわけ新しく入ってきた子や、よそ者に手きびしい。ルーシーはよそ者もよそ者。まだ何もしゃべらず、自分が何者で、どこからやってきたのか、まったくわからない。そんな子どもは学校にひとりもいない。

こういった心配はウィートクロフト夫人にはふせておいた。いらぬ警戒《けいかい》を抱《いだ》かせたくない。それでもいまの時点でルーシーを学校に通わせる、とりわけビーグリー校長の学校にというのはどう考えてもいいことだとは思えなかった。回復しているのはまちがいないものの、ルーシーの精神状態はまだ不安定だ。せっかくよくなっているのに、学校へ通ったばかりに逆《ぎゃく》もどりにならないよう、祈《いの》るばかりだ。アルフィがきっと守ってくれるとは思うものの、できることにはかぎりがある。

おだやかな海をわたってセント・メアリーズに帰るとき、血のように赤い夕陽が長いこと海上に残っていた。つかれてきたので、このへんでペンをおく。ルーシー・ロストとジャック・ブロディのことが心配だが、希望も持っている。生きていくには希望が欠かせない。

11 学校には行かない

シリー諸島《しょとう》　一九一五年九月

ルーシーに学校に行かねばならないことを打ち明ける役を、メアリーとジムはアルフィにまかせた。アルフィの話すことだけは、ルーシーもちゃんときいて理解しているようだったからだ。このごろでは、ルーシーを安心させたり、何か説明したり、いいきかせたりするときに、たいていふたりはアルフィをたよるようになっていた。ルーシーの心のなかに入りこめる人間がいるとしたら、それはアルフィしかいない。アルフィが通訳《つうやく》の役割をするのだが、ルーシーの反応はといえば、うなずいたり首をふったりするだけ。それでも、少なくともアルフィの話のいくらかは、理解できているのがだれの目にも明らかだった。

学校の話をするにあたって、アルフィはちょうどいいタイミングを探していた。ウォッチ丘《おか》をルーシーが馬に乗ってわたるとき、アルフィは横に並んで歩きながら、ブラックベリーをつんではルーシーにあげていた。

「くちびるが青くなってるよ、ルーシー」しばらくしてそういったものの、ルーシーはきいていない。手をかざして日ざしをさえぎり、頭上の高い空をすいすい飛んでいる一羽の鳥を見ている。鳥はくるりと身をよじると、宙《ちゅう》を切りさいて、まっさかさまにおりてきた。

「あれはハヤブサだよ」アルフィが教える。「ホワイト島の灯台《とうだい》に巣《す》をつくってるんだ。ほら、ぼくらがきみを見つけたセント・ヘレンズ島の近くだよ。ハヤブサって、かっこいいだろう？　時速百四十キロメートル以上で飛ぶって知ってた？」ちょうどいいタイミングだと思って、アルフィはうでをのばしてルーシーのひじにふれた。「ルーシー、実は、大事な話がある。ちゃんときいてよ。学校がもうすぐ始まるんだ。来週からだよ。悲しいけど、夏休みはもう終わり。きみもいっしょに学校に行きたいだろ？」

ルーシーは首を横にふった。けれども話はちゃんときいている。

「あのさ、ルーシー。行かなきゃいけないって、母さんがいってるんだ。行かないと母さんがせめられる。きみだって、よそへ連れ去られたくないだろ？　でもね、学校に行かないと、母さんがちゃんとめんどうをみていないと思われて、ルーシーはよそへ連れていかれるんだよ」

するとルーシーは、馬の背からアルフィの顔をじっと見おろし、一心に考える顔になった。

「以前は学校に行ってたよね？　行かないはずがないよ。ここと同じような学校に行ってたはずだ。学校なんてどこもおんなじだからね。うちの学校はそんなに悪くない、ほんとうだよ。ただし校長だけは別。びしばしビーグリーとはかかわり合いにならないのがいちばんだ。ぼくが毎朝船に乗って学校に行って、午後になると帰ってくるのを知ってるだろ？　あれをいっしょにやればいいんだ。何もいやなことはない、約束するよ」

ルーシーはまたかぶりをふった。今度はさっきよりはげしく。それから、したを鳴らして馬を急がせ、丘《おか》をつっきって走っていく。アルフィはルーシーによびかけた。

「走って逃《に》げてもだめだよ、ルーシー。行かなきゃいけないんだから。学校にはみんな行く。そういう決まりなんだ。ぼくがついてるから大丈夫。いやな思いは絶対させないよ」

けれどもルーシーはもう遠くはなれてしまって、アルフィの声はとどかない。話の中身はよく理解している。ただルーシーはそれ以上ききたくないんだと、アルフィにはよくわかった。

その夜、ルーシーは部屋にこもって、夕食の席にもおりてこなかった。しまいにメアリーが料理を部屋に運んだが、ルーシーはベッドにいて、壁《かべ》のほうをむいてからだを丸めていた。メアリーが話しかけ、髪《かみ》をなでてキスをしても、ふり返りもせず、料理を食べようともしなかった。そのあとアルフィが、どうにかできないかようすを見にあがったが、これも失敗。肩《かた》にふれようと手をのばしたら、さっと身を引かれた。まくらに顔をうずめて、声を立てずに泣いている。そのままにしてアルフィは階下におりた。

「だめだね」とアルフィ。「すっかりおびえてる。きっとまだそこまで心が追いついていかないんだよ、母さん。本人がいやがるのに無理やり行かせるなんてできない。ルーシーの気持ちもわかるな。ぼくだって、できることなら行きたくないもの」

「おい、メアリー、行かないっていってんだから、行かない。それでこの話は終わりだ」とジム。「あの子にだって自分の意志がある。どっかのだれかさんとおんなじで、がんとして自分の考えを曲げねえ。ひょっとして、おまえとあの子は血がつながっているのかもしれないぜ。とにかくこの件はなかったことにしようや。そのうちあの子もすっかりよくなる。学校へ行かせるまでにはまだ時間が必要ってことだ」

「その時間をビーグリー校長がくれないんだから、どうすればいいの?」メアリーは涙《なみだ》をこらえながらいう。「あなただって、あの先生がどういう人か知っているでしょ? 警察《けいさつ》に通報されてもいいの? おどしじゃなくて、むこうは本気よ。一日でも学校をさぼらせるなら、ビリーの入っていた保護施設《ほごしせつ》に入れるって。規則、規則、なんでも規則一点ばりの人なんだから」

そのとき階段のドアが開いた。ルーシーが立って、かたい表情でこちらをじっと見ている。おりたたんだ紙切れを手に持っており、アルフィに歩みよってその紙をわたすと、くるりと背をむけて、また行ってしまった。

「字を書けるなんて、知らなかったぜ」とジム。

「字じゃなくて、絵だよ」アルフィが教え、「ほら」といって見せる。

えんぴつで船の絵が描《えが》かれていた。トレスコ海峡《かいきょう》をわたる手こぎ船みたいで、子どもがぎっしり乗っている。こいでいるのはジェンキンズさんだろう。三角帽子が目印だ。ニュー・グリムズビーの波止場《はとば》が描《えが》かれていて、トレスコ島の家々も見なれたものばかりだ。水のなかに女の子がひとりいて、いまにもおぼれそうで、手を必死にふっている。その女の子のむこうに、ルーシーはギザギザの十字架《じゅうじか》を描《えが》きこんでいた。

「通学用の船」アルフィがいう。「そうだよね？　ルーシーは船に乗りたくないって、ぼくらにうったえてるんだ。そうか、わかったぞ。ルーシーがこわがってるのは学校じゃない。船で海をわたるのがこわいんだ。ほら、いったじゃないか、ルーシーは水がすっごい苦手だって。まったく近づこうとしないんだ」

「じゃあ、どうやって海峡《かいきょう》をわたって学校に行かせりゃいいんだよ？」とジム。「まさか海の上を歩こうってわけじゃねえよな？　キリストでもあるまいし。おっと、神さまの名をみだりに出すと、またメアリーに怒《おこ》られるな。うっかり口がすべっちまった。空を飛んでいくわけにもいかねえし、いったいどうやって学校へ行く？」

「どうにかして船に乗せないと」メアリーがいって、アルフィのほうをむいて手をのばす。

「たのみの綱《つな》はおまえだけよ、アルフィ。なんとか説得してちょうだい。そうでないとルーシーは連れていかれちゃう。こちらが何か理由をつくってしまえば、それでおしまいよ。ビーグリー校長が放ってはおかない。そうなったらもう、永遠にルーシーをうばわれてしまう」

「大丈夫だよ、母さん」

アルフィは安心してもらえるよう、せいいっぱい自信のある声でいった。それなのに自分の耳にさえ、その言葉はウソくさくひびいた。

「何かしら方法を見つけて、ルーシーを船に乗せて学校に行かせる」そういいながら、心の内では絶望している。どこへ行こうと、ルーシーが海には近づこうとしないのを何度も見ていた。ペグの背に乗っていても、波打ちぎわとはいつも距離《きょり》をおいている。いっしょにつりができるからと、何度もなだめすかしてペンギン号に乗せようとしたが、ルーシーはかたくなにいやがり、これまで一度も成功していない。水をはねあげながら、波打ちぎわから海へ走っていっても、ルーシーは絶対ついてこない。どんなに波がおだやかで暑い日でも、足を水でぬらしはしなかった。

新学期が始まるまでの残り少ない日々、アルフィはペンギン号に乗ってつりに行こうと、何度もルーシーをさそった。しかし何をいおうと何をしようと、ルーシーは船にさえ近づこうとしない。おびえているのがわかったので、それ以上無理じいはしなかった。毎晩ベッドに横になりながら、どうにかして新学期最初の朝にルーシーを船に乗せる方法がないものか、アルフィは考えていた。そのうちにわかってきた。ルーシーがおそれているのは船よりも、むしろ海だ。ならば全力をつくして、水にさそいこもうと心を決めた。

まずはグリーン湾《わん》でのたこあげにさそった。アルフィは水をはねあげて浅瀬《あさせ》を走りながら、歓声《かんせい》と笑い声をあげた。教える必要はなかった。ルーシーはまったく手なれたようすで、アルフィのたこをすいすいあげている。たこあげは大好きなようだが、ここでもやはり海には近よらない。石切り遊びはどうだろうと、アルフィがひざまで水につかって石の選び方と投げ方を説明する。これもまたルーシーはやり方を知っていて上手だったが、やはり水ぎわから距離《きょり》をおき、足をぬらそうとはしなかった。

グリーン湾《わん》にいかりをおろしている船に、ルーシーがよく気を取られていることがあるのにアルフィは気づいていた。とりわけヒスパニオーラ号が気になるようで、ビリーおじさんが作業をしているときはなおさらだった。その場に立ちつくし、まじまじとヒスパニオーラ号を見ている。まるでビリーおじさんがやってきて、あいさつでもしてくれるのを待っているかのようだった。でもおじさんはやって来ない。そういう人なのだと、アルフィにはわかっているが、ルーシーはがっかりしたようすを見せる。それでも一度、ここにこうしてふたりで立っていたときに、とつぜんおじさんがいつもの歌をうたいだしたことがあった。

「ビリーおじさん、今日はきげんがいいんだ」アルフィはルーシーにいった。「手をふってあげれば喜ぶよ。必ずふり返してくれるわけじゃないけどね。もともと手はあんまりふらない人なんだ。でもやってみようよ」

アルフィがまず手をふり、それからルーシーも手をふった。アルフィがいったとおり、おじさんは手をふり返してはこなかった。ふたりがそこにいるのを知ってか知らずか、目もむけない。

「べつに意地悪をしてるわけじゃないんだ、わかるよね、ルーシー？　照れ屋なだけなんだ。ひとりでいるのが好きで、他人にじゃまされたくないんだ。母さんがここに連れてきてから二年のあいだ、ぼくにも口をきかなかった。いまではそんなこともなくって、家族とは話すようになったんだけど、あいかわらず口数は少ない。母さんにだってそうだ。家族以外の島民は、おじさんにとって全員がよそ者で、おじさんはよそ者があまり好きじゃないんだ。

自分を見る目つきがいやなんだって、母さんはそういってる。かげで何をいわれてるかもちゃんとわかってる。保護施設《ほごしせつ》に入れられてたことをあれこれうわさしてるって。母さんはビリーおじさんを施設《しせつ》から出すべきじゃなかったって、そう思ってる人たちもいるんだ。

それはね、おじさんがこわいからなんだ。こわがる必要なんて何もないのに。あんなにやさしい人をぼくは知らない。霧《きり》のなかから、きみを助けだしてくれただろう？　それからめんどうをみてくれた。ハエ一匹殺さない人だよ。とにかく、人からじろじろ見られるのがいやなんだ。だからボート小屋でたったひとりで暮らして、四六時中船づくりにはげんでいるんだ。

でも何も心配しなくていいよ。おじさんはルーシーのことが好きだから。でなきゃ、歌をうたったりしない。たぶんきみのためにうたってるんだ。だって母さんがいってるように、ルーシーはもう、うちの家族だから。だけどこちらから会いに行っちゃうとびっくりするかもしれない。あんまり気持ちが乱れると、食事もとらなくなっちゃうんだ。ボート小屋にもおじさんの船にも近づきすぎちゃいけない。おじさんのほうからおいでっていわないかぎりね。おじさんのことをだれよりも知ってる母さんがそういってるんだ。ふたりはいっしょに育った双子《ふたご》。兄と妹だからね」

話をしながらアルフィは、ルーシーがいつになく真剣《しんけん》に耳をかたむけ、だんだん話にのめりこんでくるのがわかった。ビリーおじさんについて、もっと知りたいみたいだ。つまりちゃんと話の内容をわかっているのだ。それなら自分から何か質問をしてくるかもしれないとアルフィは期待した。実際そんなふうに見えるのだが、やっぱり口は開かない。

夏休み最後の日、これならルーシーを水にさそうことができると思える方法をアルフィは見つけた。潮《しお》が引いたあと、グリーン湾《わん》の岩場で小エビをとろうとさそったのだ。「ほら、ビリーおじさんと食べただろ。あれを夕食にできるよ」というと、ルーシーの目がかがやいた。気に入ったのだ。あんのじょう、最初は岸にとどまって、アルフィのすることを見ている。アルフィは岩のあいだの潮《しお》だまりにざぶざぶと入っていき、ひざまで水につかって海草のあいだに網《あみ》をくぐらせた。小エビのかくれている場所はだいたいわかっていて、二、三度網《あみ》をすくいあげただけで、大物もふくめ、一ダースほどのエビがとれる。それをバケツに入れてルーシーのところへ持っていき、得意気に見せつけた。

ルーシーに網《あみ》をさしだすと、受けとった。「かんたんだよ」そういってアルフィはルーシーの手をにぎる。「行こう、ルーシー、教えてやるよ」ゆっくりと海のほうへ引っぱっていきながら、ルーシーの手に力がこもるのがわかる。それでもやる気になって、一歩をふみだした。ルーシーは海に入った。足首まで水につかってもまだ歩いている。

そこで、どこからともなくカモメが現れた。かん高い声で鳴きながら、こちらにむかって急降下《きゅうこうか》してくる。翼《つばさ》が空《くう》を切る音が頭上できこえた。ルーシーが悲鳴をあげてアルフィからはなれ、浜《はま》をかけあがっていく。そのあとはもう、もどってこなかった。

ルーシーは岩の上でひざをがっちりかかえこみ、遠くからアルフィをながめながら、湾《わん》にうかぶヒスパニオーラ号にときどき目をやっている。ビリーおじさんを探しているんだとアルフィは思うが、今朝はどこにもおじさんの姿《すがた》はなかった。こっちへ来ていっしょにエビをとろうと、アルフィはルーシーにずっとよびかけ、何度も獲物《えもの》を見せにもどっては、もう一度潮《しお》だまりにさそおうとした。しかしルーシーはまったく動こうとしない。これは何をしても無理だと、アルフィにもわかってきた。

その夜、やっぱり何をやってもうまくいかなかったと、母親に話すのは気がひけた。代わりにふたりだけになったとき、父親に話してみた。するとジムは肩《かた》をすくめてこういった。「おまえはできるかぎりのことをやった。いやがる女の子に無理やり何かさせるなんてできないさ。あの子は意志がかたい。そうかんたんにはおれない。明日、船に乗って学校には行かないと、そうあの子が心を決めたのなら、それまでだ」

12 新学期

シリー諸島《しょとう》

新学期が始まる初日、きっとルーシーはベッドから出てこない、下にもおりてこないだろうとアルフィは思っていた。ところがおどろいたことに、アルフィより早く、もうルーシーは起きて動きまわっていた。メンドリのえさもひとりでやり終えた。これは初めてのことだった。学校へ行きたくなるようにとメアリーがつくってくれた新しい服を着て、キッチンのテーブルにすわり、細切りトーストを半熟卵《はんじゅくたまご》にひたして食べ、牛乳を飲んでいる。学校へ行くアルフィが家を出ると、ルーシーも出てきて、いつものようにだまってあとからついてくる。例によって、その後ろにはペグがいる。

やがて、桟橋《さんばし》で船を待つ子どもたちのやかましい声がきこえてきた。ルーシーの足がとまり、しばらくその場に立ちつくして耳をすましている。それ以上先へ進むのがいやなようだった。と、ルーシーがアルフィと手をつないできた。それでアルフィはルーシーと並んで歩きだした。ルーシーはかたい表情でまっすぐ前を見すえている。船に乗る気なんだと、アルフィは思った。いっしょにここまでやってきたペグが、後ろで鼻を鳴らしている。桟橋《さんばし》に着いたときには、すでに子どもたちがぎっしり船に乗りこんでいて、船頭のジェンキンズさんがみんなを静かにさせようとしていたが、いつものように子どもたちはきく耳を持たない。

ここでルーシーがまたしぶった。それから口を開き、「いや」といって、ふいにアルフィとつないでいた手をほどいた。「いや」と、またいった。

アルフィは信じられなかった。「しゃべった！　いましゃべったよね！」

ルーシーはアルフィににっこり笑いかけると、くるりと背をむけて歩きだした。アルフィはよびもどそうと思った。けれど何をしても、ルーシーの気持ちは変わらないとわかっていた。

船に乗りこむとすぐ、いつものように下品なからかい言葉をあびせられた。「人魚の妹」だとか、「頭が変」「プッツンしてる」「耳がきこえないから、しゃべることもできないんだよな」と声が飛びかう。

率先《そっせん》してはやしたてているのがゼブで、浜《はま》をはなれていくルーシーにもひどい言葉をあびせている。「やあ、プッツン姫《ひめ》！　やっぱおまえには、学校は無理か？　なーんもわかんねえもんな」

アルフィはひとまず怒《いか》りをこらえ、自分の胸にちかった。ゼブとはあとで必ず決着をつけてやる、びしばしビーグリーのいないところで。船が桟橋《さんばし》をはなれても、あいかわらずさわいでいる子どもたちに、ジェンキンズさんが「すわって行儀《ぎょうぎ》よくしてろ！」とどなり声をあげた。最後にアルフィが見たとき、ルーシーはグリーン湾《わん》にむかう道をペグと並んで歩き、馬の首に片手をのせていた。こちらをふり返りはしなかった。

その朝は海峡《かいきょう》をわたるのに、いつも以上の時間がかかった。大潮《おおしお》のせいだった。ブライアー島とトレスコ島とをつなぐ海域《かいいき》に水がほんの少ししか残っていない。ブライアー島から通学する子どもたちは全員遅刻《ちこく》というわけで、校長が怒《おこ》るのは目に見えていた。トレスコ島のニュー・グリムズビー波止場《はとば》に入っていく船のなかで、アルフィは夏休みのあいだに見た夢を思いだした。学校がくずれ落ちて、びしばしビーグリーはカラスになって飛び去った。あれほど現実味あふれる夢を見たのは初めてだった。

ところが残念なことに、まもなくほんとうの現実が見えてきた。学校は何事もなく建っていて、校長は校庭でまた鐘《かね》をふっている。ひょっとして夏休みのあいだずっと、ああやっていまいましい鐘《かね》をふっていたんじゃないかと、アルフィは思う。そう考えたら思わず顔がにやけてきて、それを校長に見とがめられた。「おい、アルフレッド、何をにやにやしている？　ここはふざける場じゃない、忘れたのか？」

「忘れてません」

全員が校庭に並んだところで、校長がいつものように耳ざわりな声で出席をとる。チョッキのポケットに親指を引っかけ、ぼさぼさのまゆを動かして子どもたちの顔をにらむ。となりでナイチンゲール先生が出席簿《しゅっせきぼ》を手に、返事をした子の名前にひとつひとつチェックを入れていく。

「ルーシー」校長が声をはりあげた。「ルーシー・ロストとよばれているそうだな」沈黙《ちんもく》が続いたあと、子どもたち数人がこそこそおしゃべりをして、しのび笑いをもらす。

「ルーシー・ロスト？　どこにいる？」校長はまゆをよせてこわい顔をつくり、列に目を走らせる。「アルフレッド・ウィートクロフト、ルーシーはどこへ行ったか知らないか？」

アルフィは首を横にふった。

「ほほう。そりゃ、まずいな。登校してこないやつは、みなずる休みだ。そういうやつは先生が朝食にぺろりといただくことにする。そうだな、みんな？」

「はい、先生」子どもたちの声が合唱のようにひびく。

校長が気のきいたことをいったら、そう応じることになっている。アルフィは応じない。

するとゼブがぱっと手をあげた。

「きっと海のむこうで泳いでいるんだと思います。人魚ですから。どうせバカだから、学校は無理だと思います！」みんながおもしろがって、どっと笑った。

「静かに！」校長がどなった。

すぐにみんなしんとだまったが、それからすぐ、だれかがまたふきだして、鼻を鳴らした。そんなことをしたらただじゃすまないぞとアルフィは思い、いまにびしばしビーグリーにこっぴどくしかられると、自分のことのようにおそれた。いったいだれだろうと、ふり返ったが、それらしき子どもはいない。代わりに生《い》け垣《がき》のむこうからリズミカルな音がする。いまでは全員にそれがきこえていた。ひづめの音だった。

まもなく、みんながおどろいたことに、校門に通じる道をペグが歩いてくるのが見えた。頭をふりふり、鼻を鳴らしてやってくる。全身びっしょりぬれているのは、背中に乗っているルーシー・ロストも同じだ。鞍《くら》も、馬の口にかませるはみも、手綱《たづな》もなしに乗っている。馬の背でゆれるからだの動きがまた自然で、馬と一体になっていた。

13 ピアノ

シリー諸島《しょとう》

ビーグリー校長の学校日誌《にっし》より――一九一五年九月一三日月曜日

新学期初日の本日、三十五人の児童全員が出席。欠席はナシ。

あらためてここに記し、教区司祭《しさい》にも再度注意をよびかけたいことがある。再三にわたる要請《ようせい》にもかかわらず、東の窓《まど》上方の屋根がわらは、いまだ修理が完了しておらず、割れた窓《まど》ガラスもそのままだ。もし冬の強風がおとずれる前に、こういった部分の修理が終わっていなければ、雨がふきこんできて、教室の後ろ半分は使えなくなると明言したはずだ。さらにはミヤマガラスが巣《す》をつくってえんとつがふさがっていることも、先学期の終わりに報告しておいたのに、いまだなんの処置《しょち》もなされていない。

その結果、この学校の経営が破綻《はたん》したとしても、わたしには責任のとりようがないことを、ここに明らかにしておきたい。風や雨がふきこみ、暖炉《だんろ》に火を入れることもままならない。このような状況《じょうきょう》が続けば、こちらとしても学校を閉鎖《へいさ》するしかないだろう。

今学期から新しい児童が入った。ルーシー・ロストとよばれる女子で、年齢《ねんれい》は十二歳《さい》と推定《すいてい》されるが、身元不明な不審《ふしん》児童で、セント・ヘレンズの孤島《ことう》におきざりにされているところを四か月ほど前に発見され、以来ベロニカ農場のウィートクロフト家でめんどうをみてきた。初日から遅刻《ちこく》で、しかもほかの子どもたちとブライアー島から船に乗るのをこばんで馬に乗ってやってきた。大潮《おおしお》をいいことにトレスコ海峡《かいきょう》をわたれると思ったらしい。これによって出席をとる場は乱され、子どもたちは終日しゃべりっぱなしで落ちつかず、授業が成り立たない。結果、何度か処罰《しょばつ》をあたえざるをえなかった。ここにそれを記録しておく。

アルフレッド・ウィートクロフト――反抗的《はんこうてき》な態度ゆるしがたく、たたくこと二回。

ペイシャンス・メンジーズ――ののしり言葉を使ったゆえに、たたくこと三回。

ビリー・マファットとゼベディア・ビショップ――みんなをさわがせ、校庭で石を投げた。それぞれに、たたくこと二回。

ルーシー・ロストは実にやっかいな問題児となりそうだ。無愛想《ぶあいそう》な子どもで、荒《あ》れた生活をしてきたことが、ひと目でわかる外見をしている。ほかの子ども同様、礼儀《れいぎ》を学ぶ必要があるだろう。言葉は口にしない。しゃべれないのか、その気がないのか。たぶん後者だろう。文字も書かず、これも書けないのか、書く気がないのかわからない。あきれるほどの未発達ゆえに、その年齢《ねんれい》にふさわしい読み書き能力が身につくまでは、ナイチンゲール先生の幼児クラスに入れるのが適切だと思われる。

もうひとつ、ルーシー・ロストにはゆるしがたい性癖《せいへき》がある。こちらと目を合わせようとしないのだ。心にやましいことがあるか、反抗心《はんこうしん》の表れか。おそらくは両方だろう。教師と口をきかないなど言語道断《ごんごどうだん》、馬に乗って登校するのも二度とゆるさないと、本人にはきびしくいっておいた。さらにアルフレッド・ウィートクロフトにも、明日はおまえが責任を持って、ブライアー島の子どもたちと同じようにルーシーを船に乗せるのだ、それができなければ、おまえにもルーシーにも重い罰《ばつ》がくだるときっぱりいっておいた。

子どもたちの胸に愛国心の炎を燃《も》やすため、今朝もまた、国旗の掲揚《けいよう》と降納《こうのう》、および国歌斉唱《せいしょう》を実践《じっせん》したことを最後に記しておく。戦争が終結して、わが国が勝利を手にするまで、今後も欠かさず続ける所存である。

授業が終わっても、アルフィとルーシーは午後もおそい時間になるまで学校にいた。ペグが安全にトレスコ海峡《かいきょう》をわたってブライアー島にもどれるよう、潮《しお》がじゅうぶん引くまで待たねばならなかった。帰りはいっしょにペグに乗っていくからねと、アルフィはルーシーにきっぱりいってあった。アルフィが前に乗り、ルーシーがアルフィにしがみつくかっこうで、後ろに乗った。海のいちばん深い地点にさしかかると、もうペグは歩けずに泳いでいるのが、ふたりにははっきりわかった。アルフィはルーシーのうでにしめつけられ、背中に顔が強くおしつけられるのを感じた。こわいのだろうと、最初はそう思った。ところがだんだんに期待が生まれ、それが確信になっていく――こわいんじゃない、ルーシーはぼくに感謝しているんだ。ふたりの距離《きょり》がこれまで以上に近くなり、尊敬《そんけい》してくれているのかもしれないと思えた。

尊敬《そんけい》というのは、午前中に感じたことだった。幼児クラスにルーシーを入れるという先生に、年齢《ねんれい》から考えて、それはおかしい、ひどすぎると、アルフィは立ちむかった。その結果、罰《ばつ》を受けた。つえで二回手をたたかれたのだ。それを見守るルーシーの顔に、ぎょっとした表情がうかんでいた。こんな場面を見るのは生まれて初めてという顔だった。目に涙《なみだ》もためていて、ぼくのための涙《なみだ》だと思うとうれしかった。

海峡《かいきょう》のど真ん中まで来て、思ってもみなかったほど水深が一気に深くなり、流れも速くなったとき、心底おそろしく思ったのはアルフィだった。「大丈夫だよ、こわがらなくていい」とルーシーにいいながら、自分の心を落ちつかせようとする。「行き先はペグがわかっているから、しっかりつかまっていれば、ちゃんと連れていってくれる」

実際そのとおりになって、アルフィは心の底からほっとした。ペグが奮闘《ふんとう》してくれたおかげで、まもなく海の深みから脱出《だっしゅつ》した。ペグはグリーン湾《わん》にむかって浅瀬《あさせ》を歩きだした。浜で待っていた十数人の人々がむかえてくれる。メアリーとジムの姿《すがた》もあった。ビリーおじさんもヒスパニオーラ号の甲板《かんぱん》に立って、海からあがってくるふたりを双眼鏡《そうがんきょう》でのぞいていた。うれしくもほこらしい帰宅だった。ルーシーが馬に乗って初登校したおどろくべき話も、ルーシーのために戦ったアルフィが、びしばしビーグリーからつえでたたかれたことも、いまではもう島じゅうの人々が知っているようだった。

けれども、ふたを開けてみれば、この初日などまだ序の口で、ほんとうにおどろくべきは登校二日目だった。大潮《おおしお》はもう終わりだったから、ルーシーが馬に乗って海をわたることはできないとみんな知っている。海峡《かいきょう》のなかほどは深くなりすぎていて、あまりに危険だからだ。ほかのみんなといっしょに船に乗るか、あとに残るか。ふたつにひとつしかない。子どもたちも船頭のジェンキンズさんも船に乗りこんでいて、ルーシーとアルフィが到着《とうちゃく》するのを待ちながら、だんだんじれていく。子どもたちは興奮して口々に勝手なことをいい合い、船のなかは大さわぎになった。

「ふたりとも来るかな?」

「ルーシーは船に乗るかな?」

「おじけづくんじゃないか?」

「ルーシーが学校に来なかったら、ビーグリーはどうするつもりだろ?」

ふいにみんなが静まった。アルフィとルーシーが角を曲がってやってくるのが見えたのだ。ともにペグの背に乗っている。やがてふたりは馬から小道へおりた。ペグをその場に残して、ゆっくりと桟橋《さんばし》を歩いて船のほうへやってくる。「急げ、すでに時間が過ぎている」と、ジェンキンズさんが大声でどなる。「校長先生にどやしつけられるぞ!」

アルフィが最初に船に飛び乗り、それからルーシーに手を貸そうと、うでをのばした。ルーシーはしばらくためらっていて、アルフィの顔をじっと見ていたかと思うと、次に海峡《かいきょう》のほうへ目をやった。さあどうなるかと、みんなは興味津々《きょうみしんしん》。それはアルフィも同じだった。「おじょうちゃん、急がないと日が暮れちまうぞ」ジェンキンズさんがうめくようにいう。「乗るのか、乗らないのか?」

みんなが見守るなか、ルーシーは目をつぶり、一度深く息をすってから、もう一度同じことをする。また目を開けると、うでをのばしてアルフィの手をしっかりつかんで、船のなかにおり立った。みんなから拍手《はくしゅ》が起こり、歓声《かんせい》をあげる者もいた。ルーシーはアルフィのすぐとなりにこしをおろし、船が進むあいだずっと目をつぶって、うなだれていた。

校庭で列になって、国旗掲揚《けいよう》と国歌斉唱《せいしょう》をするとき、アルフィはルーシーのとなりに立った。教室に入って朝会が始まり、校長が聖書台《せいしょだい》から祈《いの》りの言葉を読みあげ、ナイチンゲール先生がピアノをひくあいだも、ルーシーはアルフィにぴったりくっついていた。そのあとみんなで〝いつくしみ深き〟をうたった。アルフィはいつでもこの賛美歌《さんびか》が大好きだったし、メアリーのお気に入りでもある。おなかの底から声を出して、ろうろうとうたっていると、ルーシーから声がきこえてこないのに気づいた。どうしてうたわないんだろう、賛美歌《さんびか》を知らないのか、それとも教会へ行ったことがないのか。

そこではたと気がついた。うたうはずがない。しゃべれないのに、どうしてうたえる？ そんなことを考えていると、ふいにルーシーのようすがおかしいのに気づいた。獲物《えもの》に飛びかかろうとするネコのように全身を緊張《きんちょう》させ、大きく開いた目で一点を見つめている。息もしていないようだった。ルーシーが見ているのは、ナイチンゲール先生で、まるで生き別れになった親戚《しんせき》をふいに発見したとでもいうようだ。だれかを、あるいは何かを思いだしたにちがいないとアルフィは確信した。

賛美歌《さんびか》が終わるとナイチンゲール先生が立ちあがり、ピアノのふたをそっと閉めてから、いつものように校長のとなりに立った。校長が最後のお祈《いの》りをとなえはじめると、どういうわけか、とつぜんルーシーが立ちあがってアルフィのそばをはなれ、ナイチンゲール先生のほうへ歩きだした。とめようとアルフィが手をのばしたものの、おそかった。校長の朝礼では、許可《きょか》なしに場所を移動するのは禁じられている。しかしルーシーは何かにとりつかれたように、整列している子どもたちのあいだをすいすいと進んでいく。まるでゆうれいだ。

だれひとりしゃべらず、校長でさえ、お祈《いの》りのとちゅうで口を閉ざし、あっけにとられている。いまに爆発《ばくはつ》して怒声《どせい》がひびきわたるだろうとアルフィは思ったが、ほかのみんなと同じように校長はすっかりどぎもをぬかれていて、目の前をふわふわと進んでいくルーシーを、ただ立って見守るしかできない。ルーシーはまっすぐピアノにむかっていく。

ピアノの前にこしをおろしたルーシーは、ふたを開けるなり、すぐひきだした。鍵盤《けんばん》に身を乗りだして、やわらかなタッチでひき、自分のかなでる音楽に一心に耳をすましている。

いちばん小さな幼児から始まって、校長までが同じように、一心に耳をかたむけていた。あまりに堂々としたルーシーの態度に、校長は自分の立場も忘れて、ただおどろいている。

ナイチンゲール先生が校長にそっとささやく。「モーツァルトですよ、先生。あの子、モーツァルトをひいているんです。知ってますよ、この曲。なんて上手にひくのかしら」

ここで校長が爆発《ばくはつ》した。「わたしの朝会で勝手なまねをするとは！」どなるそばから、ピアノをひくルーシーのもとへつかつか歩いていく。「すぐ自分の場所にもどりなさい」

しかし、音楽にわれを忘れているルーシーはピアノをひき続けている。かんかんに怒《おこ》った校長はしばらくピアノの前にそびえたっていたが、やがてルーシーの手をはたき落とし、ピアノのふたを乱暴に閉めた。

「ピアノ」ルーシーはそっといい、満面に笑みをうかべた。「ピアノ」と、もう一度いって校長の顔を見あげる。

校長は怒《いか》りにわれを忘れ、ルーシーのうでを乱暴につかんで立ちあがらせた。「しゃべれるじゃないか！　思ったとおりだ、しゃべれないなんて、まやかしだった。みんなから注目を集めたいばっかりに、ふりをしていただけなんだ。クロウ先生にも、ミセス・ウィートクロフトにも、ほかの子どもと同じように、しゃべったり書いたりができるようにしてみせるといってある。これからは、びしばしやってやるからな。わかったか？」

怒《いか》りのあまり校長はルーシーの両肩《りょうかた》をつかんでゆさぶっている。ルーシーは何もいわず、声を出さずに泣いていた。校長はルーシーを無理やり歩かせて自分の席にもどらせた。それから聖書台《せいしょだい》にもどり、気をとり直して全校児童にむかっていった。「お祈《いの》りの時間を中断させたことについて、いまからルーシー・ロストにあやまってもらう。さあ、しっかり声を出して、ごめんなさいとあやまるんだ。さあ」

ルーシーはだまって涙《なみだ》をぬぐい、顔をあげて校長と正面からむき合った。

「このごにおよんで、まだ反抗《はんこう》する気か？」校長が続ける。「このままではすまさんぞ。おまえがだんまりを決めこんでいいのなら、みんなそうしていいはずだ。今日一日、おまえをのけ者にする。どういうことか、わかるか？　学校が終わるまで、だれもおまえとは口をきかんということだ。そうすれば身にしみてわかるだろう。もしルーシー・ロストにひと言でも話しかけようものなら、つえで、いや、じょうぎでお仕置きだ。みんな、わかったな？」

〈人魚の妹〉とからかわれていたルーシーが学校に通うようになったら、みんなからどういうあつかいを受けるか、もちろんアルフィは心配していた。孤島《ことう》におきざりにされていたなぞの少女を家に連れてきてめんどうをみることになってからというもの、心配ばかりがつきまとった。

ゼベディア・ビショップとその仲間にしょっちゅうからかわれ、いやがらせを受け、今日の今日まで、アルフィはいやな思いばかりしてきた。そのルーシーが自分といっしょに通学することになったのだから、学校生活はますますつらいものになると覚悟《かくご》していた。ところがふたを開けてみると、まったく予想外の展開が待っていた。

なんとルーシーは一瞬《いっしゅん》にして、みんなから尊敬《そんけい》を集める人気者の地位におさまった。馬に乗って登場し、朝礼で堂々とピアノを演奏《えんそう》した。それだけでも学校じゅうの話題をさらうだけの快挙だったが、あのびしばしビーグリーをかんかんに怒《おこ》らせて、〝のけ者の罰《ばつ》〟をあたえられたとたん、ヒーローにまつりあげられたのである。これによってアルフィにもスポットライトがあたることになった。休み時間に校庭でルーシーと話しているところを校長に見つかって、その場でおそろしい罰《ばつ》をあたえられたときは特にそうだった。じょうぎのへりで指の関節をたたかれること三回。校長お気に入りの罰《ばつ》に、アルフィは歯でしたをかんで、ぐっとこらえた。苦痛に顔をゆがめながらも、みんなが敬意の目で見ているのがわかり、それを思うと、痛みがずいぶんやわらぐような気がした。

14 ルーシーの変化

シリー諸島《しょとう》

校長がルーシーとアルフィをどうあつかったか、その夜に話をきいたメアリーは、校長をどなりつけに、いますぐトレスコ島に乗りこんでいきそうないきおいだった。そんなことをすればますます事態は悪化するとアルフィはいい、ジムもそれに賛成した。

「アルフィとルーシーにまかせておくのがいちばんだ。自分たちだけでしっかりやってるじゃねえか。そりゃあ校長にもやり過ぎのところはある。だが、学校ってのはそういうところだ。罰《ばっ》を受けながら、一人前になっていく。読み書きだけが教育じゃない、そうだろ?」

けれどもジムは、その晩ベッドで横になって、やはり自分はまちがっていてメアリーが正しいと考え直した。これは罰《ばっ》じゃなく、教師のはらいせだ。機会を見つけたらすぐ、ひと言いってやらねばならないとジムは心に決めた。

数日後、カニを売りにトレスコ島の港にわたったところ、ちょうど校長が自転車に乗って通りかかった。ジムは校長をよびとめて正面切って対決することにした。言葉つきこそていねいでおだやかだが、この件について自分がどう思っているか、とことんはっきりさせた。「これは警告《けいこく》と思っていただいてけっこうですよ、先生。今後ルーシーとアルフィにはお手やわらかに願います。でなけりゃ、こっちだって、おとなしくだまっちゃいませんぜ」

「それはおどしですかな、ミスター・ウィートクロフト？」校長の声はいくぶんふるえていて、動揺《どうよう》しているのがはっきりわかる。

「いいや、おどしなんかじゃねえ。約束ですよ」とジム。「むちよりニンジンを多くしたらどうでしょう。そのほうが先生も子どもも幸せだと、そう思いますがね」

このことは家のだれにもいわなかったが、ねらったとおりの効果はあった。以来校長はうっぷん晴らしの材料をほかに見つけるようになったらしい。ルーシーのことはナイチンゲール先生にまかせることが多くなり、アルフィと対決することもなくなった。

幼児クラスを担当しているナイチンゲール先生は、日に日にルーシーのことがわからなくなっていった。話すことも読み書きもできないというが、ルーシーは実に頭のいい子だった。ピアノが上手で絵もすばらしく、こちらが読んできかせる話にも真剣《しんけん》に耳をかたむけている。自分より五、六歳も下のクラスメートの気持ちをくみとり、思いやりを持ってせっしていた。幼い子たちは、ルーシーがまったくしゃべらず、人とちがっていることなど少しも気にならない。みなルーシーにひきつけられ、ひざの上に順番にすわったり、遊んでもらいたくて、いつもそばにくっついていたりした。声かけはしないけれど、ときに母親のように、幼い子たちが靴《くつ》ひもを結ぶのを手伝い、涙《なみだ》をふき、はなをかませてやるので、先生はとても助かっていた。

しかし、しゃべることとなると、日々がっかりするばかりだった。どんな手を使っても、ルーシーの口からひと言も言葉を引きだすことができない。それでも書くことについては、大いに希望が持てた。先生がやさしく手引きし、ゆっくりと勉強を進めていったおかげで、だんだんに自信が生まれ、お手本どおりに書けるようになってきた。いまではほかの子どもたちと同じように、黒板の前に出てきて単語を書いてみせることもできるようになったのだ。手本を見ないで書くのはまだ苦労しているが、それでも長めの言葉をいくつか書けるようになった。まだつづりをまちがえることはあるものの、教えられる前に手がすいすい動くこともあり、おどろくばかりだった。まるですでに習っていながら忘れていたことを思いだすような感じなのだ。

ルーシーは無教育の野生児ではない。頭がおかしいだの知能がおくれているだの、校長はしょっちゅういっているが、とんでもないとナイチンゲール先生は思う。もしおくれているのだとしたら——先生は一瞬《いっしゅん》たりともそう思ったことはないが——それには何か理由がある。それを見つけなければならない。

つづりのまちがいはあるにしても、書く力がどんどんあがってきているルーシーを見て、難なく書けるようになれば、次はしゃべれるようになるだろうと先生は希望を持つようになった。そして何よりも大事なのは、この子についてもっと知ることであって、友だちのような存在になって、どんな心配でも、とりのぞいてやらなければと思うようになった。おそらく問題の根っこにあるのは恐怖心《きょうふしん》で、それさえ消えれば、信頼《しんらい》と友情を通じて、ルーシーが言葉と記憶《きおく》をとりもどすのも不可能ではないだろうとナイチンゲール先生は思った。

それでナイチンゲール先生は、校長の考えは無視《むし》して、しょっちゅうルーシーをピアノの前にすわらせて、好きなだけひかせるようにした。音階の練習は苦手で、たいていの子どもがそうであるように、練習自体気が進まないようだ。しかし暗譜《あんぷ》している曲がいくつかあって、それが大好きらしく、そういう曲をひくときには熱がこもっていて、すばらしい演奏《えんそう》をする。ルーシーのピアノをきくのは、この上ない喜びで、子どもがこれほどまで演奏《えんそう》に没頭《ぼっとう》するとは思いもしなかった。ピアノをひいているとき、ルーシーはまったく別の世界にいるように見える。

ピアノを教えるのがきみの仕事ではない、ピアノは朝会で賛美歌《さんびか》をうたうときのためにおいてあるのだと、校長からは事あるごとにいわれていたが、これに対してナイチンゲール先生は、子どもには得意なことを存分にさせて、自信を育ててやるべきだと、きっぱり反論《はんろん》した。

若いながら、校長相手に気おくれすることはなく、いつでも子どもの立場に立って堂々と意見するものだから、校長にとってナイチンゲール先生はいらいらのタネだった。しかし子どもたちはナイチンゲール先生が好きで信頼《しんらい》していた。ともに成長していく、やさしいお姉さんのような先生で、必要なときにはきびしくなるものの、いつでも子どもの気持ちを理解して、しんぼう強くせっしてくれる最大の味方だった。

ルーシーの学習状況について校長に話すとき、ナイチンゲール先生は進歩が見られることを強調した。校長は、学習や行動に問題を持つ子どもに対して、いわれのない決めつけをし、差別するきらいがあるからだ。とりわけルーシー・ロストに対しては特別な嫌悪感《けんおかん》を持っているのが、ふだんせっする態度からはっきりわかり、それが学校日誌《にっし》にもときどき反映《はんえい》されていた。校長が断っても、ナイチンゲール先生は日誌《にっし》を見せてくれるよう食いさがった。これは個人《こじん》の日記ではなく学校日誌《にっし》なのだから、当然自分にも読む権利があるといって。

ビーグリー校長の学校日誌《にっし》より――一九一五年十月一五日金曜日

三十三人出席。欠席二名。アマンダ・ベリーは麻疹《ましん》。モーリス・ブリッジマンはまたもや風邪《かぜ》で、これはずる休みだとにらんでいる。

ナイチンゲール先生は日々、ルーシー・ロストは進歩してきているというが、わたしの目にはまったくそうは見えない。文字が書けるというが、いまだにしゃべらず、ほかの子どもたちとの意思疎通《そつう》はほとんどなく、まれにあっても、手ぶり身ぶりで、アルフレッド・ウィートクロフトがあいだに入って通訳《つうやく》する始末。アルフレッドはつねにルーシーのそばにいて、悪事の片ぼうをかついでいる。

ナイチンゲール先生は、ルーシーは内気なのだというが、あの子は精神に障害《しょうがい》がある。ふりにせよ、しゃべれないにせよ、ああやってだんまりを決めこんでいるのは明らかに精神《せいしん》の変調をしめしている。そういう子どもは通常の学校に入れるべきではないと、クロウ医師に再三《さいさん》いってきた。この点について、わたしの考えはゆるぎなく、医師にも教区牧師《ぼくし》にも何度いったかわからない。ウィートクロフト家でも、いまの学校でも、精神に発達遅滞《はったつちたい》が見られる子どもをじゅうぶんに世話することはできず、それ相応の施設《しせつ》に入れるべきなのだ。学務委員会にはすでに書面を二通送っているが、まだ返事は来ていない。

週末のあいだにカモメが一羽、割れた窓《まど》から飛びこんできたようだ。今朝教室に入ったとき、死骸《しがい》を見つけた。それをかたづけるために、教室を開けるのが二十分もおくれて、まことにめんどうをこうむった。本日はナイチンゲール先生も休み。気うつの病だという。それで今日は全校児童をひとりで見ることになり、まったく大変だった。

風の強い日で、子どもたちは落ちつかず、何かというと大さわぎになる。結果、昼食時のおしゃべりを禁じ、午後の休みも校庭に出ることを禁じた。

秋になるころには、ベロニカ農場のキッチンの壁《かべ》はルーシーの描《えが》いたさまざまな絵でパッチワークのようにおおわれた。ルーシーが寝室《しんしつ》にしている二階の部屋では、壁《かべ》はもうほとんど見えなくなっている。その年は強い風がよくふいたが、秋になって最初の強風がふくと、アルフィとルーシーは海峡《かいきょう》をわたって学校へ行くことも、ペグを乗り回すこともできなくなった。ルーシーはキッチンのテーブルにむかって絵を描《か》いたり、一日じゅう、蓄音機《ちくおんき》の音楽に耳をかたむけていたりすることもあった。こういう日、アルフィは父親といっしょに農場に働きに出る。アルフィは学校へ行かないですむなら、どんな仕事でも喜んでやった。

ルーシーが描《えが》くのは、ほとんどが島の自然だった。アザラシ、鵜《う》、ミヤコドリ、とりわけミヤコドリをしょっちゅう描《か》いている。カニ、ロブスター、ニシンやタラ、ヒトデまで描《えが》いた。ふしぎなのは、クジャクの絵が数枚あることだった。どの絵でもクジャクは羽を大きく広げている。ほかに家族の絵も描《か》く。メアリーがパンを焼き、ジムが網《あみ》をつくろい、アルフィが小エビをとっている絵だ。ビリーおじさんの絵も数枚あって、おじさんはヒスパニオーラ号の甲板《かんぱん》に立って、のっぽのジョン・シルバーの海賊帽《かいぞくぼう》をかぶっている。暖炉《だんろ》のそばにおいてあるジムのいすに、クロウ先生がすわってパイプをふかしている絵もあった。そしてもちろんペグの絵も数枚。草を食《は》んでいるところ、眠《ねむ》っているところ、走っているところ。頭部や脚《あし》や耳のスケッチもあった。

そういう絵にまじって、アルフィにもメアリーにもジムにも、まったく見おぼえのない建物が並ぶ絵があった。広々とした通りのある街に、玄関《げんかん》まで階段であがるようになっている大きなお屋敷《やしき》が並んでいる。だれだかわからない人間も数人描《えが》かれている。二頭の馬を世話している、どちらも年配の女性と男性だ。もっとりっぱな身なりをして羽根つきの大きな帽子《ぼうし》をかぶっている貴婦人もいる。そのとなりに陸軍の軍服を着た兵士がいる。アヒルが泳ぐ池のスケッチもあって、その池のそばに口ひげを生やした大きな男性が両手で本を開いてすわっている絵もあった。男性の足もとにはアヒルが集まって、みな男性の顔を見あげている。まるでアヒルたちに本を読んであげているように見える。

すばらしい手なみですいすいと描いていき、まるで自分の内がわから絵があふれだしてくるようだった。ルーシーは一枚描《か》き終わるとすぐに次の絵に移る。頭のなかに次々とうかんでくる場面をすべて描《か》きとめておかねばならないという感じだ。そこに描《えが》かれている人物や建物や通りがなんなのか、みんなは何度もルーシーにきいてみた。

とりわけ首をかしげるのは、クジャクの絵だった。なぜこんなにたくさんクジャクがいるのだろう？　きっとこの絵の裏《うら》に、何か物語がかくされているにちがいないと思い、家族は知りたくてたまらない。ルーシーの心のどこかに閉じこめてある物語。鍵《かぎ》がかかっていて、自分も、他人もそれをのぞき見ることができない。きっとルーシーも思いだして、それを語りたいのだろうと思って家族は何度もきき続けた。記憶《きおく》をとりもどして、しゃべれるようになりたいと、ルーシーも切望しているのだと信じていた。

しかし、それがあまりにもひんぱんになり、とりわけメアリーが、何がなんでもききだそうとやっきになると、ふいにルーシーは涙《なみだ》ぐみ、二階にかけあがって自分の寝室《しんしつ》に入ってしまう。そうしてひとりで泣いている。最近は笑うことも多くなったが、それと同じぐらいよく泣く。メアリーもアルフィも、ルーシーの泣き声をきくのはたまらなくつらかった。しかしジムはいつでも、これはいい徴候《ちょうこう》だから心配するなという。「泣くのも笑うのも、あの子が自分のからをぬけでようとしている証拠《しょうこ》だ。オレたちが望んでいるのは、それだろ？」

ルーシーとアルフィがペグに乗って島をめぐっているとき、クロウ医師が往診《おうしん》にやってきた。その日は海が荒《あ》れて漁には出られなかったので、ジムが家にいた。メアリーがキッチンのテーブルにルーシーの描《えが》いた絵を並べて医師にほこらし気に見せながら、ナイチンゲール先生からきいた学校でのようすを話す。最近は文字もずいぶん書けるようになって、つづりのまちがいもへってきたし、ピアノをとても上手にひいて、絵もおどろくほどうまいのだと。しばらくすると、到着《とうちゃく》して以来、医師がほとんど口をきいていないのにジムが気づいた。ルーシーの話もうわの空という感じで、ふだんのクロウ先生とはちがう。

「何か気にかかることでもあるんですかい、先生？」ジムがきいた。

医師はしばらくしぶってから口を切った。

「すばらしいですね。どこへ行っても、いい話をききますよ。学校でもルーシーはみんなのなかにしっかりとけこんでいるらしい。幼い子たちのクラスでは〝小さなお母さん〟とよばれているのを知ってましたか？　ただ、ちょっと気になることもあって。そっちはあまりいい話じゃない。

デイヴ・ビショップが、セント・ヘレンズ島から持ち帰った毛布のことを諸島《しょとう》じゅうにふれまわっているようなんです。あそこでアルフィがルーシー・ロストを見つけた同じ日に、毛布が見つかって、それには〝ヴィルヘルム〟という名前を書いたテープがぬいつけられてあった。それがドイツ皇帝《こうてい》の名前であることはだれもが知るところ。それでデイヴは行く先々で、ルーシーはドイツ人にちがいないと、いいふらしているんです。シリー諸《しょ》島《とう》でも、イギリスのどこでも、この時期にドイツ人として過ごすのは生やさしいことじゃない。ひょっとしてドイツ人かもしれないと思われるだけでもそうです。この先めんどうなことになるような予感がします」

15 魚雷《ぎょらい》

大西洋　一九一五年五月

この分では、船旅のほとんどを船室にこもって過ごすことになりそうだと、わたしには最初からそう思えた。まだ陸地が見えているうちに、ママの具合が悪くなったからだ。やがてママは自力で立ちあがる気力も体力もなくなった。

最初の一日ぐらいは、わたしもママのそばを片時もはなれなかった。ママは数時間ぶっつづけで眠《ねむ》り、目がさめても具合が悪すぎて、わたしがどこへ行って何をしていたのか、ききもしなかった。これを着ていると家にいるようで落ちつくといって、クジャクの部屋着を着てベッドに横になり、よりかかっているまくらと同じぐらい青い顔をして、つらい船よいにたえている。最初は食事をまったく受けつけなかったが、やがてスープだけは口にするようになった。

いまでもそんなことを思った自分をはじているのだけれど、しまいには、ただすわってママを見守っているのにうんざりしてきた。ずっと待っていて、ママがようやく目ざめると、まくらを背に上体を起きあがらせて、スープを飲ませる。それぐらいのことも、ひとりではできないほどママは弱ってしまった。わたしのほうは、自分のベッドの上にひざをついて窓《まど》の外をのぞき、下の甲板《かんぱん》で走り回って遊んでいる子どもたちがうらやましくて、何時間もながめている。甲板《かんぱん》にだれも出ていないときは、灰色《はいいろ》の空や、何もないところで波をうねらせている海を見つめていた。

ときどき部屋の外に出ていきたくてたまらなくなる。ちょっとのあいだでいいから、甲《かん》板《ぱん》にあがって、走ったり、遊んだりしたかった。そのうちに、とうとういい案を思いついた。外に出ることもできて、しかも心が痛まない名案だ。ママが完全に眠《ねむ》ってしまうのを待ってから、ベッドわきのテーブルに、すぐもどってくるからとメモを書きおいて、船のなかを探検しよう。友だちができるかもしれない。ママが何も知らないあいだに、出かけて帰ってこられるかもしれない。この計画に協力してくれたのが、客室係のブレンダンだった。わたしの友だちになって、いろんなところへ連れていってくれた。ブレンダンのおかげで、この船のことがよくわかるようになった。おそらくお客さんのなかで、わたし以上になんでも知っている人はいなかっただろう。

客室係のブレンダンと最初に会ったのは、ママにスープを持ってきてくれたときだった。

以来、旅のあいだじゅう、わたしたちの世話をしてくれた。ブレンダンはしゃべるとき、英語の発音が変わっていて、まるでうたっているように感じられる。

「どうしてそういうしゃべり方をするの?」わたしはきいてみた。いま思えば、ずいぶんと生意気なことをいったものだ。

するとブレンダンは、「アイルランドのキンセールという小さな町で育ったせいでしょう」といった。「しゃべり方はお母さんのお乳《ちち》で決まる」と、そんなこともいった。わたしは首をかしげ、そのときにはどういうことなのか、わからなかった。ブレンダンはいまリバプールに住んでいて、そこには同じようにアイルランドからやってきた人が大勢いて、みんなこういうしゃべり方をするのだという。「リバプールにむかうとちゅう、アイルランドを通過しますから、運がよければ、あと数日もするとアイルランドをちらりと見ることができるでしょう」ともいった。

わたしはたちまちブレンダンを好きになった。やさしくてよく笑い、ママが快適でいられるよう、できるかぎりのことをしてくれる。ブレンダンはママにスープだけじゃなく、何かしっかりしたものを食べさせようとして毎回失敗するのだが、それでもあきらめなかった。ちょっと外に出てみたらどうでしょうと、わたしに最初にすすめてくれたのもブレンダンだった。わたしもちょうど脱出《だっしゅつ》作戦を練っていたところだから、もちろんこれはうれしかった。

「ママと同じように顔がやつれてきましたよ」と、ブレンダンにいわれた。「船室に一日中こもっているのはよくない、ダイニングホールに行けば、子どももいるから遊べます」という。わたしがいないあいだママのようすをちょくちょく見にきて、ちゃんと世話をするから大丈夫だともいってくれた。

それでわたしも、やましさを感じることなく、ママをひとりにすることができた。前日海の上で初めてまる一日をすごし、今日もまた同じ一日がはじまるという日、ブレンダンに知らせておいて、お昼ごはんの時間に船室を出ることにした。ベッドのそばに、ママあてのメモを残してダイニングホールへむかう。ずっと思い描《えが》いていたとおり、そこは実にりっぱな宴会場《えんかいじょう》だった。シャンデリアを初めとするさまざまな明かりがかがやくなか、きちんとしたかっこうをした人々が集まっていて、みなりっぱな人のように見える。

席へ案内してくれるウェイターについていきながら、みんなの目が自分に集まっている気がして落ちつかない。さらにこまったことに、テーブルにたったひとりでおかれると、どこに目をやっていいかわからない。と、それがふいに何も気にならなくなった。音楽がきこえてきたからだ。ホール中央におかれた、つやつやしたグランドピアノから流れてくる。

まわりの人々も、ホールの豪華《ごうか》なしつらえも、いっさい目に入らず、わたしは音楽に夢中になった。目の前におかれる料理を口に入れたが、味などほとんどわからない。わたしを豊かに満たしていくのは、食べ物ではなく音楽だった。銀髪《ぎんぱつ》のピアニストが周囲に笑顔をふりまきながら、鍵盤《けんばん》の上で指をおどらせている。こんなにりっぱで美しいピアノを見るのは生まれて初めてだった。演奏《えんそう》はときに繊細《せんさい》に、ときに大胆《だいたん》になるものの、指の動きはつねになめらかで、わずかなためらいも見せない。

となりのテーブルの家族と知り合ったのも、この最初の昼食のときだった。ひとりでいるわたしをかわいそうに思ったのだろう、いっしょに食べましょうとさそってくれた。ニューヨークでぎりぎりに船に乗りこんできた家族だと、すぐにわかった。

悲しいことに名字は忘れてしまったが、ふたりの子どもがわたしにあっというまになついてきた。「ぼくは五歳で、妹のセリアはまだ三歳なんだ」と、兄のポールが真っ先に教えてくれた。わたしもふたりが大好きになった。わたしがダイニングホールに入っていくたびに、この家族が必ずさそってくれて、ふたりの子どものあいだにわたしをすわらせる。わたしがテディベアにも食べさせてやると、セリアが喜んだ。セリアはよくしゃべる子で、「テディベアは片目だけどとても幸せなの」と教えてくれる。「だって、ほら、いつも笑っているでしょ」と。

ピアノをひくのが好きだとわたしがいうと、一家は銀髪《ぎんぱつ》のピアニストのところへわたしを連れていって紹介した。ピアニストはモーリスという名のフランス人で、パリからやってきたという。

この家族といっしょに甲板《かんぱん》をしょっちゅう歩くようになったのだが、気がつくと、左右の手にひとつずつ、小さな手がすべりこんでいる。わたしはこのふたりのお姉さんのようにふるまうのが好きで、この子たちの両親もそれをほほえましそうに見ていた。思いやりあふれる一家で、何か力になれないかと、ときどきママをたずねてくれることもあった。

この一家といるのはとても楽しかったけれど、やはりなんといっても、客室係のブレンダン・ドイルといる時間が最高だった。あき時間ができるとブレンダンはいつでもわたしに船内を案内してくれる。さまざまな場所に行き、いつでも新しい発見があった。自分がいっしょなら大丈夫だといって、一般客は入れない場所にもよく連れていってもらった。ママとわたしの部屋は二等だけれど、一等船室にも案内してもらったし、船の低層《ていそう》に広がる三等船室にも行った。三等船室は何から何までぎゅうぎゅうづめで、暗い目をした人々が身をちぢこまらせるなか、子どもたちの泣き声があちこちからきこえて、たえがたい悪《あく》臭《しゅう》に満ちていた。

けれどももっとひどい場所が、そのはるか下にかくれていた。巨大なボイラーとエンジンが動いているそこは、機械と上下するピストンロッドが、耳をつんざくような音をとどろかせていて、かまどの熱と悪臭《あくしゅう》で呼吸《こきゅう》もままならない。これこそが船を動かす原動力で、二十四時間いつでもだれかが休みなく働いているおかげで、船が進み続けられるのだとブレンダンはいう。

巨大な船の真の力を感じたのは、いちばん深いところにある、このエンジンルームだった。大勢の男の人が一生懸命《いっしょうけんめい》働いているのを目のあたりにした。船を動かし続けるために二百人近い人が必要だとブレンダンはいう。わたしは地獄《じごく》の絵のような光景を前に、一刻《いっこく》も早く甲板《かんぱん》にもどって、新鮮《しんせん》な海の空気をすいたくなった。

ブレンダンとわたしは、よくいっしょに船尾に立って、船の通ったあとをながめるのが好きだった。船の後ろから、どこまでものびている白い線。その航跡《こうせき》のずっと先にニューヨークがあり、この線をたどっていけば、家に帰れて、またピッパやマックおじちゃんやダックおばちゃんに会える気がした。

ブレンダンは船をとてもほこらしく思い、愛していた。この船が初めて海に出ていった日から、ずっと乗りこんでいて、いっしょに働いている仲間たちは、いまではもう家族同然だといっていた。

赤くぬられた四本の巨大なえんとつをふたりで見あげた。どれも先っぽが黒くぬられていて、そこからもうもうとはきだされる煙《けむり》が、わたしたちの頭上から船の航跡《こうせき》へと流れていって、遠くで消える。

「船の心臓《しんぞう》の音が、おわかりですか？」ある日ふたりで甲板《かんぱん》に立っているときに、ブレンダンが船の美しさにうっとりしながらいった。「このルーシーが、生きて息をしている生き物のように感じることがあるんです。美しいからだをした巨大な生き物が、わたしたちの安全を守ってくれ、わたしたちもまた大切に守る。わたしにとって、これは船ではなく、友です。大きさも美しさも最大級の、こんな友は世界中探してもほかにいません」

そのとおりだった――ルシタニア号は何から何まで並はずれていた。この船が大海を進んでいくために、どれだけ大勢の人が汗水《あせみず》流して働いているか。もくもくとはきだされる煙《けむり》も、長く尾を引く航跡《こうせき》も、そういった労働のたまものだと、いまのわたしにはわかっていた。

「これほどすばらしい船は見たことないでしょう？」ブレンダンがいう。「世界中探したって、ありません」実際そのとおりだった。

あの日の朝も、ブレンダンといっしょにこの船尾に立ち、手すりにつかまって海をながめていた。霧《きり》のかなたにアイルランドの海岸線がかすかに見えた。

「あと数時間もすると、キンセール岬《みさき》の沖《おき》に出ます」ブレンダンはいった。「もし霧《きり》が晴れたら、キンセールの町も見えるかもしれません。ちょっとした運と想像力が必要になるでしょうがね。あなたに見せてあげたい。わたしの生まれ故郷《こきょう》だって、話しましたよね、メリー？

いつか海のむこうに行ってみたいって、子どものころはそればっかり思ってました。防波堤《ぼうはてい》にこしをおろして脚《あし》をぶらぶらさせて、港に出入りする漁船や、この船と同じ大きなえんとつから煙《けむり》をもくもくはきながら水平線を進んでいく巨大な船を見ていました。どこから来たのか、どこへ行くのか、あれこれ想像しつつ、海のかなたに何があるのか見たくてたまらない。そこにある、もっと広い世界に行ってみたい。行かなくちゃいけないと思っていました。どうせ家には、わたしの居場所はなかったんです。総勢十四人の大家族で、つねに食べ物にこまっていましたからね。七年のあいだ船を乗りおりしながら、一度も故郷《きょう》には帰っていない。あんなに出たくて出たくてたまらなかったのに、いまはたまらなくなつかしい。故郷《こきょう》というのはふしぎなものですね」

それからしばらく、ブレンダンはだまりこんでしまい、さみしそうだった。いつものブレンダンらしくないなと思っていると、とつぜん笑顔になって、元気な笑い声をあげた。

「今日が初めてじゃないんです。リバプールにむかう船のなかから、もう何十回もながめているんですから。ながめながら、思うんです。ひょっとしたらずっと遠くに、むかしのわたしと同じように防波堤《ぼうはてい》にこしかけて、脚《あし》をぶらぶらさせている少年がいるんじゃないかって。この船が水平線をゆっくり進んでいくのを見つめながら、あんな豪華《ごうか》な船で海をわたることができたら、すごいだろうなと思っている少年が。

実はね、メリー。いつか故郷《こきょう》に帰ろうと思ってるんです。『ただいま、母さん。ブレンダンだよ』といって、ぶらりと家に入っていく。すると母親が、死ぬまで放さないようないきおいで力いっぱい抱《だ》きしめてくる。首を見られたら、『しっかり洗わなきゃだめだよ』としかられるかもしれません」

ブレンダンは大きな声で笑っているのに、それがいまにも泣き声に変わりそうに思えた。ブレンダンはわたしを片手で抱《だ》いて、船の手すりからはなれて歩きだした。

「キンセール沖《おき》に出るのは二時ごろです。ちょうど昼食が終わったころですから、またそのときにここにあがってきましょう。時間になったらダイニングホールにむかえに行きます。いいですよね？　ひょっとしたら、二時を過ぎてしまうかもしれません。この霧《きり》では、船長も速度を落として、せいぜい時速二十七キロほどしかスピードを出せないでしょうからね。昼食時までには霧《きり》も多少晴れるか、すっかり消えるかもしれません。そうなることを祈《いの》りましょう。よく見えるように双眼鏡《そうがんきょう》を持ってきますよ」そこで海をぐるっと見回していう。「海に出る霧《きり》はどうも好きになれません。船員はみなそうです」

そのあと船室にもどってみると、ママはまだぐっすり眠《ねむ》っていた。わたしは机の前にすわって、昼食を食べにダイニングホールに行ってくるというメモを書きだした。ふとママに目をやったところ、まくらもとに新聞がおいてあるのが目にとまった。読んでいるうちに眠《ねむ》ってしまったのだろう。出港した日にマックおじちゃんとママが読んでいた新聞と同じように見える。ふしぎに思って手にとってみた。

ページの真ん中に、大きな文字で書かれた警告《けいこく》がのっている。えんぴつで、かこみ線が引いてあって、たぶんマックおじちゃんが引いたのだろう。長ったらしくて難しい言葉がたくさんあって、意味がわからない部分は読みとばすしかなく、読み終わるのにずいぶん時間がかかった。結局何が書いてあるのかよくわからない。

警告《けいこく》

大西洋を航海しようと考える渡航者は、現時点、ドイツ帝国《ていこく》と、イギリスおよびその同盟諸国《どうめいしょこく》が交戦状態であることを忘れないように。交戦地帯には、ブリテン島の周辺海域《かいいき》もふくまれており、ドイツ帝国政府《ていこくせいふ》からの公式通達によれば、これら海域《かいいき》でイギリスの国旗およびその同盟諸国《どうめいしょこく》の国旗を掲揚《けいよう》する船舶《せんぱく》は攻撃対象《こうげきたいしょう》になり得《う》る。イギリスおよびその同盟国《どうめいこく》の船に乗って交戦地帯を航行する渡航者は、その危険性を承知《しょうち》のうえ、自己責任において旅をするように。

ちょうど最後まで読み終え、意味のわからない部分についてもう一度考えているとき、後ろでママが身じろぎをして目をさますのがわかった。すぐに新聞をおいたが、もうおそく、ママに見られてしまった。

「メリー、新聞をよこしなさい。さあ、早く」怒《おこ》っている。どうしてなのかわからない。わたしはベッドに歩みよった。

「ねえママ、これ、どういうこと？」新聞をわたしながらきく。

「なんでもないわ」ひったくるように新聞をとった。「くだらないこと」

「マックおじちゃんがママに見せていた記事でしょ？」

「まったくのたわごとよ」きっぱりいって新聞をゴミ箱にほうり投げた。「ドイツの宣伝《せんでん》よ、メリー。こういうものはゴミ箱行きがふさわしい。いっさい耳を貸さないことよ」

しかし、その言葉はうそだとわかっていた。ママは心配でたまらないのに、それをかくそうとしている。

「どういうことか教えて」問いつめたが、ママは答えようとしない。「敵《てき》に攻撃《こうげき》されるってことじゃないの？　マックおじちゃんがママにいおうとしてたのは、それでしょ？　おじちゃんは船に乗せたくなかったんでしょ？　その理由がこれなんでしょ」わたしは気づかないうちにどなり声になり、涙《なみだ》があふれた。

「いいかげんになさい、メリー。おかしいわよ。いってるでしょ、何も心配はいらないって。もう数時間もすればリバプールに着いて、汽車に乗ってロンドンに行く。明日の朝には病院にいるパパに会えるわ。そのために来たんでしょ。船に乗らなきゃいけなかった。そして結局船はしずまなかった、そうでしょ？」

「まだわからない。これから攻撃《こうげき》されるかもしれない。そうしたらもうパパには二度と会えない、そうでしょ？　それも全部ママのせい！　あたしのこと、赤《あか》ん坊《ぼう》だと思ってるんでしょ。話してもわからないって。冗談《じょうだん》じゃないわ！」泣きながら船室を飛びだしたとき、後ろでママのすすり泣きがきこえた。

ダイニングホールに入る前に、なんとか心を落ちつけた。ピアノの演奏《えんそう》が流れる室内に入っていくと、わたしを待っていた、もうひとつの〝家族〟が、こっちこっちと手まねきをした。いっしょに昼食を食べるあいだ、幼い子ふたりがぺちゃくちゃしゃべっていたが、わたしはほとんどきいていない。セリアがいつものように、テディベアをわたしに持たせる。ひざの上にのせていると、なでて食べさせてやってと、何度もセリアにせっつかれた。いわれたとおりにしながらも、心は別のところへ行っている。あんなことをいってしまって、ママはそうとう悲しんでいるだろう。あそこまで強く反抗《はんこう》したのは初めてで、胸に苦い後悔《こうかい》がこみあげた。

船室にもどってママにあやまろうと思い、テーブルをはなれようとしたとき、銀髪《ぎんぱつ》のフランス人ピアニスト、モーリスがピアノの前でふいに立ちあがり、手を打ち合わせて会場を静めた。「メダーム、メシアース、レザンファン（淑女《しゅくじょ》、紳士《しんし》、お子さま方）」フランス語で切りだす。「本日、このホールにいらっしゃる、メリーというかわいらしい名前の若い女性が、とてもピアノが上手だとききました」

ポールとセリアの両親がテーブルのむこうからわたしににっこり笑いかける。ふたりの仕業《しわざ》だとすぐわかった。「そのメリーの演奏《えんそう》を、ぜひきかせてもらおうじゃありませんか」

ホールにいる全員が、笑い声をあげながら拍手《はくしゅ》をする。もう逃《に》げられない。はずかしさで胸がいっぱいになると同時に、興奮して心臓《しんぞう》がドキドキいっている。

わたしは立ちあがって、グランドピアノのほうへゆっくり歩いていった。モーリスがピアノの前のいすを軽くたたき、自分はわきにどいて、わたしにすわるようすすめる。まわりが急にしんと静まった。みんなの目がこちらに集まり、わたしがピアノをひきだすのを待っている。ドアのそばに客室係のブレンダンが立っていて、はげますようににっこり笑ってくれる。それでもわたしはまだふんぎりがつかず、何をどう始めればいいのかわからない。頭のなかは真っ白で、手がこおりついてしまっている。すると、だれかに肩《かた》をそっとおされた気がした。パパの手だとすぐわかった。大丈夫、できるよと、そういってくれているのだ。

鍵盤《けんばん》に指をおいたとたん、ふしぎなことが起きた。

知らないあいだに指が動いて、パパの大好きな、モーツァルトのアンダンテ・グラツィオーソをひいている。鍵盤《けんばん》の上でおどっている指が目に入ると、この曲をひいているのは自分だ、ピアノをかなでているのは自分なのだと実感した。音楽にすっぽり包まれて、何もかも忘れてひいていると、やがて大きな拍手《はくしゅ》がわきおこって、それがいつまでもやまない。モーリスがわたしに手を貸して立たせ、おじぎをしなさいと教えてくれる。

「三回だよ、メリー。一回おじぎをするごとに、心のなかで、ゾウが一匹、ゾウが二匹、ゾウが三匹と数える――わたしはいつもそうするんだ。じっくり時間をかけて、深くおじぎをすると、拍手《はくしゅ》を存分に味わえる」いわれたとおりにしてみると、たしかにそうだった。

ブラボーの声がホールじゅうにひびきわたる。席にもどる道すがら、みんなに背中をたたかれ、握手《あくしゅ》を求められた。なかには涙《なみだ》をこぼしている人もいて、セリアとポールはうれしそうに、ぴょんぴょん飛びはね、セリアのほうはテディベアを宙《ちゅう》でふっている。

数分後、客室係のブレンダンがやってきて、「急ぎましょう」と小声でいって、わたしをダイニングホールの出口へ連れていった。「いまの音楽は実にすばらしかった。最高です」

ホールの外に出たちょうどそのとき、えんび服を着た男の人に通せんぼされた。見あげるばかりに背が高く、片目鏡《かためがね》の奥《おく》からこちらをするどい目でにらんでいる。「おじょうさん、たしかに演奏《えんそう》はすばらしかった」指を一本左右にふりながらいう。「しかしわたしは、最後までききいてはいられなかった。モーツァルトはドイツ人だ。戦争が終わって勝つまでは、敵《てき》の音楽など演奏《えんそう》すべきじゃない」

「モーツァルトはオーストリア人ではないですか？」ブレンダンがいった。

「オーストリアでもドイツでも同じだ。敵《てき》に変わりはない。敵《てき》の船や潜水艦《せんすいかん》にかこまれているこの大海で、敵《てき》の音楽を演奏《えんそう》するなどもってのほか。イギリスにはすばらしい音楽が山ほどある。エルガー。そうエルガーの曲をひけばいい」いいたいことだけいうと、男は大またでダイニングホールの喧噪《けんそう》のなかへもどっていった。

「へんくつ者め」ブレンダンが声をひそめていい、わたしたちは船尾の甲板《かんぱん》へと歩いていく。ブレンダンがうで時計を確認した。「ちょうど二時を回りました。もうすぐキンセールの岬《みさき》が見えてきますよ。霧《きり》も少し晴れてきたし、じっと目をこらしていれば、まちがいなく見えるはずです」

ふたりして船の手すりにつかまり、ブレンダンが双眼鏡《そうがんきょう》をのぞく。「船長はこころもち、いつも以上に岸に近づいているようです。それはありがたいんですが、まだよく見えませんねえ。このまだらな霧《きり》が晴れてくれないと。おそらくあと数分もすれば、町が見えてきますよ」そこでブレンダンがふりむいて、わたしと同じように頭上に目をむけた。えんとつからはきだされる黒い煙《けむり》が、空をうっすらおおう白い霧《きり》のなかへのぼっていき、船につきそってきた何百というカモメが上空を旋回《せんかい》している。

「すごいと思いませんか？　アイルランドのカモメです」ブレンダンがいって笑う。と、そこでふいに声が変わり、笑い声がぴたりとやんだ。「おかしい。救命ボートが右舷《うげん》に全部出されて、すぐ海に出られるようになっている。いったいなんのためだ？　予行演習か何かだろうか？　だれもそんなことをやるとはいってなかった。見に行きましょう」

ふたりで甲板《かんぱん》をつっきって右舷《うげん》のほうへむかうとちゅう、ブレンダンが空を指さした。いまではもう霧《きり》が晴れて青空がすっきり見えていた。ブレンダンがわたしに双眼鏡《そうがんきょう》をよこす。

「カツオドリです！　次々と海に飛びこんでいますから見てごらんなさい。水面を切るようにしてつっこんでいく。ほら、ほら！　すごい、すごい！　こんな光景を見るのは、初めてですよね？」

わたしの目にも見えた。何十羽ものカツオドリが、青空から白い星の雨のように降ってくる。

「サバをねらってるんですよ、まちがいない」とブレンダン。「ニシンとも、やつらの好物なんですよ」

目をうばわれる光景だった。双眼鏡《そうがんきょう》を通してのぞくと、飛びこむ瞬間《しゅんかん》の、鳥の黄色い頭がはっきり見える。次から次へ飛びこんでは波間に消えていき、まるで奇跡《きせき》のように必ず魚をくわえてまたあがってくる。

するとふいに、双眼鏡《そうがんきょう》が乱暴にひったくられた。ブレンダンがそれで海をのぞいている。けれどえさをねらうカツオドリを見ているのではなかった。何か別のものが見えるようだった。

「くそっ！」思わずもらした、という声だった。「くそっ！」

「どうしたの？」わたしはいった。「何が見えるの？」やがてわたしにも見えてきた。

五百メートルほど先の海面がぶくぶく泡立《あわだ》って、ものすごい速さでこちらにむかってきて、どんどん船に近づいてくる。ブレンダンはマストのてっぺんについた見はり台にむかってさけんでいる。最初は何をいっているのか、何をそんなに興奮しているのか、わからなかった。大きな身ぶり手ぶりで、声をかぎりに大声でさけんでいる。

「潜水艦《せんすいかん》だ！　魚雷《ぎょらい》だ！　潜水艦《せんすいかん》！　魚雷《ぎょらい》！」

16 恐怖《きょうふ》のさけび

大西洋

すぐに見はり台から大きな声がひびきわたった。右舷《うげん》側の甲板《かんぱん》を歩いていたほかの乗客も、いまでは危険を察知して、悲鳴をあげながら走り回っている。わたしたちも走っていた。ブレンダンに引きずられて甲板《かんぱん》の反対側へむかっている。

それが船にあたった瞬間《しゅんかん》、雷鳴《らいめい》のような音がした。衝撃《しょうげき》に足もとの甲板《かんぱん》が大きくゆれ、わたしたちはまた甲板《かんぱん》の反対側に投げだされて、そのまま手すりに激突《げきとつ》した。ようやく立ちあがったと思ったら、また新たな爆発《ばくはつ》があり、今度は船のどこか深いところからドーンというにぶい音がくぐもってひびき、船をゆらした。甲板《かんぱん》が危険なほどにかたむいて、また投げだされそうになる。けれどブレンダンがしっかりわたしをおさえていて、立ちあがらせてくれた。「魚雷《ぎょらい》だ！　船の心臓部《しんぞうぶ》をやられたんでしょう。死にいたる重傷《じゅうしょう》です。あとはしずむしかありません」

ブレンダンがわたしのうでをしっかりつかんで、すぐまた右舷《うげん》側に走り、いちばん近くにある救命ボートにむかう。いまではもう大勢の乗客と船員が甲板《かんぱん》にあふれていて、みなおろおろして、恐怖《きょうふ》に顔をひきつらせている。まわりじゅうがパニックにおちいっていた。救命具を身につけながら、みんなが走り回ってだれかを探している。けれど見つかったと喜ぶ人の姿《すがた》はない。子どもは母親を探して泣きさけび、母親はあわてふためいてわが子を探し、大声で名前をさけんでいる。おそろしい大混乱のさなかに落ち合えた母子は、いまのところひと組もない。

大火災が発生して、船から炎があがり、頭上の空を煙《けむり》が真っ黒にそめていく。頭の霧《きり》が晴れるまでかなりの時間がかかったが、いざすっきりすると、自分がやらねばならないことがはっきりわかった。

「ママが！」ブレンダンにむかってさけび、昇降階段《しょうこうかいだん》にむかおうと、彼の手をふりほどく。「ママを探さないと！　まだ船室にいるの」

ブレンダンがわたしをつかまえた。強く抱《だ》いて放そうとしない。「わたしが行って、連れてきます」

「ほんとうに？」

「約束します。必ず連れてもどってきます。だからこの救命ボートのそばで待っていてください。絶対に動いちゃいけません。いいですね？　あっというまにママを連れてもどってくるから、心配しないで。ふたりいっしょに救命ボートに乗せます。ボートはいくらでもあるし、陸地もこうして見えている。安心して待っていてください」それだけいって、ブレンダンは消えた。

いわれたとおり、動かずにじっと待ったが、そうするうちにも、船はどんどんしずんでいく。泣きさけぶ人々でごったがえすなか、乗組員たちは救命ボートを次々と海におろそうとしている。ところが船がすでに大きくかたむいているので、人をぎっしり乗せたボートの多くは、海面のはるか上で宙《ちゅう》づりになっていて、それ以上おりていけない。救命ボートも危険なほどにかたむき、船がガクンと動くたびに、ボートに乗っている人たちが悲鳴とともに海に放りだされている。着水したボートもあるが、船首から、あるいは船尾から海につっこんでいくため、一気に水が入ってきて、みるみるしずんでしまう。

ほとんどの人は泳げずに、わたしの目の前でおぼれていく。目をそむけずにはいられなかった。それでも悲鳴がきこえてきて、母親や父親を必死によぶ幼い子どもの声がする。

そのとき、見おぼえのある人に目がとまった。やさしい顔立ちの上品なおばあさんで、ニューヨークにいるダックおばちゃんとあまり変わらない年だ。ダイニングホールではいつもひとりですわっていたけれど、少しもおどおどすることなく晴れやかな顔をしていて、深緑色のベルベットのワンピースもすてきだなと思っていた。昼食を食べに初めてダイニングホールに入ったとき、みんながじろじろ見てくるなか、そのおばあさんだけは、にっこり笑いかけてくれた。それがうれしかったので、いまでもよくおぼえている。いまおばあさんはベンチの上にすわって目を閉じ、首からさげた十字架《じゅうじか》に手をふれて、祈《いの》りをささげるようにくちびるを動かしていた。目を開けると、じっと見ているわたしに気づいた。前と同じようににっこり笑い、となりへいらっしゃいと手まねきしてくれる。おばあさんは何もしゃべらず、わたしのからだを片うでで抱《だ》き、両手でわたしの手を包んでくれる。

次の瞬間《しゅんかん》、船の奥底《おくそこ》からギシギシと大きな音がして、最後の息をはくように、水蒸気の柱が立ちのぼった。船がガクンと動いてかたむくたびに、おばあさんのうでがわたしをしっかりおさえてくれる。それからおばあさんが口を開いた。

「あなたは若い。救命ボートに乗らなきゃいけません。自分の命を守りなさい」

「ママを待たないといけないんです」わたしはいった。

おばあさんは、わたしの顔をしばらくまじまじと見てからいった。

「わたしがあなたのお母さんだったら、待ってほしくないと思います。あなたに助かってもらいたいと思う。さあ、行きましょう」

わたしたちは立ちあがり、船から落ちないよう、人間でも物でも、つかまれるものになんでもつかまって、人ごみのなかを必死に進んでいった。船の手すりへたどりつくと、いちばん近いところにある救命ボートに足をむける。ボートはすでに満員で、海面のはるか上で大きくゆれている。おばあさんは、ボートの責任者らしい男の人に声をかけた。

「うちの孫《まご》を乗せてください」最初は気づいてもらえなかったが、あきらめずに何度も相手の肩《かた》をたたいていると、やがてふりむいて話をきく姿勢《しせい》になった。

「うちの孫《まご》をそのボートに乗せてください」おばあさんがもう一度いった。

「残念ですが、満員なんですよ」

「あなた、ご自宅に子どもはいる？」

「はい、います」

「もしこの子があなたの子どもだったら、乗せてあげるんじゃないかしら？」

男の人は一瞬《いっしゅん》言葉を失って、おばあさんの顔をまじまじと見た。

「さあ、うちの孫《まご》を乗せてちょうだい」

もう相手は何もいい返してこなかった。わたしにむかって片手をさしだし、船に乗せてくれようとする。おばあさんは最後にわたしにこういった。

「子どもは生きなくてはならないの。生きてちょうだい、お母さまのために、わたしのために」

乗りこもうとした瞬間《しゅんかん》、ボートがゆれて、わたしから遠のいた。自分で飛びこんだのか、それとも男の人に投げ入れてもらったのか、わからない。気づいたときにはボートの底にいた。ボートが海におろされていくとき、わたしは顔をあげて、あのおばあさんがいないか、ブレンダンやママがいないか、あらゆる場所を目で探した。知った顔はひとつもなかった。

ボートのなかにも知った顔はなかった。知らない人の手がわたしを抱《だ》きあげ、すわる場所を探してくれる。ボートは、すみからすみまでぎっしり人がつまっていた。海におろされていくボートがガクンとゆれるたびに、わたしの心臓《しんぞう》もゆれた。ママをよびながら、船の手すりに鈴《すず》なりになった乗客の顔に何度も何度も目を走らせてママの顔を探した。こちらに手をふっている人もいたが、ほとんどは泣きさけんでいて、そのなかにもママはいなかった。

ボートの底が海面を乱暴にたたき、何度かはずんで落ちついたあと、船員たちが海へおしだした。そのあいだずっとわたしの頭のなかでは後悔《こうかい》がうず巻《ま》いていた。自分でママを探しに行くべきだった。ブレンダンをたよるんじゃなかった。ママをおいて、ひとりで救命ボートになんか乗るんじゃなかった。

自分をせめて苦い涙《なみだ》を流していると、ふいにわたしの手のなかに、冷たい小さな手がすべりこんできた。セリアがとなりにいた。テディベアを胸にぎゅっと抱《だ》きしめて、すすり泣いている。

「ポールはどうしたの？」わたしは大声をはりあげた。「ママとパパは？」

セリアはかぶりをふった。わたしは救命ボート内に目を走らせたあと、船を見あげ、こちらを見おろしている顔のひとつひとつに目を走らせた。どこにもいなかった。わたしはセリアのからだを引きよせてしっかり胸に抱《だ》いた。泣いてふるえてはいるものの、かなり落ちついてきた。わたしにぎゅっとしがみつき、頭を肩《かた》におしつけている。

「大丈夫よ、セリア。陸地からそうはなれていないからね。きっと見つけてもらえる。これからはわたしがセリアのめんどうをみるって約束する」

これほど大きな船が、あんなに早くしずんでしまうとは夢にも思わなかった。わずか数分だった。けれどもまだ完全にはしずんでいない。ブレンダンの優雅《ゆうが》で巨大な友ルーシーは死にかけていた。しずむのをこばむように、船尾をまだ水上に持ちあげていて、ついさっきまでブレンダンとわたしが立っていた手すりが、まだはっきり見える気がする。

わたしたちの乗った救命ボートの周囲に、いままでは同じようなボートが点々とちらばっていた。どのボートも巨大な船の残骸《ざんがい》からできるだけ早くはなれようとしている。その多くがひっくり返っていて、乗っていた人々がどこでもかまわず、必死になってしがみつcon

ている。見れば、海のいたるところに人がいて、救命ボートめざして泳ぎ、乗せてくれと、必死にたのんでいる。海にはデッキチェア、ベンチ、テーブル、スーツケース、トランクがうかんでいた。どこを見てもそういったものがちらばっていて、そのあいだを何百という人々が命からがらに泳ぎ、わたしの目の前で次々とおぼれていった。

わたしの乗ったボートのへりには、すでに十人以上の人がしがみついていて、乗せてくれと必死にうったえている。いまでもその声がきこえ、顔が目にうかぶ。

「たのむ、おいてかないでくれ」

「死にたくない」

「神よ、助けたまえ！」

若い女の人が、わたしの手をつかんだものの、つかまっていられるだけの力もなく、そのまま手をすべらせていく。

「ママさようなら」そうさけんだのを最後に、水のなかにしずんで見えなくなった。

ほかの人たちもつかめる場所をつかみ、助けてくれと懇願《こんがん》している。舵《かじ》をとっている船員は、そういう人たちに、あっちに行ってくれと何度もどなっている。「すぐ近くにまだ半分あきのあるボートがうかんでいる。そんなに遠くないから泳いでいけ。これ以上人を乗せたら、しずむおそれがある」

船員はわたしたちにも、だれも乗せるなと厳命《げんめい》する。しかしどんなに命令されようと、悪態をつかれようと、母親や子どもが泳いできたら、あっちへ行けなどと、だれもいえやしなかった。まだ体力が残っていて、死にたくないと必死になって自力でボートにあがってくる者もいて、それをやめさせる勇気のある人間はひとりもいなかった。

いまでは危険なほどにボートがしずんでいると、だれもがわかっていた。すでに船べりのあちこちから水が入ってきて、足もとにたまる水がどんどんあがってくる。舵《かじ》をとっている船員はもう激怒《げきど》していた。「あんたら、頭がおかしいのか？　あとひとりでも乗せたら、ボートはしずむぞ！　海にうかんでいる死体が見えるだろう？　自分たちもああなりたいのか？　もうこれ以上乗せるんじゃないぞ、わかったな、ひとりもだぞ！」しかし、こういったところで、状況《じょうきょう》はほとんど変わらなかった。

救命ボートのへりは、わずかなすきまも残さずに人々の手でうめつくされている。恐怖《きょうふ》で血の気を失ったたくさんの白い顔がわたしたちをじっと見つめ、必死に助けを求めている。たのみこむ目。うらめしそうな目。船員は同じことをいい続けている。

「わからないのか？　あんたらはボートをしずめようとしてる！　乗ったらしずむんだぞ。大勢の人間がおぼれるんだぞ」

わたしのすぐ近くにも、ボートのへりにしがみついている人がいて、あまりに近いので手をのばせばさわれそうだった。その人は年をとったおじいさんで、乗せてくれとたのんではこない。ひと言も口にせず、ただだまってボートのへりにつかまり、からだをふるわせながら、わたしとセリアの顔を見あげている。わたしは何をいえばいいかわからない。見ているだけでもつらかった。するとおじいさんが口を開いた。「彼のいうとおりだ。このままではボートがしずんでしまう。きみたちは若い。わしはそうじゃない。生きるんだよ。長生きして幸せになるんだ。きみたちに神の祝福があらんことを」それだけいうと、船べりから手を放して、泳ぎ去ってしまった。それがおじいさんを見た最後だった。

セリアがこれまで以上に必死になって、わたしにしがみついてきた。あたたかさとなぐさめを求め、母が恋《こい》しくて泣いている。わたしはぎゅっと抱《だ》きしめて、安心させてやろうとする。そうしながら自分自身をもなぐさめようとしていた。「ほら、セリア、見える？救命ボートがあちこちにういているでしょ？　あのひとつにママが乗っているかもしれない。パパやポールもね。大丈夫よ。みんな助かるわ。わたしがセリアのめんどうをみるから、セリアはテディのめんどうをみてね。わかった？」

こんなふうにずっと話しかけていた。それがどれだけセリアをなぐさめたかわからないが、少なくともしばらくのあいだは役に立ったようで、セリアもわたしも、これまで起きたことを全部忘れた。まわりで次々と死んでいく人たちのことも、じかにこの目で見た恐《きょう》怖《ふ》の場面も。海そのものが、絶望にもだえ苦しみ、恐怖《きょうふ》のさけびをあげ、悲痛に泣いていた。数時間が過ぎると、ぐっと冷えこんできて、海を泳いでいる人の姿《すがた》もめっきりへり、救命ボートにしがみついている人も少なくなって、海にうつぶせにうかんでいる死体が多くなった。救命ボートや船の残骸《ざんがい》や、さまざまなゴミが、見わたすかぎりにちらばっている。大海のなかで、どんどん孤独感《こどくかん》がつのっていく。

いまではもう、くぐもった祈《いの》りしかきこえず、そこにたまに人の声がまじる。いまでもおぼえている声がある。その声は遠くはなれているのに、はっきりときこえた。男の人の声だった。

「ぼくの母、ミセス・ベイリーに伝えてくれ。ロンドンはフィリモア・ガーデン二十二番地。あなたの息子ハリーは、母親のことを思いながら死んでいったと。どうか、そう伝えてくれ。神よ、われらを救いたまえ」あとはしんと静まった。

時間がたつにつれて、もうこれ以上、水のなかの死体を見るのはやめようと自分にいいきかせた。ひょっとしたらママを見てしまうかもしれない。もしママが海のなかにいるなら、もう死んでいる。そんなママを見たくない。それでもなかなかそうはいかず、どうしても見てしまう。見ないと気がすまなかったのだが、いまでも見なければよかったと後悔《こうかい》している。

ママだとわかったのは、宝石のようにあざやかな色の部屋着を着ていたからだ。灰色《はいいろ》の海のなかで、青と金を主体にした虹色《にじいろ》の羽根があざやかに目に飛びこんできた。顔を海の底にむけて、ゆっくり流されて、わたしからはなれていく。見まちがいのはずがなかった。あれはママの中国製の部屋着だ。羽を大きく広げたクジャクの柄《がら》が背中についている、ママの大のお気に入りでしょっちゅう着ていた。今朝最後に見たときも、ママはあの部屋着を着ていた。

まちがいない。ママだ。わたしはからだがまひしてしまったように何も感じなかった。まるでママが死ぬときに、わたしの心も魂《たましい》も持っていってしまったようだった。あとに残ったのはわたしのぬけがら。からっぽで何も入っていない。流す涙《なみだ》もない。

これから、どうしたらいいのだろう。

17 海の上のピアノ

大西洋

気がつくと、うでのなかにいるセリアの、からだのふるえがとまっていた。救命ボートに乗ってから、どのくらいの時間がたったのか。正確なところはわからない。眠《ねむ》っているのだろうか。それとも寒さで死んでしまったのか。セリアはまだテディベアをきつく抱《だ》きしめて、わたしにしがみついている。セリアの息もほおに感じられた。まだ生きている。そこではっと気づき、セリアのからだをゆさぶって目をさまさせる。知らないあいだに眠《ねむ》ってしまえば死んでしまう。もう二度と目をさまさなくなる。わたしも眠《ねむ》ってはいけない。セリアが目を開けたが、もうわたしがだれであるかもわからないらしい。わたしをママとよんで、一瞬《いっしゅん》意識がもどったかと思うと、また失ってしまう。わたしはセリアをぎゅっと抱《だ》きしめて、自分の体内に残っている体温を少しでも分けあたえようとした。セリアの両手とほおに息をふきかけて、ずっと話しかけていたが、わたしにしがみつく力も弱くなってきて、命のせとぎわにかろうじてつかまっている。

自分も眠《ねむ》らないよう、せいいっぱいがんばったが、何度もうとうとしてしまい、さわがしい音がして目がさめた。わたしの後ろのほうで、どなり声と水のはねる音がする。ボートがはげしくゆれたので、何事だろうとふり返った。舵《かじ》をとっていた船員が海からボートに乗りこもうとする男ふたりと必死に戦っていた。船員はうでをつかまれ、水のなかに引きずりこまれた。一度水面にあがってきたのが見えたが、そのまま流れていってしまった。泳ごうとしながら、それができず、手脚《てあし》をバタバタさせているだけで、さけび声が海にのまれると同時に船員はしずんでしまった。男ふたりがボートにはいあがった瞬間《しゅんかん》、ボートがかたむいて水がいきおいよく入ってきた。足もとで、みるみる水かさがふえていき、ひざまでつかった。

ボートはしずむとだれもがわかっていて、それをどうすることもできない。海水がどんどん入ってくるので、セリアをゆさぶって起こし、意識がしっかりしてきたところで、わたしの背中に乗って首につかまるようにいう。救命ボートは消えた。わたしたちは海のなかに放りだされた。すぐに寒さがおそってきて、骨《ほね》まで冷えてくる。わたしはできるだけ速く泳いだ。まわりできこえている悲鳴と悪態から、わたしにつかみかかろうとするうでから、逃《のが》れようと必死だった。神に、人に、助けを求める声がひびいているけれど、どちらも力になれないと、わたしにはわかっていた。

希望がまったくないというのに、どうして必死に生きようとしているのか、わたし自身よくわからなかった。海はがらんとして、ゴミと破壊《はかい》された船と人間の残骸《ざんがい》がちらばるばかりだった。何度も海水を飲み、わたしの体内に残っているなけなしの力を寒さがうばっていく。首には生きているかどうかわからない子どもがしがみついており、わたしが水をかくたびに、しがみついている手が首からずり落ちていくのがわかる。めざすボートもなく、見わたすかぎりどこにも陸地はなく、泳ぎ続ける意味がなかった。それでも、泳いでいればしずまないと、わたしの頭のなかにあるのはそれだけだった。しずむのが何よりもおそろしい。深い海の底にしずんでしまうことを思うと、自然に手脚《てあし》が動いて泳ぎ続けていられた。

ママにはもう二度と会えないけれど、パパが病院のベッドで待っている。パパに会うために、なんとしてでも生き残ろうと心を決める。しかしそんな決意も長くは持たなかった。やがて冷えた脚《あし》がつってきた。水をかきながら、あごを水面の上に出してういているだけでも超人的《ちょうじんてき》な力が必要だった。そのうちだんだんに、努力している意味がうすれていく。

気がつくともう泳ぐのはやめていて、水中で足ぶみをして、しずまないよう手を動かしているだけになった。それでもセリアはまだ首にしがみついている。いまでもそんなことを考えた自分をはずかしく思うけれど、あのときわたしはセリアを背中からふり落とすことも考えた。ひとりなら、もう少し長く持ちそうだった。首まわりにあるセリアのうでがだんだんにゆるんでくるのがわかる。セリアはときどきうめき声をあげながら、あいかわらずテディベアをしっかり抱《だ》きしめている。

どういうわけだか、そこでこんなことを思った。セリアが小さなクマを守ろうとがんばっているなら、自分も全力でセリアを守ろう。

わたしは泳ぎながら、セリアにハミングしていたのをおぼえている。セリアのためでもあり、自分のためでもあった。自分の声がきこえるうちは、まだ生きているとわかる。ハミングにしたのは、うたうより口に水が入ってこないからだ。知っているピアノ曲をぜんぶ、得意なモーツァルトのアンダンテ・グラツィオーソはとりわけ何度も何度もハミングした。ときどきセリアのハミングもきこえたが、あれはうめき声だったのかもしれない。なんであれ、セリアから反応が返ってくると、わたしも元気が出て、がらんとした海に流されていきながらも希望がわいてきた。

最初それは、ひっくり返った救命ボートだろうと思った。大きさがちょうどそれぐらいなのだが、形がどうもおかしい。救命ボートの色は白だが、それはちがった。大きなテーブルみたいなものかもしれないと思って、泳いで近づいていくと、たしかに木製だった。

黒い色でぴかぴかつやつやしている。けれどもテーブルにしては形が妙《みょう》だった。曲線の部分と直線の部分がある。水にうかびながら、くぐもったふしぎな音を出していて、まるで生きて呼吸している生き物が歌をうたっているようだった。ひょっとしてクジラかと思ったが、あんなふうに平べったくて、ぴかぴか光るクジラはいない。

さわれる距離《きょり》まで近づくと、それにからだをもたせかけ、力の続くかぎり、ぶらさがってみた。セリアを肩《かた》の高い位置までずらしておいてから、からだを海から引きあげて、その上に乗りあがる。それだけで力を使いはたし、はらばいのまま息をするのがやっとだった。セリアはまだ背中にいて、首にしがみついていた。

わたしは顔をあげてまわりを見わたした。そこで初めて、海の上に自分たちをうかばせてくれているものの正体に気がついた。ピアノだった。船のダイニングホールにおいてあった、モーリスのグランドピアノ。ほんの少し前に自分がひいたモーリスのピアノが、わたしたちの救命いかだになってくれたのだ。錯覚《さっかく》かもしれないが、ピアノはまだ生きているようだった。からだの下で弦《げん》がふるえるのが感じられ、音まできこえるような気がした。わたしは極力《きょくりょく》気をつけながら、ピアノの中央へと進んでいく。波はおだやかに見えるが、それでもピアノの四方八方から打ちよせていたから、ともすると、すべってまた海のなかに流れ落ちてしまいそうだ。真ん中まで移動すれば安全だと思い、身を起こしてセリアのからだを抱《だ》きよせた。ぐったりしていたが、片うででまだしっかりテディベアを抱《だ》いている。わたしたちは仲間どうしで助け合い、グランドピアノの力も借りて、なんとかみんな生きのびたのだ。

けれども安心して喜んだのもつかのまで、助かったと思ったのはいっときの幻想《げんそう》にすぎなかった。寒さでからだは弱り、長くは持ちこたえられそうにない。セリアは意識がもうろうとしてきて、自分がどこにいるのかもわからないようだった。だだっ広い海のなか、まったくふたりきりで、陸地も見えなければ、助けがくる見こみもなかった。

たとえいまは、ピアノの真ん中の、いちばん安全な場所にいても、あと少し波が高くなれば、一瞬《いっしゅん》のうちに海へとさらわれてしまう。つかまるものは何もなく、一度すべったらもうしずんでいくしかなく、おぼれるわたしたちを助けてくれる人はいない。海がわたしたちをのみこもうと待ちかまえている。わたしは上を見あげた。頭上の空はただ青く、周囲の海はガラスのようで、顔にはそよ風さえふいてこない。希望が、あるもののすべて。それもほんのわずかだった。

あとはもう横になり、セリアを放さないようにして、助けか死がやってくるのを待つしかない。どちらが先にやってくるか、いやというほどわかっていた。とにかく眠《ねむ》ってはいけない。もしうとうとして、知らないあいだに眠《ねむ》ってしまったら、セリアをおさえているうでがゆるみ、セリアも自分も、ピアノからすべり落ちて、気がついたときには海のなかという結果が待っている。だから眠《ねむ》らないために話し続けることにした。自分に、ママに、パパに、ウィンター先生やピッパに、マックおじちゃんやダックおばちゃんに。ブレンダンにも話しかけたが、それ以上にセリアにしょっちゅう話しかけた。何かしら反応が返ってくるのではないかと期待したが、何も返ってはこなかった。それでもまだ生きてはいる。わたしがセリアを放さないように、セリアもまたテディベアをしっかり抱《だ》いてはなそうとしない。

日が落ちて夜になった。寒さと恐怖《きょうふ》の長い長い夜。からだがこおりつきそうだった。波が打ちよせてからだをゆらし、ピアノがくぐもった声で子守歌をうたう。空では、月が星々のあいだを移動し、ときに雲のあいだにかくれながら、わたしたちについてくる。まるで守護天使《しゅごてんし》のようだった。わたしは月にむかってハミングする。約束どおり、パパにむかってハミングした。

月に耳をすまし、パパの声がきこえてくるのを待つ。するときこえた。ふたりのハミングがあたりにこだまする。パパは生きていて、わたしも生きている。マックおじちゃんとダックおばちゃんも生きている。ダックおばちゃんのことを考えると、笑うことなど何もないというのに顔がほころんできた。足はぬれたままにしておかないって、おばちゃんと約束しなかった？　またひとつ、約束をやぶってしまった。

わたしをしかるパパの声がきこえた。「こら、ニンコンプープ！」

それからパパはまた、『みにくいアヒルの子』を読んでくれた。ママもパパもダックおばちゃんもしょっちゅう読んでくれたので、わたしはもうほとんど暗記していた。パパの声に耳をかたむけながら、いつのまにかうとうとしてきた。ママの声が、ダックおばちゃんの声が、家にいるときと同じようにきこえる。

「いい子で、ねんねするのよ、メリー」ママがいっている。「おやすみなさい」そういって、おでこにキスをしてから、寒くないようふとんをたたいて、すきまをなくしてくれる。


月と入れかわった太陽が放つ、まぶしい光で目がさめた。いつのまにか眠《ねむ》っていた。白い鳥が一羽、ピアノのへりにとまって、オレンジ色の丸い眼でわたしをじっと見ている。仲間ができたのがうれしかった。もうわたしたちだけじゃない。べつの一羽が太陽のなかから舞《ま》いおりてきて、最初の鳥の横に並んだ。まもなく二羽いっしょにかん高い声で鳴きながら舞《ま》いあがった。

「カモメだね」セリアに声をかけた。「ねえ、見た？　わたしたちを見つけて飛んできたのよ！」

けれどもセリアは答えなかった。うでのなかにセリアがいないと気づくまでに、少し時間がかかった。わたしが抱《だ》いているのはセリアのテディベアで、セリア本人はどこにもいない。消えてしまった。夜のうちに、わたしが手を放してしまったんだ。それともセリアのほうが放したのか。放したのがセリアであってほしいと、わたしは願った。いまでもそう強く願っている。はっきりしているのは、セリアが転がって海に落ちたことだ。ママやブレンダンやモーリスや、その他船にいた大勢の人たちといっしょに海の底深くにしずんでしまった。まもなくわたしもそこへ行く。ひとりになったのが悲しく、ふいに怒《いか》りがわいてきた。あらゆるものに、あらゆる人に、この世界に、わたし自身に。

たぶん怒《いか》りがわたしに力をあたえたのだろう。なぜかわからないが、いきなり立ちあがってさけびだし、うっかり眠《ねむ》ってセリアを失った自分に怒《いか》りをぶつけた。もうこんなことはさっさと終えたかった。ピアノを自力でしずめて、自分も海の底に落ちて全部終わりにしてやろうと思い、ピアノの上で何度も何度もジャンプした。ところがまったく効果はなく、気がつけば足の下でピアノが音を出している。前以上に大きな音がくぐもってきこえてくる。もっと高く飛びあがって、力いっぱいピアノをふみつける。からだをめちゃめちゃに動かし、その場で強く足ぶみし、かけ足までした。しまいには涙《なみだ》をぼろぼろこぼしながら、半狂乱《はんきょうらん》になって笑いだし、耳ざわりな笑い声をあげながら、よりいっそう高く飛びあがって、ピアノに衝撃《しょうげき》をあたえる。けれども何をしようとしずまなかった。

ピアノのへりまで走っていって海のなかをのぞきこんだ。飛びこめ、ジャンプして飛びこめと、自分にむかって大声でいう。「かんたんよ、メリー。早く！」けれどもできなかった。こわかったからじゃない。ほんとうだ。頭のなかに、あの上品なおばあさんの声がきこえていた。わたしを救命ボートに乗せたおばあさん。

「生きなさい。子どもは生きなくてはならないの」おばあさんはそういった。

いまではあのおばあさんも、ママやほかの人たちといっしょに海の底にしずんでいるだろう。みんながみんな、生きなさいと、わたしにいっている。セリアもそうだった。自分の代わりにテディベアのめんどうをみてねと、わたしにいうセリアの声がきこえる。みんなの声をききながら、わたしはピアノの中央にもどっていった。そこにこしをおろしてあぐらをかき、セリアのテディベアをきつく抱《だ》きしめていう。「生きていく。おまえとわたしは、これからも生きていこう」

テディベアはにっこり笑っている。こんなときにも笑っている。わたしを信じているんだ。もしテディベアがわたしを信じられるなら、わたしだって自分を信じられるはず。わたしは生きていくのだ。

そのあとは、もう二度と横にはならなかった。もし横になれば、また眠《ねむ》ってしまい、ピアノのへりへ転がっていって海に落ちる。そうなったら一巻の終わりだ。いまの場所にすわって動かず、目をしっかり開いていて、生き残るのだ。

正直にいって、あの好奇心旺盛《こうきしんおうせい》な二羽のカモメがいなかったら、生き残ることはできなかっただろう。いつもわたしといっしょにピアノの上にいるわけではなかったが、しょっちゅうもどってきては、しばらくそこでじっとして、わたしに希望を持たせてくれる。この二羽がわたしを見つけることができたなら、人間にだって見つけることができるはずだ。それが、まともにものを考えられた最後だった。思っている以上にからだが弱っていたんだと思う。脱水症状《だっすいしょうじょう》を起こし、飢《う》えと寒さに打撃《だげき》を受けていたのだ。

現実と夢の中間にいるような気がしていた。両方の世界を行ったり来たりして、これが夢なのか、現実なのか、見分けがつかなくなり、セリアのテディベアと二羽の鳥以外、どうでもよくなってきた。ときに鳥はカモメになったり、クジャクになったりする。顔をふせて海にうかんでいたママ。その背中で羽を大きく広げたクジャクが頭をくいと持ちあげて、かん高い声で鳴いている。そこでふいに、声をあげているのは自分だと気づく。見れば、ピアノの上にまたカモメたちがもどってきていて、わたしをだまって見つめていた。鳥にもテディベアにも話しかけようとしてみたが、口から言葉がまったく出てこなかった。

海の真ん中でピアノの上に何時間もすわっているあいだに、時間の感覚《かんかく》をすっかり失い、自分がだれなのか、どこからきたのか、わからなくなっていた。どうして海のど真ん中でピアノの上にあぐらをかいてすわっているのか。どうして仲間は笑い顔のテディベアと二羽のカモメしかいないのか、さっぱりわからない。

まるで奇妙《きみょう》な夢のなかにいるようだった。だからだろう。すぐそばの海面でふいに泡《あわ》がぶくぶくともりあがり、石を投げたらとどくほどすぐそばに、奇妙《きみょう》な亡霊《ぼうれい》のようなものがうかびあがっても、おどろきはしなかった。いったい何が出てきたのか、見当もつかなかった。

最初、クジラがようすを見にきたのだと思った。海にピアノがうかんでいるのを見つけて、わたしと同じようにおどろいているのかもしれない。クジラがたいていそうであるように、それも巨大なキュウリのような形をしていて、水面をつきやぶって浮上《ふじょう》するにつれて、長さも幅《はば》もみるみる大きくなっていく。きらきら光る側面に滝のように水を流しながら、ゆっくり、着実に海からあがってきて、それがあげる水しぶきでピアノがゆれ、危険なほどにかたむいた。いまにもしずむと思って、わたしはあわてて身をふせ、そのときにはもう自分の命よりも大事になっていたテディベアをしっかり胸に抱《だ》いてピアノにしがみついた。つま先を立てて力を入れ、すべり落ちていく速度を少しでもゆるめようと必死だった。

けれどもじきにピアノは水平になり、ぎりぎり危《あぶ》ないところでわたしは海に落ちるのをまぬがれた。わたしを飲みこみ、おぼれさせようと待ちかまえていた海が、すぐそばで波をうねらせている。顔をあげたところ、海から浮上《ふじょう》したものの正体はクジラではなく、船だと気づいた。これまで見たことのない船だった。クジラにはエンジンなんかあるはずもなく、金属製《きんぞくせい》ではらに番号が書いてあることもない。海の下でとどろくエンジンの音がきこえ、男の人たちのどなり声もきこえた。いまでは五人ほどの男の人が船から出てきて、みんなで小さなボートを運びだしている。海にボートをうかべると、それに乗って一生懸《いっしょうけん》命《めい》こいで、こちらへむかってくる。ピアノまでたどりつくと、ひとりがボートから出て、ピアノの上に慎重《しんちょう》にあがった。両手両ひざをついて、はいずりながら、わたしのほうへ近づいてくる。

わたしの目の前でしゃがんだと思ったら、両手をこちらにさしのべた。

「イスト・グート、フロイント、トモダチ。コメン・ズィー・ミット、コム」

わたしはさっと身を引いた。

「グネーディゲス・フロイライン、アナタ、キマセンカ？　ミット・ミア、インダス・ボート。ビッテ。コム」

やさしそうな人だった。わたしを傷つけたりしないことが、声からも目の表情からもわかった。

「イッヒ・ハイセ・ヴィルヘルム。アナタノナマエ、オジョーサン、イーレ・ナーメは？」

相手のいいたいことはわかるのに、わたしは答えられなかった。なぜなら自分の名前がわからないから。わからないんです、思いだせないんです、どうしても。何度も何度もそういおうとした。けれども、口を開けて話そうとしても、言葉は何も出てこなかった。

18 ナイチンゲール先生

シリー諸島《しょとう》　一九一五年十月

このあいだたずねてきたクロウ医師の警告《けいこく》にしたがって、一家は気をつけていたはずだった。きっとめんどうなことになる。なかにはおかしなことをいってくる人間もいるだろうと。しかし、あのうわさが広まったことで、これだけ強い敵意《てきい》と怒《いか》りをむけられるとは、夢にも思っていなかった。それもブライアー島にかぎったことではなく、シリー諸島《しょとう》全土からだ。ルーシー・ロストはドイツ人。あの毛布に〝ヴィルヘルム〟という名前がついていた。証拠《しょうこ》はそれでじゅうぶんだ。ルーシー・ロストは卑劣《ひれつ》なドイツ人だと話が決まった。

みんなから好かれ、敬意《けいい》を持たれていた、ブライアー島のウィートクロフト一家は、ほぼ一夜にして〝ドイツびいき〟に成りさがった。やつらはスパイだと、意地悪くうわさする者もいて、気がつくと一家はどこでもさけられていた。

ジムの漁師仲間のほとんどは、これまでずっと友人としてつきあってきたのに、最近は彼がやってくるとわかると、あらぬ方向をむいて、さっさと浜《はま》から引きあげてしまう。残されたジムはひっそりした浜辺《はまべ》にぽつんとすわって網《あみ》のつくろいをすることになる。人魚がどうしたこうしたという毒《どく》のない冗談《じょうだん》もさっぱりきかれなくなった。今日はどこそこでサバやタラがよくとれるといった情報も、いつどんなふうに天気が変わるといった親切なアドバイスもジムの耳にはとどかない。だれも何もいわない。いう必要もなかった。目をそむけたり、にらみつけたり、わきでひそひそやれば、それぞれの気持ちは伝わった。

日曜日の教会では、だれも一家と同じ信徒席にはすわろうとしなかった。おおっぴらに戦争反対を口にするメアリーと以前から敵対《てきたい》していたモリソン牧師《ぼくし》も、ほかのみんなと同じ態度をとり、一家を完全に村八分にした。牧師《ぼくし》の説教はこれまで以上に好戦的になり、事あるごとにドイツ軍の残虐行為《ざんぎゃくこうい》をみんなに思いださせようと、ベルギーの勇敢《ゆうかん》な少年たちが銃剣《じゅうけん》で殺された事件や、魚雷《ぎょらい》で撃沈《げきちん》されたルシタニア号の話を語ってきかせる。あの船は戦艦《せんかん》ではなく、重砲《じゅうほう》はもちろん、ライフル一丁《ちょう》積んでいなかった。乗客を乗せて安全に航行する定期客船で数千人が命を落とした。そう教えたところで牧師《ぼくし》はみんなにうったえる。

「この事件には、われわれシリー諸島《しょとう》の住民だけでなく、文明世界全体が驚愕《きょうがく》し激怒《げきど》している。われわれは神のために、わが国のために、邪悪《じゃあく》な力と戦っていることを忘れてはならない。モンス（ベルギー南西部の都市）にいるわが部隊には天使が降臨《こうりん》したではないか。神はわれわれに味方する、自由と権利《けんり》に味方する、そうではないか？」

もうメアリーの家に卵を買いにくる客はいない。だれも家にたずねてはこなかった。島のどこへ行ってもメアリーと出会うと、みな背をむけて、あたかも本人がそこにいないかのようにふるまう。メアリーからたずねていっても、どの家のドアも閉ざされたまま。足をとめて親し気におしゃべりをしてくる人もいなくなり、あいさつさえしなくなった。メアリーの行く先々に黒々とした敵意《てきい》がうず巻《ま》いていた。

アルフィとルーシーが通う学校では、もっとあからさまだった。つい最近、ヒーローとしてむかえられるようになったふたりが、いまでは事あるごとにからかわれ、ひどい言葉をぶつけられる。いきなりの変わりようにルーシーはめんくらい、これまで以上にアルフィのかげにぴたりとかくれるようになった。学校の行き帰りも、休み時間の校庭でもそうだった。

ルーシーがほっとできるのは、ナイチンゲール先生の教室だけだった。先生はルーシーを守り、安心させるために、できるかぎりのことをしてくれた。こういったうわさをまきちらし、よってたかっていじめるのは、残酷《ざんこく》きわまりない卑劣《ひれつ》な行為《こうい》であって、先生はゆるせなかった。クラスの幼い子どもたち同様に、先生もルーシーがドイツ人であろうとなかろうと、どうでもよかった。ルーシーは傷ついた心を持つかわいそうな子で、勉強は苦手だが、ピアノや絵にたぐいまれな才能を発揮《はっき》する。そういう子どもの心をなぐさめながら、愛情豊かに支援《しえん》するのが自分のつとめだと先生は信じていた。そしてこの幼児クラスでルーシーはあいかわらず〝小さなお母さん〟として、幼い子どもたちと遊び、世話をしてやっており、子どもたちはみんなルーシーをいちばんの友だちだと思っている。そんなわけで、〝ドイツの〟毛布をルーシーが持っていたことが明るみに出てからの数週間は、この教室が、ルーシーにとってたったひとつの楽園だった。

けれどもアルフィには逃《に》げ場《ば》はなかった。ゼベディア・ビショップの一団に先導《せんどう》されて、クラスのみんなはよってたかってアルフィを攻撃《こうげき》した。おまえのところは「頭のおかしい」一家で、おじのビリーは「プッツン」していて、自分が海賊《かいぞく》だと思っている。そんな家族が、今度は「プッツンしたドイツ女」を仲間に入れた。「しゃべることもできない大ばか者で、自分がだれかもわからない」その女こそ、卑劣《ひれつ》なドイツ皇帝《こうてい》の娘《むすめ》にまちがいないと、切れ目なしに、ひどい言葉が飛んでくる。無視しようと、きく耳を持たないようにしようと、アルフィはがんばったが、気がつくとまたとっ組み合いのけんかに引きずりこまれている。これまでは、勝とうが負けようが、最後にはびしばしビーグリーに引きずられて罰《ばっ》を受けるはめになり、じょうぎや、つえでぶたれるというのが、お決まりの展開だった。ところが今回はなぜかそうはならず、ふしぎに思いつつもアルフィはほっとした。代わりに最近は休み時間に教室に居残りをさせられた。そうなると、守る人間がいないままにルーシーが校庭でひとりになってしまう。

しかし心配はいらなかった。窓《まど》から外をのぞいていると、いつも幼い友人たちがルーシーを守るように大勢まわりをとりかこんでいる。校庭の方々から、残酷《ざんこく》な悪口や、憎《にく》しみのこもった言葉がルーシーにぶつけられるのがきこえるが、本人はいたって冷静《れいせい》で、のほほんとしている。何をいわれているか理解できないのか、あるいは負けまいとがんばっているのか。どちらだかわからないが、とにかくルーシーが動じないところにアルフィは感心した。

しかし一度、ゼブが仲間たちを引きつれて、オオカミの群れさながらに、ルーシーをとりまいたことがあった。あらかじめ幼児はおどして追っぱらい、ひとりになったルーシーに、敵意《てきい》と憎悪《ぞうお》をうかべた目でせまっていく。そうなってもルーシーは逃《に》げず、あとずさりもしなかった。

助けようとアルフィが飛びだそうとしたところで、ナイチンゲール先生が現れて、その場を救った。校庭に出てきた先生は、ルーシーに教室へ入るよう声をかけた。

それからすぐ、ルーシーのひくピアノの音がきこえてきた。蓄音機《ちくおんき》でしょっちゅうきいている、お気に入りの曲だったから、ひいているのはルーシーにまちがいなかった。ルーシーの演奏《えんそう》する音楽には、どこか挑戦的《ちょうせんてき》なひびきがあった。きっと校庭にいるいじめっ子たちにきかせているのだろう。ゼブもとりまきもこわくない、自分はそういう人間たちの言いなりにはならないと、決意を表明しているかのようだった。

きいているうちにアルフィも元気が出てきた。ゼベディア・ビショップとそのとりまきにも、びしばしビーグリーにも、ほかのだれにも、立ちむかえる気がしてきた。

アルフィとルーシーにとって、ナイチンゲール先生は最初から、学校でただひとりの友人であり、味方だった。あらゆる機会をとらえて、ルーシーを校庭から教室によび、ピアノのレッスンや、書写の練習を見てくれる。そして放課後には、ブライアー島にわたる船に乗るふたりを、いつもトレスコ島の桟橋《さんばし》まで送っていった。

先生は、いじめっ子たちがとちゅうで待ちぶせしているとにらんでいた。実際そのようなことが何度もあったのだが、先生がいっしょでは相手もさすがに手が出せなかった。先生はふたりが船に乗るまでずっとそばにいるものの、いざ乗ってしまえば、もうどうすることもできない。毎日桟橋《さんばし》に立って手をふりながら、みんなとはなれて、ふたり並んですわっているアルフィとルーシーをもどかしい気持ちでながめている。トゲのある言葉をあびせられ、身ぶり手ぶりもまじえて、徹底的《てっていてき》にからかわれながら、ふたりとも前方をまっすぐ見すえて必死にたえている。

けれどもそんな光景を目にしながらも、ナイチンゲール先生は、ゼブをはじめとする子どもたちが、アルフィとルーシーにつらくあたるのをせめる気にはなれなかった。つまるところ、あの子たちのせいではないとわかっていたからだ。責任の所在《しょざい》は明らかに、ビーグリー校長にあった。毎日国旗を掲揚《けいよう》し、国歌を斉唱《せいしょう》させたあとは、ドイツ軍の残虐《ざんぎゃく》な行為《こうい》を生々しく子どもたちに伝え、くる日もくる日も校内に戦意高揚《こうよう》の嵐《あらし》を巻き起こしているのだ。女性や子どもが残忍《ざんにん》に処刑《しょけい》された事件をかいつまんで話し、わが国の船が撃沈《げきちん》された話を、とりわけルシタニア号の惨劇《さんげき》について熱心に語った。敵《てき》の邪悪《じゃあく》さを、言葉をきわめて論《ろん》じ、われわれのあいだにも敵《てき》がひそんでいるといっては、必ずルーシーとアルフィをにらみつけた。

校長はルーシー以上に、アルフィにつらくあたることが多く、その理由もナイチンゲール先生にはわかっていた。校長は、自分の権威《けんい》にさからう者をゆるせないのだ。目つきだけでも、〝反抗的《はんこうてき》な目〟とよんでゆるさない。子どもたちはいつでも校長におびえ、校長の気まぐれに卑屈《ひくつ》にしたがう。しかし、アルフィはまだ幼い男子にもかかわらず、それができない。校長にとってアルフィは目の上のたんこぶで、登校した初日からそうだった。

結果、学校日誌《にっし》のなかにだれよりも多く、今日の罰則者《ばっそくしゃ》として名前が記されるのだ。ルーシーを学校に連れてきた初日から、アルフィはあの子を守るために、ビーグリー校長に何度も何度も立ちむかった。

アルフィが校長にむかって堂々と意見を述べたときのことを、ナイチンゲール先生はうれしく思いだす。これによって校長がさらにいらだち、ますますアルフィを目の敵《かたき》にするだろうこともわかっている。校長は、子どもたちにとっても、ナイチンゲール先生にとっても、わがままな王様のようなものだった。そういう男が、子ども相手にたじたじとなる場面は、いつ見てもゆかいで胸がすっきりする。

これまでも、ナイチンゲール先生は何度も学校を去ろうと思った。しかし子どもたちの幸せを第一に考えるとそれもできない。最近では、アルフィとルーシーのことがいちばんの気がかりで、ふたりのために学校に残り、できるだけ守ってやろうと考えていた。

家にいるメアリーもジムも、学校でふたりがどんな目にあっているか、だんだんに気づいてきた。まわりの子どもたちばかりか、校長からもひどいあつかいを受けている。自分たち大人が村八分にされていることを思えば、子どもたちの毎日は楽に想像できた。

こうなったら、トレスコ島にある校長宅に乗りこんでいって、またひとくさり文句をいってやろうと、ジムは何度も思い、「もう手心は加えねえ、力ずくでも態度を変えさせてやるぜ」と、メアリー相手に息巻いた。

けれどもメアリーは、暴力にうったえる気はなかった。自分たちに代わってあいだに入ってくれるよう、直接モリソン牧師《ぼくし》にたのみに行こうと心を決めた。なんといっても牧師《ぼくし》は学校の理事であり、神に仕《つか》える身。こういう迫害《はくがい》をとめるべき人間がいるとしたら、彼をおいてほかにないと思ったのだ。自分が牧師《ぼくし》からどう見られているかも、牧師《ぼくし》の人間性もよくわかっていたから、メアリーはあまり期待はしていない。それでもやってみなければならなかった。

しかしモリソン牧師《ぼくし》は、たずねてきたメアリーをドアの内側には入れず、玄関《げんかん》の階段に立たせておいて、長々と説教をした。

「校長先生はきちんと学校を運営《うんえい》されていますよ。あの女の子が入ってくるまでは、なんの問題もなかった。あなたには、あの子のめんどうを家で見ることなどおやめなさいといったはずです。それなのにきく耳を持たなかった。そこがあなたの悪いところです。年長者のいうことに耳を貸さない。婦人参政権《さんせいけん》運動を応援《おうえん》するさいにも、あなたはそうだった。この島々で暮らすよき人々の考えをまったくかえりみない。昨年の夏、戦争が始まって数日もしないうちに、あなたはわたしの説教に割りこんできて、島じゅうの人々を前に戦争反対をうったえた。そんなあなたが敵の子どもを自分の家に入れて、それをほかの人々がよく思わないからといって、わたしに助けを求めにくる。それはあまりに虫がよすぎるというものです。聖書《せいしょ》に書かれているように、『自分でまいた種《たね》は自分で刈《か》りとる』がよろしい」

それだけいうと、メアリーの目の前でドアを乱暴に閉めた。

19 村八分

シリー諸島《しょとう》　一九一五年十月

だからといって、メアリーに引きさがる気はなかった。やっぱりジムのいうとおりだと、いまになって決意がかたまり、夫婦そろってトレスコ島まで乗りこんでいって、校長と決着をつけようと意気ごんだ。

それをとめたのは、アルフィだった。「そんなことしたら、ぼくらがますますひどい目にあう。ビーグリーに八つ当たりされるよ。そういうやつなんだ。ナイチンゲール先生が味方になって、ルーシーを守ってくれてるよ」

「だけど、おまえはだれが守ってくれるの？」とメアリー。

「自分だよ。自分のめんどうは自分でみる。それにルーシーも守る。だけど誤解《ごかい》しないでよ。いまの状態でいいと思っているわけじゃない。あんないまいましい学校、二度と足をふみいれることができなくなっても、こっちはぜんぜんかまわないんだ。それにルーシーだって、ぼく以上にうんざりしてるよ。ルーシーが何を考えているのか、実際よくわからないこともあるけど、あそこに行きたくないと思ってるのはたしかだよ。そんなの言葉にしなくたってわかる。とにかくふたりでなんとかやっていくから心配しないでいいよ」

ルーシーは、とりわけ学校から家へ帰る道すがら、ひどく落ちこんでいることが多かった。アルフィはなぜみんなの態度ががらりと変わったか、ルーシーに説明しようとした。きみの毛布にドイツ人の名前がついていたのを親戚《しんせき》のデイヴがみんなにいいふらしたんだと教え、戦争のことや、みんながどれだけドイツ人を憎《にく》んでいるかを話してやる。諸島《しょとう》で知らない者はいないマーティン・ダウドとヘンリー・ヒバートがベルギーで殺され、ジャック・ブロディが片脚《かたあし》になって、正気も失って戦場からもどってきたことや、ドイツの潜水《せんすい》艦《かん》がルシタニア号をはじめ、たくさんの船や兵士をしずめたことなども話してきかせた。

ルーシーは真剣《しんけん》に話をきいているようだったが、どこまで理解しているのか、アルフィにはわからない。あまりたくさんのことを長々と話していると、ルーシーはもう耳をかたむけていないことにも気づいていた。じゅうぶん話の内容はわかっていて、何をきいてもいやな気持ちになるから、ききたくないということなのだろうと思い、それ以上話すのをやめた。

ルーシーが好きなのは、ペグに乗ることだった。毎日学校から帰ってくると、スコーンと牛乳を大急ぎで食べて、どんな天気でもかまわずペグに乗る。ペグはいつも決まってドアの外で待っていた。ジムと漁に出たり畑を手伝ったりしなくてもいい日は、アルフィもいっしょに出かけた。ふたりで馬を走らせて島をめぐり、ヒースの丘《おか》をかけぬけ、ヘル湾《わん》の海岸ぞいを散策《さんさく》した。シップマン岬《みさき》のケルン(記念碑《ひ》、墓標《ぼひょう》などとして積み上げた石)にもあがってみた。ペグはそういう場所にあがっていくのも平気で、傾斜《けいしゃ》がきつければきついほど、岩がごつごつしていればいるほど、うれしいようだった。干潮《かんちょう》になれば、浅瀬《あさせ》をわたってトレスコ島まで行く。そこからサムソン島にわたって砂丘《さきゅう》をこえ、シダのしげみを通る道を進んでいくと、井戸のそばに点々とちらばる、いまでは廃墟《はいきょ》となった小屋にたどりつく。そこで風をさけられる場所にすわって休憩《きゅうけい》し、水を飲んでから、潮《しお》が満ちて帰れなくなる前にふたたびペグに乗って家路をたどる。

馬に乗るふたりは、いまでは一心同体で、前と後ろで順番に乗る位置を交代し、たがいのからだにしがみつく。その一瞬一瞬《いっしゅんいっしゅん》が愛《いと》おしく、いつまでも終わらないでほしい、家に着かないでほしいと思えてくる。

ひとけのないところなら、ふたりはどこへでも行った。そういうところなら、にらまれたり、どなられたりする心配がない。ペグに乗って島をめぐっているあいだだけは、アルフィもルーシーも学校のことを考えずにすみ、ビーグリー校長のことも、意地悪な目つきや残酷《ざんこく》な言葉も、じんじん痛む指のことも忘れられた。

グリーン湾《わん》ぞいにペグを走らせると、つっこんでくる馬におどろいて、ミヤコドリやカモメやキョウジョシギがいっせいに空に舞《ま》いあがる。そういう光景を見ていると、いっぺんに気が晴れて、からだに力がみなぎってくる。

ヒスパニオーラ号のわきを通りかかると、ビリーおじさんが甲板《かんぱん》でせっせと働いているのを見かけることがあるが、ふたりは近づいてはいかない。じゃましないほうがいいとわかっていた。

この日はおじさんがいないので、ヒスパニオーラ号のまわりを馬でぐるぐる回って、作業のはかどり具合をたしかめた。小さな帆船《はんせん》は完成も間近なようだった。バウスプリット（帆船《はんせん》のもっとも船首側の帆《ほ》を張るための、船首にななめにつきだした帆柱）もついているし、いままではマストもぜんぶ立っていた。

「ビリーおじさんがここまでやれるとは思いもしなかった。おじさんのおかげで、この船は完全復活《ふっかつ》だ」ヒスパニオーラ号のまわりをもう一度めぐりながら、アルフィはルーシーにいった。「だれもこんなことはできやしない。美しい船だろ？」

島をめぐって日もとっぷり暮れるころ、ふたりはようやく馬からおりた。門のそばにあるお気に入りの水たまりでペグに水を飲ませる。ペグはそのままにして、アルフィとルーシーは畑をつっきって歩いていく。農場の母屋《おもや》へもどってくると、メアリーが地面にひざをついて、玄関《げんかん》のドアをごしごしこすっていた。

メアリーは足音でふたりが帰ってきたと気づいて、すぐ立ちあがった。ひどくとりみだしている。アルフィはこんな母親を見るのは初めてだった。まもなく、何をこすり落としていたかわかった。ドアの全面にわたって〝ルシタニアを忘れるな〟という文字が白ペンキで書かれていた。

ルーシーはドアに近づいていき、その場に立ってまじまじと文字を見ながら首をかしげている。それから片手をのばした。指で文字を一字ずつたどっている。

「やめなさい」メアリーがかみつくようにいって、ルーシーの手をドアからはらいのけた。それからエプロンでルーシーの指をごしごしこする。

「ペンキがついちゃったでしょ。ルシタニアって書いてあるのよ」メアリーはルーシーのために、一音節ずつ、ゆっくりと読みあげる。「ル……シ……タ……ニア」

メアリーはルーシーの顔を食い入るように見て、まゆをひそめている。それからルーシーのあごを持ちあげ、目の奥《おく》をのぞきこんだ。「知ってるの？　そうでしょ、ルーシー？　この名前、きいたことがあるのね？」声にまぎれもない怒《いか》りをにじませていうと、ルーシーの両肩《りょうかた》をつかんで、乱暴に真正面からむかい合わせた。

「ルーシー、話しなさい。話せるでしょ。ものすごく大きな船をドイツ軍がしずめたのよ。

ほんの数か月前に魚雷《ぎょらい》を発射《はっしゃ》して。これほど残酷《ざんこく》なことはないわ。千人以上もの人が死んだの。きいたことがあるでしょ？　教えてもらったんでしょ？」メアリーはルーシーの肩《かた》をゆさぶって、どなりつけていた。「だれがあなたに教えたの？　ドイツにいるときに、きいたんじゃない？　あなたはドイツ人なの？　ねえ、どうなの？　どうしてしゃべってくれないの？　どうしてよ？」

アルフィがふたりのあいだに割って入り、母親に食ってかかる。「どうしてって、しゃべれないからだよ！　母さんにも、家族のだれにも話せない。わかってるはずじゃないか。ルーシーにどならないでよ。一日じゅうみんなからどなられてるんだ。いいかげんにしてよ」

メアリーがふいに泣きくずれた。「たのむから、たのむから、この子にきいて。お願いよ、アルフィ。ドイツ人なのかどうか。それぐらいはルーシーだってわかるはずでしょ。今日までずっとめんどうをみてきたのよ。それぐらい教えてもらってもいいでしょう？」

「どっちだってかまわないって、前に母さんはそういったよ。ドイツ人であろうとなかろうと、ルーシーはいまではうちの家族だって。忘れたの？」

「そうよ、家族よ。わたしにはどちらだってちっともかまわない。でもほかのみんなはそれじゃあ、こまるのよ。だからこんなことをするんじゃない。やったのは友だちや近所の人たちなのよ。いまじゃうちは、みんなから憎《にく》まれてる」

「母さん、そういうこと、ぼくらが知らないとでも思ってるの？　ルーシーが気づかないとでも？　ルーシーのせいじゃない。ルーシーは何も悪くない」

そのときメアリーはルーシーの顔を見ていた。傷ついて、とまどっているのが、その目からはっきりわかり、自分が何をしたのか、何をいったのか、ここで初めて気づいた。

「ああ、ルーシー。あたし、どうかしてたわ。なんてことをいってしまったのかしら。あなたをせめる気はなかったのよ。ごめんなさい。ほんとうにごめんなさい」

メアリーは泣きながらうでを広げた。ルーシーは一瞬《いっしゅん》ためらってから、メアリーのうでのなかに飛びこんでいった。ふたりはおたがいのからだをひしと抱《だ》きしめ、メアリーはルーシーのからだを前後にやさしくゆらしながら、すすり泣いている。

「ゆるしてね、ルーシー、ゆるしてちょうだい」

するとルーシーがゆっくり手をのばしてメアリーの顔にふれた。

そのときだった、アルフィが足もとの地面にちらばるガラスの破片《はへん》に気づいたのは。顔をあげると窓《まど》ガラスが二枚粉々に割れていた。

「ルーシーの寝室《しんしつ》だ。まさか、そんな――」

「ルーシーのベッドに石が落ちていたわ。ガラスのかけらもいっしょに」メアリーがいった。「もし寝《ね》ていたら、大ケガをしていたわ。なんだって、そんなことができるの？　どうして、そこまでするの？　数年前、ビリーおじさんを家に連れてきたときも、それをよく思わない人間はいたわ。いまだって、いやがっている人がいるのは知っている。だけど手出しはせずに、ほっといてくれた。こんなことは絶対しなかった」

「直そうよ、母さん。大丈夫、もとどおりになるから」

ふだんのメアリーなら、これぐらいどうってこともないという顔をしただろうが、今回の件はさすがにはらにすえかね、心はもうぼろぼろで、子どもたちの前でも元気を出すのはむずかしかった。ルーシーは家のなかに入ってレコードをかけると、二階の自分の部屋にあがってしまった。残されたアルフィとメアリーはキッチンのテーブルについて、ふたりして物思いにしずんだ。

「ねえ、アルフィ。どっちなんだろう？」しばらくしてメアリーが、テーブルに身を乗りだしてそっといった。「正直なところ、おまえはどっちだと思う？　ルーシーはドイツ人、それともイギリス人？」

アルフィに答えるひまもあたえず、メアリーは先を続ける。

「もしみんながいうようにドイツ人だったら、ルーシーはうちから連れ去られてしまう。みんなはそれを望んでるのよ。そうでしょ、アルフィ？　さっさと白黒つけて、あの子をうちから連れ去ろうと、いつでもみんながねらってる。わたしにはそう思えるの。最初は教区牧師《ぼくし》が、ルーシーはボドミンの施設《しせつ》に入れるのがいちばんだといってきた。そうしたら、みんながみんな同じことをいいだした。そのあとは、学校へ来させなければ、ルーシーを連れ去ると校長先生にいわれたわ。それで学校に行かせたっていうのに、こんな仕打ちをしてくる。いまではルーシーはドイツ人ってことになってしまった。だから敵《てき》を入れる収容所《しゅうようじょ》のようなところへ送るべきだって。あの子の毛布にドイツ人の名前がついていたってだけで、ここまで大さわぎになった。でもそんなことはさせない。できるもんですか。証拠《しょうこ》がないんだから」

「母さん、それどういうこと？」

「ずいぶん前に手を打っておいたの。まさかのときのためにね」メアリーはさらに身を乗りだし、ひそひそ声になった。「いつかこういうことになるんじゃないかって思ってた。あのデイヴはおしゃべりで有名だから、長くは口を閉じちゃいられない。いずれ、みんなにふれて回るだろうって。そうしたら、当然みんなが毛布を見にくるでしょ？　だから名前のついたテープを切りとっておいたの。どうせとれかかっていた。ひと針《はり》かふた針《はり》の糸でぬいつけられているだけだったから。おまえたちは気づかなかったかもしれないけど。それと、念には念を入れてテディベアのほうも確認したわ。気がついて運がよかった。それにもラベルがついていたの。シュタイフとかなんとか。外国語っぽいなって思ったの。英語にはとても見えない。だからそれも切りとっておいた」メアリーは見るからに得意気だった。

「それで、おまえたちが今日学校へ行っているあいだに、モリソン牧師《ぼくし》とデイヴが、大勢を引きつれてやってきたの。村の代表団みたいな顔をして、毛布を見せてほしいって。当然見せてやりたかったわ。テディベアもいっしょにね。あのときのデイヴの顔ときたら！あんたにも見せたかったわ！」いいながら、メアリーは声をあげて笑った。

「それじゃあ、問題はなかったんだね。みんな、もうルーシーがドイツ人だとは思わない」

「ところがそうはいかないの。人間っていうのは信じたいことを信じるものよ。いままではもう、みんなの頭に、ルーシーはドイツ人だってすりこまれてしまった。校長先生はみんなにいってるわ。ルーシーがしゃべろうとしないのは、ドイツ語しかしゃべれないからで、それをみんなに知られないよう、しゃべれないふりをしているんだって。そう考えると死ぬほど心配になるの。もし校長先生のいうとおりだったとしたら？　ルーシーにはしゃべってほしいけど、口から出てくるのがドイツ語ならしゃべってほしくないわ」

「ルーシーはイギリス人だよ。そうに決まってる。ちゃんと話をきいて理解しているんだ。全部じゃないけど、必要なことはわかってる。うなずいたり、笑ったりもするんだよ。だから心配しなくていい。ルーシーはまちがいなくイギリス人だから」

「わたしもずっとそう思っていたわ。顔を見れば、話を理解しているのがわかるもの。だけど、もしかしてそれは、ルーシーが英語を少しおぼえたからじゃないかって。ここに来てからずっと英語を耳にしているわけでしょ。おまえの話にも、わたしたちの話にも、よく耳をかたむけている。だから少しは英語がわかるようになった。だけどまだしゃべるところまではいっていない」そのとき、ルーシーがおりてきたので、そこで話は終わった。本人のきいているところで、こういう話はできない。

その夜は嵐《あらし》になった。翌日も、その翌日も船は漁に出られず、通学用の船も出せなくなって、アルフィとルーシーはほっとした。えんとつのなかで風がほえ、雨が窓《まど》にたたきつけ、路地は川になって、鳥は空で風にもまれた。グリーン湾《わん》ではヒスパニオーラ号をはじめとして、船が強風になぶられて、係留《けいりゅう》しているロープを引きちぎらんばかりにあばれていた。

日曜日の朝には青空が広がって、木々も海もおだやかに静まったので、メアリーは教会に行くことにした。子どもたちをつらいめにあわせたくなかったので、ひとりで出かけ、どんな迫害《はくがい》にも負けるものかと、気を張った。教会へ行こうとする人間をとめることはだれにもできないと、自分にいいきかせながら。

ところが帰ってくるなり、メアリーは戸口に立ったまま涙《なみだ》にくれて、しばらく言葉につまっていた。

「どうした、メアリー？」ジムがきいた。

「ジャック・ブロディが死んだの」

それから四日後、葬儀《そうぎ》のために島中の人々が教会に集まった。ウィートクロフト一家は例によって家族だけでかたまって、信徒席にひっそりすわった。ところがしばらくすると、そこにクロウ医師が加わり、家族は少しほっとした。葬儀《そうぎ》のあと、メアリーがおくやみをいいにミセス・ブロディに近づいていったが、相手は背をむけて歩いていってしまった。そのあとクロウ医師がウィートクロフト一家といっしょに農場の母屋《おもや》に行き、家族といっしょにしばらくすわって、蓄音機《ちくおんき》でルーシーお気に入りの曲をきいた。ルーシーは同じ曲を何度も何度もかけ、みんなはだまって音楽にひたっていた。

クロウ医師の日誌《にっし》より――一九一五年十月十七日

あれほど心が広く思いやり深い人々が、わずかなあいだに憎悪《ぞうお》もむきだしにして、心ない仕打ちをする人間に変わるとはいまだに信じがたい。人というのは天気と同じかもしれない。おだやかだった空がにわかにかきくもり、海は波立ち、風がふき荒《あ》れるように、やさしい心が悪意でくもり、ゆがんでひねくれてしまうのだ。

人間はみなそうなのだと、みとめざるをえない。だれの心にも黒い部分はある。ひとりの人間のなかにジキル氏とハイド氏が共存しているのだ。けれども、地域《ちいき》社会全体が、手のひらを返したように態度を変えるのを見たのは初めてだった。わたしは反戦をおおっぴらに口にする人間として知られている。諸島《しょとう》内にもそういう人間が少数だがいて、ウィートクロフト夫人もそのひとりだ。ここ数か月というもの、わたしは非難《ひなん》の嵐《あらし》にさらされて、あれこれ悪くいわれ、侮辱《ぶじょく》ととれる言葉も投げつけられた。しかしそんなものは、ウィートクロフト家の人々が受けた迫害《はくがい》にくらべればなんでもない。ここ数週間というもの、あの一家は想像を絶《ぜっ》するつらい毎日を送ってきたのだから。

諸島《しょとう》じゅうの人間がこぞって集まった、あわれなジャック・ブロディの葬儀《そうぎ》に、わたしも参列しようと本日ブライアー島へわたった。あのジャックに早すぎる死はないと、ジャックの母親もふくめ、参列者はみな思っている。死ねばもう苦しむことはないからだ。しかしそう考えたからといって、葬儀《そうぎ》に参列する人々の心は少しもなぐさめられなかった。

その朝母親が、顔を壁《かべ》にむけてベッドで死んでいる息子を見つけた。月曜日に死因《しいん》をたしかめに行ったわたしに、もうじゅうぶん苦しみましたからと母親はいった。そのとおりだと思った。検死《けんし》をしたところ、ジャックの死因《しいん》は心不全と見られ、死亡証明書にもそのように記したが、ほんとうは悲しみで死んだのだとわたしにもわかる。過去にも未来にも、この戦争に身をささげたジャック・ブロディのような若者がどれだけいるのだろう。若く、勇敢《ゆうかん》で、山ほどの生きがいを持つ彼らが、身も心もぼろぼろになって、生きる気力を打ちくだかれていく。

教会ではウィートクロフト一家のとなりにすわった。だれもそうする人がいなかったからだ。若者の葬儀《そうぎ》に参列するのは初めてではなく、だれが亡《な》くなったのであっても、悲しみは格別《かくべつ》でたえがたい。しかし、今回は若いジャック・ブロディの死と時を同じくして、シリー諸島《しょとう》の西まわり航路でまたもや商船が撃沈《げきちん》されたニュースや、きりがないほど多数の死傷者《ししょうしゃ》が出ているとの報告が各地の戦線から送られてきており、人々の感情は爆発《ばくはつ》寸前だった。

モリソン牧師《ぼくし》はこの機会を見事にとらえ、例によってもっともらしい口ぶりでまくしたてた。「思いだすがいい――ジャック・ブロディの苦しみと死を、看護師《かんごし》エディス・

キャベルをベルギーで銃殺《じゅうさつ》したドイツ軍の非道を、数えきれない命を犠牲《ぎせい》にして世界中を震撼《しんかん》させたルシタニア号の撃沈《げきちん》を。真実は疑いようもない、まったく疑いようもない」

牧師《ぼくし》はくり返しいってから、わたしたちのすわっている信徒席をまっすぐ見すえた。

「この戦争は聖戦《せいせん》であり、邪悪《じゃあく》をたおして正義《せいぎ》を守ろうとする、正しい行いなのだ。われわれもせいいっぱい戦おうではないか」

牧師《ぼくし》は葬儀《そうぎ》のあと、わたしとあいさつはもちろん、目を合わせることもしなかった。戦争に反対し、ウィートクロフト一家と親しくすることへの罰《ばつ》にちがいない。

そのあとホールで行われた集まりにはわたしは参加せず、だれも話しかけないウィートクロフト一家のみんなといっしょにベロニカ農場へ歩いて帰った。ビーグリー校長の仕切る学校がどんなことになっているのか、いろいろうわさはきいていた。デイヴ・ビショップが広めたニュースによって、ルーシーとアルフィは子どもからだけでなく、校長からも迫害《はくがい》を受けているらしい。あの校長の人間性を思えば、おどろくことではなかった。

数日前、トレスコ島に往診《おうしん》に行ったさいに、たまたまわたしはジムと会っていた。ジムはとった魚を売るために、波止場《はとば》近くですわっていたのだが、いつも陽気なジムが別人のようにしずんでいた。あの毛布の件が知れわたってからというもの、最近はもうだれも魚を買ってくれないし、口もきいてくれず、どこへ行ってもさけられるという。メアリーも子どもたちも同じあつかいを受けているらしい。不満を口にするというより、ジムは明らかに怒《おこ》っていた。

デイヴとはもう二度と口をきかないと怒《いか》りをぶちまけたあと、すべては戦争のせいだといった。クロウ先生やメアリーのいうとおり、戦争が諸島《しょとう》じゅうの人間の心に毒《どく》をまきちらしているといい、「先生だけはうちの家族を見かぎらず、ルーシーのためにがんばってくれて感謝してますよ。先生に幸福がありますように」という言葉を最後に去っていった。

だから今日の午後、この家族といっしょにベロニカ農場にもどったのは、医者としての義務《ぎむ》からだけではなかった。友人として、できるだけ一家のそばにいようと思ったのだ。村八分にされるつらさは手にとるようにわかり、きっとそうとう、まいっているだろうと思えた。そんなわたしの推測はあたっていて、家族全員が別人のように変わってしまった。いつも元気に家族をささえていた夫人がすっかりやつれて、しょげかえっている。ルーシー・ロストはまた自分のからに閉じこもってしまった。学校で受ける心ない仕打ちの数々を思えば、当然の結果だ。ナイチンゲール先生からきいたところによると、最近ルーシーはひとりでいることが多く、声を出さずに泣いているらしい。せっかく回復してきたのに、すべてが水の泡《あわ》だった。

しばらくみんなですわって、ルーシーのかけたレコードに耳をかたむけていた。だれもひと言もしゃべらず、物思いにしずんでいる。ルーシーが二階にあがってしまうと、夫人がレコードをとめてキッチンのテーブルの前にすわり、頭を両手でかかえてうなだれた。だれも口を開かない。沈黙《ちんもく》をやぶるために、わたしが口を開き、家族がたえてきた苦しい日々になぐさめの言葉を述べる。

「力になれることはなんでもしますよ」実際そのつもりだったのだが、口から出た言葉はうつろにひびいた。「ルーシーはあまり状態がよくないようですね。まだ学校で、いろいろせめられているんでしょうか？」

だれも答えない。

「もしよければ、わたしから校長先生に話してみましょうか」

「それは助かります、先生」夫人がささやくような声でいった。「とても」

ジムは暖炉《だんろ》のそばのいすに、力なくすわっている。その横でアルフィがベンチに背を丸めてすわり、暖炉《だんろ》の火をかき立てながら、父親同様うちひしがれている。それでも、いっしょに家にもどってきたわたしに感謝しているようで、よく来てくれましたといって、いろいろ気を使ってくれる。

やがて話すこともなくなって、しんとなった。手持ちぶさたのあまり、パイプに火を灯《とも》した。そうしていると、つかのまでも心をどこか別のところへ飛ばせる。「先生、入ってきたとき、気づいたでしょう」ジムがふいに口を開いた。「玄関《げんかん》のドア、ペンキでよごれちまって。あそこになんて書かれてあったと思います? 〝ルシタニアを忘れるな〟ですよ。まるでルーシーが魚雷《ぎょらい》を発射《はっしゃ》させたとでもいうように、ふざけたことを書きやがって。それもこれも、あのいまいましい毛布のせいだ。つくづくいやになることがありますよ。もうこんなところで生きていきたくねえって」

しばらくすると、ルーシーがおりてきた。毛布とテディベアをしっかりつかんでキッチンに入ってくると、メアリーのひざの上にすわって肩《かた》に頭をもたせかけた。ルーシーがやってきたことで、その場を制していたゆううつな気分がいっぺんにふき飛んだ。この子にはそういう力があると、以前から気づいていたが、今日はなおさらそれを強く思った。

それからみんなでお茶を飲みながら話をしたのだが、このとき家族が、わたしにひみつを打ち明けた。すべてを話してすっきりしたかったのだろう。

デイヴ・ビショップのいうとおり、毛布にはたしかに〝ヴィルヘルム〟という名前がついていて、その名をルーシーは口にしたのだという。「それをどう考えていいのかわからないけど」とアルフィがいい、「それでもルーシーはイギリス人にまちがいないんだ」と断言《だんげん》した。

そのことが知れわたるのをおそれて、メアリーはずいぶん前に名前のテープを切りとっておいたという。テディベアについていたドイツ語ふうのラベルもいっしょに。しかし牧師《ぼくし》を先頭にたずねてきた一団にそれを見せたが、何も変わらず、みんなルーシーはドイツ人だと、心を決めてしまっていた。ルーシーが英語をしゃべらないかぎり、ずっとそう思い続けるだろうとメアリーはいった。ドアに落書きをされ、ルーシーの部屋の窓《まど》に石を投げこまれた話もきいた。

わたしは激怒《げきど》し、それと同時に、こちらを信用して打ち明けてくれた家族に心打たれ、できることなら力になってやりたいと思った。

「ルーシーはしゃべらない——」考えがまとまらないうちから、わたしはもう口に出していた。「まずは思いだすのが先決だ。思いだせないからしゃべれない。思いだしたくないのかもしれないが、とにかくそれが原因でしゃべれないのはまちがいない。ドイツ語であろうと英語であろうと関係ない。必要なのは、自分をとりもどすこと。自分がだれなのか、思いだすことなんですよ」

「そうですよね、先生。わたしもそうだと思います」メアリーがふいに元気をとりもどした。「だけど、わたしたちにはもうわかっているんです。ルーシーはルーシー。しゃべってもしゃべらなくても、もうどうでもいい。英語でもドイツ語でも中国語でも、何語をしゃべろうと関係ない。わたしたちはいまここにいるルーシーを愛しているんです。何もしゃべらなくても、思いださなくても、わたしたちは変わらずこの子を愛していく。だれにもこの子を連れ去らせはしません。この子は家族であって、わたしたちといっしょにいるんです」

メアリーはルーシーの頭のてっぺんにキスをした。「さあ、ルーシー」いすから立ちあがりながらいう。「仕事よ、仕事。殿方《とのがた》たちはここにおいて、さっそくとりかかりましょう。長靴《ながぐつ》をはいて、まずメンドリにえさをやる。今日は卵が見つかるかしらね。あったらそれを持ってビリーおじさんのところへあいさつしに行きましょう。卵大好きだからね。ビリーのヒスパニオーラ号、どこまで仕あがったか、先生はご存じですか？　きれいなんですよ。ビリーは船を生き返らせたけど、船もビリーを生き返らせた。昨日ビリーがルーシーのこと、なんていったと思います？『もうあの子は他人じゃないな』ですって。ビリーったらすっかりルーシーが気に入っちゃって。まあそれをいうなら、わたしたちみんなそうですけど」

ふたりが出ていってしまうと、ジム、アルフィ、わたしの三人でだまってすわった。しばらくすると、まるで閃光《せんこう》のように、わたしの頭に名案がひらめいた。どうしていままで気づかなかったのか、ふしぎなくらいだった。「そうだ、あの子の足どりを逆にたどっていけばいいんだ。最初に見つけた場所にルーシーを連れていく。セント・ヘレンズのペストハウスに行けば、何か思いだすかもしれない」

ジムはしばらく疑わしそうな顔をしていたが、やがていすの上で身を乗りだした。よくよく考えてから、「なるほど」とうなずいた。「やってみて損《そん》はねえ。音楽のときも、先生の推測はあたっていて、ルーシーはベッドから出るようになった。生きる意欲がわいてきて、外に出て学校にも通い、馬にも乗るようになった。ただし先生、オレじゃだめなんです。アルフィじゃないと。そういう回復を見せたのは、たいていがアルフィといっしょのときだった。もしあの子がまた何か話すとしたら、その相手はアルフィしかいない。それだけはまちがいねえ。アルフィ、おまえがルーシーをセント・ヘレンズに連れていけ。先生のいうとおり、うまくいくかもしれねえぞ。ほかにいい考えもないんだから、やるしかない。そうだろ、アルフィ？　おまえといっしょなら、ルーシーはもう船にも乗れるんだったよな？」

「たぶん、大丈夫」アルフィはいい、考えれば考えるほど、それはいい案に思えてきた。「まだこわいみたいだけどね。船は好きじゃないんだよ。水がきらいなんだ。でも魚をとるっていえば、喜ぶよ。魚つりに行くってさそってみよう。さっそくあした連れていこうか？　天気がよかったらね。いまはまだ海面がちょっと波立っているけど、明日になればそれもおさまるよ」

一時間ほどしてわたしが帰るころには、教会で見かけたときより一家の雰囲気《ふんいき》はぐっと明るくなっていた。帰る前にお茶をもう一杯と、ウィートクロフト夫人お手製のスコーンをいただいた。わたしが好物なのを夫人も知っていた。今日はそれが、なおさらおいしく感じられた。

家を出たら、夫人とルーシーが玄関《げんかん》のドアをせっせと洗っていた。近くの畑で馬が草を食《は》みながら、それを見守っている。父と息子は寝室《しんしつ》の割れた窓《まど》を直していた。診察《しんさつ》もせず、薬も処方《しょほう》せず、医療指導《いりょうしどう》もしなかったが、今日は医者として、これまでで最高の働きをしたような気がする。

こういう苦難《くなん》の果てに何があるのか。ルーシー・ロストがどうなるのか。だれにもわからない。しかしウィートクロフト家は善意《ぜんい》の家族であり、わたしは好意とともに敬意《けいい》も抱《いだ》くようになった。ルーシーは天から落ちてきた幼いツバメのようだ。あの家族が拾って大事に育てている。あの子の将来《しょうらい》は、この一家と、わたしと、諸島《しょとう》内のすべての人々にかかっている。この子に危害《きがい》がおよばぬよう守り、ふたたび飛べるよう力を貸してやらねばならない。

ひとつたしかなのは、ルーシー・ロストがふたたび飛ぶためには、自分がだれで、どこからやってきたのか、これからどこへ、だれのもとへもどっていけばいいのか、それを思いだすしかないということだ。セント・ヘレンズ島をおとずれることで記憶《きおく》がよみがえり、それがルーシーの心のとびらを開ける鍵《かぎ》になることを願ってやまない。望みは非常にうすいとしても。

20 セント・ヘレンズ島再訪

シリー諸島《しょとう》

メアリーはジムのとなりで横になりながら、一晩じゅう眠《ねむ》らずに考えていた。はたしてルーシーをセント・ヘレンズ島に連れていくのは得策《とくさく》なのだろうか？　かくされていた事実を明るみに出すことで、ルーシーが苦しむのでは？　思いだしたくないことを思いだすだけという結果になりはしないか？　考えれば考えるほど、行かせるべきではないと思えてくる。これはやっぱり相談しないと。そう思って、しまいには寝《ね》ているジムを起こした。

「行かせるのはまずい気がするの」メアリーはジムにいう。「ルーシーとアルフィのこと。今日ふたりをセント・ヘレンズに行かせるのはやめましょう。いやな予感がして仕方ないの」

「心配いらねえって」まだ半分寝《ね》ぼけながらジムがいう。

「多少ゆれるがペンギン号はちゃんと目的地に運んでくれる。しずみやしない。これだけ長いこと乗ってりゃあ、あいつのことはなんでもわかる。ルーシーは大丈夫だ。アルフィは船を知りつくしてる。オレが全部教えたんだからな。というわけで、もう寝《ね》ようや」

しかしメアリーは納得しない。一晩じゅうなやんでいた心配をまた持ちだした。

「心配なのは船じゃないの。ルーシーよ。先生のいうように何か思いだしたとして、それがほんとうは思いだしたくないことだとしたら？　思いだしたことによって、調子がもっと悪くなったらどうするの？　お医者さんだって、まちがうこともあるでしょ？　思いだせば、しゃべるようになる、自分がだれだかわたしたちに話すなんて、ほんとうかしら？　そりゃ知りたいわよ、あの子が何者なのか。あたしたち、みんなそう思ってる。でもあの子のほうは、心の準備ができていないかもしれない。きっと自然に思いだすのを待つべきなのよ。あせり過ぎはよくない」

それからしばらくメアリーはだまっている。もういいたいことはいいつくして眠《ねむ》ったのだろうとジムは思った。ところがまた始まった。

「ねえジム、人間の脳《のう》っていうのは、他人がどうこうしようとしても無理なのよ。あのビリーがそうでしょ。病院ではなんとかしておとなしくさせようと、まるで別人に変えてしまういきおいで、あれこれ手をつくしていた。それはよくないって、ビリーのことをただひとり理解して、やさしくしてくれたのが、あの看護師《かんごし》さんよ。よく本を読んで、ビリーといっしょにすごしてくれた。『宝島』を朗読《ろうどく》して、ビリーが読むのもきいてくれた。ビリーはいつも夢のなかにいるような感じだったけど、それもビリーの個性だって、あの看護師《かんごし》さんはわかっていた。別人に変えようとは思わずに、自分のできることをやって助けてくれた。ビリーは夢のなかにいるときがいちばん幸せだからと、放っておいてくれたのよ。ルーシーだっていっしょよ。放っておいたほうがいいんじゃないかしら。やっきになって何か思いださせようとしたけど、せっつくのはよくなかった。何も思いださず、自分のからに閉じこもる。それはあの子の意志であって、生きるすべなのかもしれない。だったら他人がそれを変える必要がどこにあるの？」

ジムは答えない。メアリーは答えがほしいのではないとわかっていた。

「それと、もうひとつ考えたの。先生のいうことが正しいと仮定《かてい》して、ルーシーがセント・ヘレンズからもどったとき、自分がだれで、どこからきたのか思いだしたとする。そうして自分の人生について、何から何までドイツ語でまくしたてられたらどうするの？」

ジムはひじをついて上体を起こし、妻《つま》の顔をまじまじと見おろした。「おまえの悪いところを教えてやろうか？　考え過ぎなんだよ。それも真夜中だぜ。夜中にはまともな考えがうかばない。脳《のう》を休める時間なんだからな。考えずに眠《ねむ》れ。だいたいおまえは神さまを信じているんだろう。オレは少々あやしく思ってるがな。おまえのいうとおり神さまが天で見守ってくださっているなら、ルーシーがドイツ語をしゃべろうがなんだろうが、助けてくださるはずじゃないか？　神は自《みずか》ら助ける者を助けると、聖書《せいしょ》に書いてあんだろう？　オレたちはルーシーを助け、ルーシーもがんばってる。だったら神さまも助けてくれる、そうだろ？」

メアリーはしばらくだまっている。「そう信じようとしてるわ」そこで夫にくるりと背をむける。「でも信じるのがむずかしいときもあるの。信じるって、そうかんたんじゃないのよ」

「朝になったら、何もかもうまくいってるさ」ジムはまた横になって寝返《ねがえ》りを打った。

幸先《さいさき》はいいようだった。翌朝、みんなでグリーン湾《わん》にうかぶ船へ歩いてむかうあいだ、ジムはアルフィに山ほどの助言をした。

「ずっと高潮《たかしお》だ。風は南西の微風《びふう》。嵐《あらし》のあと波はまだおしよせてくる、海峡《かいきょう》の真ん中では三角波に気をつけろ。カーン・ニアを回って、クロウ・サウンドに入る。ペントル湾《わん》ぞいにずっと進んで、リザード岬《みさき》を過ぎる。あとはサンゴにかこまれた浅瀬《あさせ》をわたってセント・ヘレンズのふちに入れ。上陸はティーン側の浜《はま》からだ。これは見のがしようがねえ。見えてきたら、そのまま進め。ただしフォアマンズ島には気をつけろ。あの島は勝手に動いているみてえに、いきなり目の前に現れてくるからな。いまいましいばかりだが、目をおっぴろげて、しっかり見てるんだぞ。それとセント・ヘレンズに上陸するときは、できるだけゆっくりな。海草のかげに岩がかくれている。それがまた先のとがった性悪《しょうわる》なやつなんだ。海草のあるところには岩がかくれていると、そう思ったほうがいい。とにかく安全に行ってこい。オレのペンギン号も、ルーシーも、無事連れて帰るんだぞ」

　メアリーはルーシーに手を貸して船に乗せ、毛布ですっぽりからだを包んでやる。昼食を入れたバスケットとつり道具は、ぬれないように座席《ざせき》の下にしまった。ビリーが甲板《かんぱん》に出て双眼鏡《そうがんきょう》で鳥をながめている。大声でよんで手をふると、海賊《かいぞく》の帽子《ぼうし》をぬいで深々とおじぎをした。

「ねえねえ、知ってる？」とアルフィ。「おじさんが前にいってたんだ。あのようすだともうじきだと思うけど、ヒスパニオーラ号が完成したら、まる一年の航海に出て、ボング樹とかいう樹が育つ場所に上陸するんだって。ほら、おじさんが読んでくれた詩に出てきたでしょ。おじさんはほんとうに本が好きだよね。詩や歌や物語をたくさん知ってる。どうしてそんなにおぼえられるんだろう？」

「頭がいいからよ」とメアリー。「船をつくるばかりが能じゃない。一度何か読んだり、話をきいたりすると、二度と忘れない。問題は、忘れたいことも忘れられないってことなのよね」

ジムはアルフィをわきに引っぱっていった。

「ビリーおじさんのことは気にすんな。おまえは自分のむから先にだけ気をくばっていればいい。オレのいったことを忘れるんじゃないぞ。ペストハウスのすみだ。暖炉《だんろ》を前に立って左っかわ。シダのしげみのなかにルーシーがかくれているのを見つけたんだ、おぼえてるか？　あの子はほとんどの時間をそこですごしていたにちがいねえ。あの島にある、たったひとつの避難《ひなん》場所だ。たぶんそこに何かある。最初にルーシーをそこへ連れていくんだ」

「だけど、何を探せばいいの？」アルフィがきいた。

「見つけるまではわかんねえさ。そこに何もなければ、島全体をくまなく探す。どこへでもルーシーを連れていくんだ。あの島に数週間、いやクロウ先生の見立てだと、数か月もおきざりにされていたらしい。だとすれば、ルーシーは島のすみずみまで知っている。アルフィ、あの子から片時も目をはなすんじゃないぞ。これだというものを見つけたら、表情が変わるから、見のがすな」

まだ早い時間で、グリーン湾《わん》にはビリーをのぞいてほかに人はおらず、まさに願ったりかなったりだった。ジムとメアリーは船を海におしだしたあと岸に立ち、帆《ほ》をあげる船を見守った。風がぱたぱた帆《ほ》をはためかせていたかと思うと、ぴしっと大きな音がして、帆《ほ》が風をつかまえた。船が身をおどらせながらトレスコ海峡《かいきょう》へ入っていく。ルーシーは灰色《はいいろ》の毛布にくるまってテディベアを抱《だ》きしめ、片手で船のへりにしがみついている。顔が青く寒そうで、少し緊張《きんちょう》しているようだが、おびえているというより、ワクワクしている感じだ。

「あとはアルフィしだいだ」とジム。「何もわからなかったとしても、魚の一匹や二匹は持って帰ってくるぞ。オレの息子だけあって、あいつはサバに鼻がきく」

「あなただけの息子じゃない」とメアリー。

「じゃあ、うちの息子」ジムがいって笑う。「それに、うちの娘、そうだろ?」

「そう、うちの娘」とメアリー。

ふたりはその場に立って、海峡《かいきょう》を進んでいく船を見守った。パフィン島の沖《おき》へと出た船は、順風に乗ってサムソン島を通過した。「希望を持ちましょう」メアリーがいって船に背をむけた。「祈《いの》りましょう」

波を乗り越えて進んでいく船のなか、ルーシーは毛布を頭までひっかぶって、あたりにおどおどと目を走らせていた。船べりから水しぶきが飛びこんできたり、突風《とっぷう》に船がかたむいたりするたびに、悲鳴まがいの声をあげるか、ヒッと息を飲む。船べりを全力でつかんでいて、指の関節が白くなっていた。

「学校に行くよりいいだろう、ルーシー？」アルフィは笑った。

ルーシーはなんとかほほえみ、それからまもなく船べりから手を放して、ひざをうでかかえた。あたりを見回す目にも、だんだんに自信が見えてきて、楽しそうな顔になっていく。周囲の海にキョクアジサシが次々と急降下《きゅうこうか》したときは、心から楽しそうだった。

そろそろ、つりをするころあいだとアルフィは思う。この先でもっと荒《あ》れた海域《かいいき》を通過しないといけないから、いまのうちに気晴らしをさせておいたほうがいい。まずはルーシーにこちらにきて舵《かじ》をにぎっていてもらわないといけない。両手があかないとつり針《ばり》にえさをつけられないからだ。手を貸して立たせると、ルーシーはアルフィのとなりにすわった。それがごく自然で、少しもためらいがない。ルーシーが舵《かじ》をにぎっていたのはほんの数分だが、こんなことはむかしからずっとやっているという顔で、手なれたものだった。つりにしても同じで、つり糸を手に持ったとたん、ルーシーは船で海に出ている恐怖《きょうふ》をすっかり忘れて熱中していて、おどろくばかりだった。

ルーシーはつり針《ばり》に魚がかかるのを待つのが好きなようで、ものすごい集中力を見せる。またたくまにサバを三匹つりあげた。獲物《えもの》がかかるたびに興奮するのだが、針《はり》にかかった魚がもがいているのを見ていられず、アルフィに針《はり》からはずしてもらって、すぐ海にもどしてしまう。つりに夢中になるあまり、もう船のゆれも気にならないようだった。おだやかな海峡《かいきょう》を出て、すでに外海に入っており、うねる大波を乗り越えて船は大きくゆれている。水しぶきが船べりをこえてアルフィの顔に打ちつけるのを見て、ルーシーが恐怖《きょうふ》に目を大きく見開いた。しかしアルフィが歓声《かんせい》をあげて大笑いして、顔を手でぬぐうと、まもなくルーシーも笑いだし、恐怖《きょうふ》を忘れてつりにもどった。

ペントル湾《わん》ぞいはジグザグ走行で進まないといけないので時間がかかる。ルーシーはもう魚をつりあげはしなかったが、まだ糸を一心に見つめていて、鳥がやってきたときだけ、顔をあげる。見はりの兵士さながらに岩の上にずらりと立って羽を広げてかわかしている鵜《う》や、浅瀬《あさせ》でじっとしているシギやシラサギを見るのが好きだった。アルフィは鳥の名前や巣《す》をつくる場所や好物の魚を教えてやる。遠くにはアザラシもいて、ほおひげを生やしたつやつやの頭をひょいとのぞかせて、じいっとこちらを見てくる。どんなに遠くてもアザラシが見えると、ルーシーは必ず歓声《かんせい》をあげた。

クロウ・サウンドの海域《かいいき》では、曲がった背を朝日にきらきらかがやかせて泳ぐネズミイルカの群れをアルフィが見つけた。「二十四か、三十四はいるぞ！　あんなにたくさんで泳いでいるのなんて、生まれて初めて見たよ！　すごいと思わないか、ルーシー？　すごいだろ？」

ルーシーは船のなかで立ちあがり、大喜びで両手を打ち合わせた。これまできいたこともないような、とびっきりうれしそうな声で笑っている。笑い声が言葉のようにりんりんとひびき、まるで話しているみたいだとアルフィは思う。

イルカの群れの先頭に、ふいに何かが現れた。イルカたちよりずっと先を泳いでいて、大きさもイルカとはけたちがいだ。泳ぎ方ももっと堂々としていて、水面にあがってくるたびに、潮《しお》をふく。まもなくアルフィにもわかってきた。あれはクジラ、ゴンドウクジラだ！　これまでに何度も見てきたが、こんなふうにイルカの群れの近くにいるのは初めてだった。

「クジラだ！　ほらルーシー、クジラだよ！」

もうルーシーにも見えているようだった。ワクワクするだろうと思ったのに、そうではなく、ルーシーは笑い声を消して、まじまじとクジラを見ている。こわいのかもしれないと思い、アルフィはいった。「何も悪さはしないから大丈夫だよ。子ヒツジのようにおとなしいんだ。きれいだろう、ルーシー？」

まもなくクジラもイルカもいなくなってしまった。あちこちに目を走らせても、もうどこにもいない。だだっ広い海にふたりきりでとり残されたみたいで、なんだかさびしい気がした。ルーシーも同じように感じているようだった。もう魚をつる気はないらしく、毛布をかぶって身をちぢこめ、テディベアを抱《だ》きしめながら海に目をやって、ひとり物思いにふけっている。

これまでずっと波のおだやかな岸ぞいに船を進めてきたが、リザード岬《みさき》の先は波が荒《あら》くなっていて、スピードを出してつっこんでいかないといけない。セント・ヘレンズ島がもう見えている。船がどこへむかっているのか、ルーシーもそろそろ気づくのではないかと、しばらく顔をさぐるように見ていたが、その気配《けはい》はまったくなかった。船が砂州《さす》の上をすべって島に近づいていくと、ペストハウスがせまってきて、その背後《はいご》のシダのしげみからそびえたつセント・ヘレンズの切り立った崖《がけ》も見えてきた。それでもまだルーシーに変化はなかった。アルフィは帆《ほ》をおろし、オールを手ににぎって海草のゆらめく浅瀬《あさせ》を進んでいく。

わずかにふいていた風が、島に近づくに連れてほとんど感じられなくなった。見わたすかぎり、あらゆる岩の上にカモメがとまっていて、どれもこれも威嚇《いかく》するように、こちらをにらんでくる。このあいだここにやってきたときから、ずっとそこから動いていないのかと思えてくる。

アルフィは船から浅瀬《あさせ》に飛びおりた。ルーシーを抱《だ》きあげて波打ちぎわまで運んでいっておろす。ルーシーは毛布を肩《かた》からはおって、つかのまきょろきょろしていたが、ふいにテディベアを片手に持ってこしをかがめ、貝を探しはじめた。まだ何か気づいたようすはまったくない。

アルフィが船を引きずって岸へ運んでいき、いかりを海に投げるころには、ルーシーはもうアルフィからはなれ、砂《すな》の上を歩いてペストハウスにむかっていた。いつもならそばをはなれたがらず、こちらの作業が終わるまで待っているのに、いまはよんでも歩みをとめない。ルーシーは砂利《じゃり》の上を歩いて岸のつきあたりまで行き、その先の砂丘《さきゅう》をわたったところでとまった。アルフィが近づいていくと、おどろいたことにルーシーがうでをのばしてきて、しっかりと手をにぎった。ペストハウスから片時も目がはなせないようだった。

いまではルーシーが案内人になり、アルフィを引っぱって砂《すな》まじりの道を歩き、ペストハウスの入り口へむかっている。えんとつのてっぺんにカモメが一羽とまって、こちらを見おろしていた。ルーシーが両手をパンパンたたいて追いはらう。カモメが飛びたつと、ルーシーはアルフィをふり返ってにっこり笑った。満足気だなと思ったが、そこではたと気がついた。ルーシーはおもしろがってカモメを追いはらったんじゃない——そういうことはしない子だ。おまえの家じゃないから帰れといいたかったのだ。ここは自分の居場所だったとわかっているのだ。

ルーシーはまたアルフィの手をとって、暖炉《だんろ》のほうへまっすぐ連れていく。何かめざすものがあるようだった。えんとつの下の横木までたどりつくと、ルーシーは手さぐりをして何か見つけた。ふり返ったルーシーは水筒《すいとう》のようなものを持っていた。アルフィにテディベアを持たせておいて、水筒《すいとう》のふたを開け、口をつけて飲む。

「ヴァッサー」そういって、にっこり笑ってアルフィにもすすめる。「グート」

21
クジラの船

大西洋　一九一五年五月八日

「ヴァッサー（水）。グート（おいしいよ）」

この言葉とともに、わたしは奇跡的《きせきてき》に救出されたのだが、それから何年もたったいま思いだしても、あのときと同じように信じられない気持ちだ。

これは夢にちがいないと思った。なぜなら夢はたいてい説明のつかないものだから。どうしてわたしは、海のど真ん中でピアノに乗っかって、テディベアを抱《だ》きしめているのか。どこからやってきたのか。目にしているものも、耳にしている言葉も、わたしには理解できない。そのときには、それがドイツ語だとはわからなかったし、近くの海上からあがってきた黒いクジラのような形をした巨大な船が、潜水艦《せんすいかん》であることもわからなかった。だいたい、ドイツ語のひびきも、潜水艦《せんすいかん》がどういう形をしているかも知らなかったのだ。

そのころのわたしは、起きているときも夢のなかにいるようで、見るものきくもの、すべてがぼうっとして、意味をなさなかった。ひょっとしてこれは死ぬ直前に見る夢で、夢が終われば死ぬのかもしれないと思った。別にもう死んでもかまわなかった。限界をこえる寒さと、つかれと、悲しみで、すっかりまいっていて、次に何が起きようと、素直《すなお》に受け入れるつもりだった。からだのなかにぽっかり穴があいてしまったようで、痛みも恐怖《きょうふ》も感じず、ひたすら寒いだけだった。

だから助けが来て救命ボートに運ばれるあいだ、抵抗《ていこう》もせず、されるままになっていた。ほっとするでもなく、助かってよかったと喜ぶでもなく、自分の身にいま何が起きているのかまったくわからない。そのうち別の手がのびてきて、からだをつかまれた。救命ボートがクジラの船へと近づいていく。見あげると、船の真ん中に鉄でできた筒《つつ》のようなものが高々とそびえ、そのなかから男の人たちが身を乗りだして、こちらに何かさけんでいた。

救命ボートのなかには水兵さんが三人いて、みなあごひげを生やしていた。ピアノまでやってきて助けてくれた水兵さんがわたしのとなりにいる。その人はうでをわたしの胴《どう》に回して、しっかりかかえ、ずっと話しかけてくれていた。何をいっているのかわからないけれど、やさしい声だから、きっとなぐさめてくれているのだろうとわかった。

ほかのふたりは懸命《けんめい》にオールで水をかき、ボートをぐいぐい進める。クジラの船からこちらを見守っている水兵さんから応援《おうえん》の声があがっている。近づいていくにつれて、クジ

ラの船は内側から光りかがやいているように見え、長さも高さもみるみる大きくなってい
く。やっぱりわたしは夢のなかで死んでいくんだ。よく知っているおとぎ話のなかに、生
者の国から死者の国へ船に乗ってわたっていく場面があって、それが頭のなかにうかんで
いた。

やがてクジラの船のすぐ手前に到着《とうちゃく》すると、たくましい手がわたしをはしごに引っぱり
あげて、最後は船の真ん中にそびえる鉄の筒《つつ》に入れられた。顔をあげてみると、ゆうれい
みたいな人たちがいた。みな青白い顔にあごひげを生やし、落ちくぼんだ目をしているの
だが、ゆうれいのようにぞっとする感じではないし、こわくもなかった。ほとんどが笑顔
で、声をあげて笑っている人もいて、みなわたしの顔をしげしげと見おろしている。わた
しの肩《かた》をつかんでくる手はどれも冷たく、かたく、きたなかった。それでも本物の生きた
手で、ゆうれいのものではなかった。においも本物で、湿気《しっけ》と煙《けむり》と油の、生きている人間
のにおいだった。たけの長い革《かわ》の上着を着ていて、さわるとつるつるしてぬれていた。

鉄の筒《つつ》のなかで、こういった男の人たちにかこまれて初めて、自分はまだ生者の世界に
いるんだとわかってきた。びっくりした顔でわたしを見つめている男の人たちは、ゆうれ
いじゃない。わたしは死んではいないし、これから死ぬのでもない。夢からさめたら、こ
の人たちと同じように生きていくのだろう。けれど生きていようと死んでいようと、もう

どうでもよかった。

男の人たちの手ではしごをおろされて、クジラの船のうす暗いはらのなかに入っていった。そこでわたしを助けてくれた水兵さんが、わたしの肩《かた》に手をおいて、長い通路へ導いていく。まるでトンネルのようだった。ぼんやりした明かりのなか、壁《かべ》にパイプやチューブや針金《はりがね》がはりめぐらされているのがわかる。

通路の両側には男の人たちが横になり、板みたいな寝台《しんだい》やハンモックから、わたしのほうをじっと見てくる。どこからも、ぬれた衣類《いるい》と、洗っていない足と、トイレのにおいがした。油と煙《けむり》が濃《こ》く立ちこめていて、目や鼻がつんつんする。みんなが、わたしに声をかけてくる。その口調《くちょう》や目の表情から、歓迎《かんげい》してくれているのがわかった。なかにはわたしが通りかかると冗談《じょうだん》をいって、ゲラゲラ笑う人もいた。それでも笑い物にされているのではなく、自分たちの船のなかに見知らぬ子どもが乗っているのがおもしろくて笑っているようだった。ずいぶん楽しそうだ。じろじろ見られるのはいやだけれど、この人たちはただわたしに関心を持っているんだとわかった。その目の奥《おく》に悪意はまったく感じられなかった。

まもなく、うす暗いトンネルのずっと先から音楽がきこえてきた。知らない曲だった。歩いていくに連れて音楽はどんどん大きくなっていく。金属《きんぞく》の船体の壁《かべ》にくっつけるようにして、すみに蓄音機《ちくおんき》がおいてあった。頭の上も足の下も、この船はどこに目をやっても金属《きんぞく》ばかりで、パイプとチューブが網《あみ》の目のように広がる奥《おく》にも金属《きんぞく》の壁《かべ》があった。男の人たちのなかには、蓄音機《ちくおんき》から流れる音楽にあわせて歌をうたい、ハミングしたり、口笛をふいたりしている人もいた。通りかかるたびに歌がきこえてくるので、わたしのためにうたってくれているのだとわかった。この船なりの歓迎《かんげい》の仕方かもしれなかった。それがわかってから、いやなにおいも、じろじろ見つめられるのも、気にならなくなった。

やがて水兵さんがわたしをとめた。カーテンをわきによせると、両手をわたしの肩《かた》に乗せて、小さな船室に入れた。戸棚《とだな》ほどの小さな空間で、せまい寝台《しんだい》と数段《すうだん》の棚《たな》がついている。これでは寝返《ねがえ》りを打つのもむずかしそうだった。水兵さんはわたしに毛布とたけの長いシャツをくれ、ぬれた服をぬいでこれを着るよう教えると、外に出てカーテンを閉めた。なぜ急に足もとがゆれだしたのか、ふしぎに思っていると、まもなく船が動いたのだと気づいた。ものすごい音がひびいて、まわりのすべてがガタガタとふるえだした。カーテンのむこうでは、まだ音楽と水兵さんたちの歌声がひびいていた。

ぬれた服をぬいでシャツに着がえると、たけも幅《はば》も大きすぎて、からだを支柱にしてテントを張ったみたいになった。そこであることに気づいてぎょっとする。テディベアを持っていない。どこかにおいてきてしまったんだ。ピアノの上に忘れて海に落ちてしまったか、この船にわたるのに乗った救命ボートのなかにおき忘れたか。とにかくどこかでなくしてしまった。もう二度ともどらない。人生でこれほどまでにうちひしがれ、さびしく思ったことはなかった。寝台《しんだい》に横になってまくらにつっぷし、死んでしまいたいと願ったものの、いつのまにか眠《ねむ》ってしまった。

どのくらい寝《ね》ていたのか、目がさめて寝返《ねがえ》りを打ったら、近くに男の人がすわっていた。ひさしのついた帽子《ぼうし》をかぶって、おりたたみのいすにこしかけて本を読んでいる。わたしは上体を起こした。男の人はわたしが起きたのに気づいて本を閉じた。頭の上に水が落ちてきた気がして顔をあげると、その水が顔を伝った。男の人はほほえんでうでをのばし、わたしのおでこと、ほおを自分のハンカチでふいてくれる。手つきはやさしく、顔はにこやかだった。

「心配いらないよ。船に穴《あな》があいてるわけじゃない。英語では〝凝縮《ぎょうしゅく》〟っていうんじゃないかな。いまは海の下にいて、空気があまりない。あるのはぬれてしめった空気で、水分をたっぷりふくんでいる。それで水滴《すいてき》がわずかに落ちてくるんだ。ここには四十五人の人間がいて、みなこの空気をすっている。人間のからだは熱い。それで熱が生まれる。エンジンも大量の熱を生みだす。それで船内にかすかな雨が降るんだ」そこで男の人は、テーブルからパンとソーセージをのせた皿をとりあげて、こちらにわたしてきた。「さあ、めしあがれ。残念だが、量も少ないし、あまりおいしいとはいえない。正直いってひどい味だが、これでせいいっぱいなんだ。きみははらがすいている。空腹《くうふく》のときは味なんて関係ない」

見ればパンには白っぽい綿毛《わたげ》のようなものがびっしりついていた。

「それはパンにまちがいないよ」そういって男の人が帽子《ぼうし》を後ろへずらす。「実にうまいんだが、ここじゃそれを〝ウサギ〟ってよんでるんだ。見てのとおり、白いウサギの毛みたいなのにおおわれているからね。湿気《しっけ》が多いから、どうしてもパンはそうなる。菌類《きんるい》で、まあキノコといっしょだ。食べても問題ない。あとでおいしいスープを持ってくるからね。からだがあったまるぞ」

声に強いなまりがあるものの、ゆっくりと正確にしゃべる。「きみはルシタニア号からやってきた。そうだろう？」

わたしは何もいわなかった。相手のいっていることがわからないだけでなく、このときにはもう、どんなにがんばっても声がうまく出ず、ひと言も話せないのがわかっていた。

「なんとも不運だった。あれだけたくさんの命が失われたのは残念でならない。しかもルシタニア号はすばらしい船だった。きみの船をしずめたのは、われわれのUボートではなかったと、そういいたいところだが、そうもいえない。同じことをほかの船にしているのだからね。うちの父がよくいっていた。『あやまるな、言い訳《わけ》もするな』ってね。父のいうことも、半分は正しいと思う。だが、言い訳はさせてほしい。これは戦争だ。ルシタニア号は定期客船であって、乗せるのは乗客だけのはずだった。それなのに武器や弾薬《だんやく》や兵士をアメリカからイギリスに運んでいた。それはもちろん戦争の規則に反する。戦争にも規則はあるんだ」

まわりで船がみしみしギシギシいった。

「船体にかかる水圧《すいあつ》だよ。海の深いところまでもぐるとこうなる。しずくが落ちてきても、心配はいらない。この船はよくできてるんだ。ただしつかれてもいる。みんなつかれてる。食べ物だってつかれてる。家を出てからどのぐらいたってるか、わかるかい？　十二週間と四日。そのあいだ風呂にも入らないし、ひげもそらない。そんなことに使う真水《まみず》は積んでないんだ。だがきみにとって運がいいことに、見はりに立っていたゼーマン・クロイツは今朝つかれていなかった。最初にきいたとき、あいつは正気を失ったかと思ったよ。この手の潜水艦《せんすいかん》に乗ってると、よくあることなんだ。海に長く居すぎるとね。

ゼーマンは、わたしの船室に入ってきて、まだ眠《ねむ》っているわたしを起こした。実はここがわたしの部屋で、きみが横になっているのは、わたしの寝台《しんだい》だ。するとゼーマンは、『ヘア・カピテーン、右舷《うげん》のへさき側の海にピアノがういています。その上に小さな女の子がすわっています』とわたしにいった。もちろん信じなかったよ。だれがそんなことを信じるだろう？　それでもまあ、展望塔《てんぼうとう》にあがってみた。すると、そこにきみがいるじゃないか」男の人は声をあげて笑ったあとで首をふった。「自分の目が信じられなかったよ！」

ソーセージもパンと同じで、少しもおいしそうには見えない。けれどもこの人のいうことはほんとうで、あまりにおなかがすいていて、いまならなんでも食べられそうだった。これまで食べたどんなソーセージともちがう味で、油がぎとぎとして、スジばっている。それがまったく気にならなかった。パンのほうも目をつぶってかぶりつき、これも全部たいらげた。

「グネーディゲス・フロイライン、うちのウサギ、お気にめしたようですね。ゼーマン・クロイツは、きみの名前を知らないといっていた。名前はなんというのかな？　いいたくない？　なるほど。じゃあ、こちらが先に名乗ろう。わたしはドイツ帝国《ていこく》海軍のクラウゼン艦長《かんちょう》。さあ次はきみの番だ。おや、だめかい？　ちょっとてれ屋なのかな？　イギリス人？　それともアメリカ人？　そのどっちかだとありがたいんだが。わたしのしゃべれる、たったひとつの外国語が英語なんでね。イギリス人のいとこがいるんだよ。休みになるといっしょにニューフォレストですごすんだ。馬に乗ったり、クリケットをしたり。クリケットのできるドイツ人はそうはいないぞ。もしいれば、ドイツ対イギリスで、いくらでも戦っただろう。戦争なんかよりそっちのほうがいい。きっとみんなそう思ってる」そういって、にこっと笑ったが、すぐ真剣《しんけん》な顔になった。何か考えこむような、悲しそうな顔だった。「きみみたいに静かな子どもはめずらしいな。子どもがみんなそうだったらいいのにとも思うよ。うちの娘《むすめ》がまたおしゃべりでね。スズメみたいにしょっちゅうぺちゃくちゃやってる。ロッテとクリスティーナといってね、双子《ふたご》なんだが、そっくりじゃない。きみより小さくて、いまは七歳《さい》だ。あの子たちのおかげで、きみがいまここにいるのかもしれない。いや、それだけじゃない。うちのおじも関係している。わたしのおじは船乗りだった。うちの家系には大勢船乗りがいるんだよ。ずっとむかし、おじはシラー号という船に乗っていて、シリー諸島《しょとう》の岩に乗りあげてしまった。イギリスの西海岸にちらばる島々だよ。大勢がおぼれたんだが、うちのおじは救命ボートで船から助けだされた。イギリス人に命を救われたんだ。シリー諸島《しょとう》の人々が、小さな船をこいで座礁《ざしょう》したシラー号に近づき、三十人以上のドイツ人を救出し、亡《な》くなった人間も手厚く葬《ほうむ》った。その勇気と思いやりに満ちた行いがあったから、戦争が始まったとき、ドイツの戦艦《せんかん》はシリー諸島《しょとう》近辺を走行するいかなる船も攻撃《こうげき》してはならないという命令が下されたんだ。そのことがあったから、わたしはこの船をとめて、きみを乗せることを承諾《しょうだく》した。ゼーマン・クロイツをはじめ、ほかのみんなも、絶対そうするべきだといってね。

だがね、お嬢《じょう》さん。名前をなんというか知らないが、きみはわたしたちにとって、頭の痛い問題だ。ピアノの上にいるきみを見たとき、さっきまでいったこととは裏腹《うらはら》に、わたしは船をとめたくなかった。とまるのは危険だし、それはドイツ帝国海軍の規則にも反する。生き残った人間を艦内《かんない》に運びこむのは禁じられている。きみも学校で習っているからわかっていると思うが、規則というのは重要《じゅうよう》で、絶対守らないといけない。だがゼーマン・クロイツには、わたしと同じように家に子どもがいる。彼の場合は男の子だ。それで、言葉使いこそ礼儀《れいぎ》正しいものの、ゼーマン・クロイツははげしい口調でわたしにいった。きみを海におきざりにして、死ぬにまかせるなど、絶対にしてはならないことだと。見はりについていたほかの水兵もゼーマンと同じ考えだった。

これは説明が必要だと思う。この船に乗っている人間は故郷《こきょう》から遠くはなれ、つねに危険にさらされながら、せまいなかで身をよせ合って暮らしている。生きるのもいっしょだし、たぶん死ぬときもいっしょだろう。つまり家族のようなものなんだ。よい父親は家族の意見をきくものだ。それで、よい艦長《かんちょう》も同じことをした。

この船のみんなに意見をきいたんだ。船をとめて、あの子を乗せるべきかと。するとひとり残らず、きみを船に乗せたいといった。わたしはそれから、幼いロッテやクリスティーナ、おじやシラー号のことを考えて、みんなの意見に賛成した。それに、この船に乗っている人間のほとんどは家に子どもをおいてきている。さらに、この船にはまだ子どもといっていい年齢《ねんれい》の若い水兵も乗っているからね。

しかしそれですべて問題解決《かいけつ》というわけにはいかない。きみを乗せて、そのあとどうするか。偵察《ていさつ》航行中の潜水艦《せんすいかん》には、子どもの居場所はない。きみをドイツに連れて帰るわけにはいかない。そんなことをすれば、わたしは軍法会議にかけられる。それで考えた。きみはおそらくイギリス人かアメリカ人にちがいないから、イギリスの近くに上陸できるよう航路を調整することにした。どこだかわかるかな？　シリー諸島《しょとう》だよ。ここから数時間のところにあるから、夜には着くだろう。天候がよく、闇《やみ》にまぎれて安全に浮上《ふじょう》できるようなら、きみをどこかの海岸におろそうと思う。シラー号の一件から、あの諸島《しょとう》で暮らすのは思いやりのある人たちだとわかっている。そこできみは住民と親しくなって安全に暮らし、われわれは故郷《こきょう》にいる家族のところへもどる。これならみんな、バンバンザイだ」

そこでその人は部屋を出ようと立ちあがり、帽子《ぼうし》をまっすぐに直した。思っていた以上に背が高い。「わたしの船室はあまり居心地がよくないだろうが、この船のなかではいちばんいい部屋だ。ここから出てはいけないよ。この船にいるあいだは、ゼーマン・クロイツが責任を持ってきみのめんどうをみてくれる」

しばらく強いまなざしで、じっとわたしを見おろしてからいった。

「きみはわたしに怒《おこ》っているのだろう。あるいは悲しいのかもしれない。だからしゃべらない。うちのクリスティーナも同じようなときがある。おそらくきみが怒《おこ》っているのは、わたしがドイツ人で、敵《てき》で、船をしずめたからだろう。悲しいが事実そのとおりだ。いまは戦争中だが、わたしをはじめ、ここにいるのは全員船乗りだ。船を愛している。それを攻撃《こうげき》し、しずんでいくのを見るのはおそろしいことだよ。戦争は人におそろしいことをさせる。きみは怒《おこ》って当然だ、悲しむ権利《けんり》がある」

それだけいうと、上着のえりを立て、出ていこうとカーテンを開けた。そこでふと思いだしたように上着のポケットに手を入れた。テディベアをとり出して、わたしてくれる。

「ゼーマン・クロイツがこれを見つけてね。きみのだっていってる。まちがいないだろう。ほかにこういうものを持っていそうな人間はいない」

うれしくて舞《ま》いあがりそうだった。お礼をいいたかったが、言葉が口から出ていかない。その人はいなくなったけれど、わたしはもうひとりではなかった。テディベアがいる。にっこり笑った顔の。とても大切に思えるのだけれど、なぜなのかはわからない。

記憶《きおく》をなくしている状態を説明するのはむずかしい。わけのわからない世界で途方《とほう》にくれるとでもいったらいいだろうか。知っている顔も知っているものも何ひとつなく、どこにも自分がつながっていない、居場所がない感じ。壁《かべ》の代わりにずらりと並んだドアに周囲をかこまれていて、どのドアを開けようとしても、鍵《かぎ》がしっかりかかっていて開かず、外へ出られない。ドアの下から、うっすらと光がさしこんでいる。つまりはそれが記憶《きおく》で、外に出られさえすればとりもどせるのに、いまはわずかにもれてくるものしか見ることはできない。ドアを開けることができないから手がとどかない。ドアが開くまでは、自分がだれで、どこから来たのかわからないのだ。

そのときには潜水艦《せんすいかん》やUボートはもちろん、ドイツが何かもわからず、戦争中だということも知らず、クジラ船の艦長《かんちょう》が話してくれたことはさっぱり理解できなかった。わかっているのは、その背の高い銀色《ぎんいろ》のあごひげを生やした人が、わたしの大事なテディベアを返してくれたことだけだ。ぐっしょりぬれていたけれど、もどってきた。だから親切でいい人だと思ったことしかおぼえていない。

いわれたとおり、船室にじっとしているつもりだった。蓄音機《ちくおんき》がなかったら、そうしていただろう。なぜか音楽をきくとなつかしい気持ちになった。そのとき流れてきたのはピアノ曲だった。もうだれもうたってはいない。

わたしはカーテンを開けて外に出て、通路をふらふらと歩いていった。両側に並ぶ寝台《しんだい》やハンモックに男の人たちがいる。ほとんどは寝《ね》ていて、毛布ですっぽり顔をかくしていた。まだ起きている人も数人いて、目の前を過ぎていくわたしをまじまじと見ている。ひとりがひじをついて身を起こし、声をかけてきた。「アロー！　アロー！　きみの名前は？　ぼくは英語がしゃべれるんだよ、フロイライン、小さな女の子。チョコレートを持ってるよ、食べるかい？」手のひらにチョコレートのかけらをのせて、こちらへうでをのばす。「おいしいよ、ゼーア・グート」わたしはもらって食べた。おいしかった。「この船は好きかい？」笑って続ける。「ゼーア コンフォーターベル、ヤー？」

わたしは先へ進んだ。まもなく、開いたドアがひとつ見えてきた。その奥《おく》に何があるのか知りたくなって、なかに入ろうとしたら、肩《かた》に手がおかれて引きもどされた。だれだろうとふり返る。わたしを助けてくれたゼーマン・ヴィルヘルム・クロイツだった。首を横にふって、まゆをひそめている。怒《おこ》っているのではなく、なかへ入ってはいけないといっているのだ。「魚雷室《ぎょらいしつ》」といって、こわい顔をしてみせる。「ナイン。ここに入ってはだめだよ。フェアボーテン、フェアシュタンデン？」

ヴィルヘルムに手を引かれ、来た道をまたもどっていく。まわりのみんなは愉快《ゆかい》そうに見ていたが、口笛やはやし声が飛んできても、ヴィルヘルムは少しも愉快《ゆかい》そうではなかった。寝台《しんだい》の上にわたしをすわらせるとカーテンを閉めた。それからわたしの前のいすにすわり、お説教を始めた。指を左右にふりながらいう。

「ここだよ。ドゥー・ムスト・ヒア・ブライベン。ここ。わかる？　フェアシュタンデン？

ここにいるんだよ」それからいすの背にもたれて、きょろきょろする。この子をどうしようと考えているのだ。

「チェス」ふいにそういった。「チェスをしよう。教えるよ」

ヴィルヘルムは頭上の棚《たな》から二つおりになったチェス盤《ばん》を引っぱりだし、駒《こま》をぜんぶ出して盤《ばん》の上に並べる。白のポーンの代わりに、チョークが二本立っている。けれど船の振《しん》動《どう》ですぐたおれてしまった。おりたたみ式のテーブルにふたりでむき合い、チェス盤《ばん》のとなりでにっこり笑うテディベアに見守られながら、ヴィルヘルム・クロイツとわたしは、それから数時間チェスで対戦した。教えてもらう必要はなかった。なぜだか知っていた。ヴィルヘルムはうまかったけれど、それ以上にわたしがうまかった。

あとになって考えれば、ヴィルヘルムが手かげんして、わたしを勝たせてくれたのだろうが、ほんとうのところはわからない。でもチェスをしているときは、ほかのことは何も考えなくてすんだのはたしかだ。チェス盤《ばん》の上で起きる出来事に没頭《ぼっとう》し、自分や相手が次にどんな手に出るかを必死に考えている。何もかも忘れてしまったのに、どうしてチェスのことはおぼえているのか、あれから何度もふしぎに思った。とにかくわたしは見事な戦いっぷりで、ヴィルヘルムを打ち負かした。どの駒《こま》をどう動かせばいいのか考えなくてもわかり、先の先まで手を読んでわなをしかけ、相手のわなにかからないよう気をつける。

チェスをした記憶《きおく》があるからプレイできるのだ。記憶《きおく》にかかった霧《きり》の一部は晴れている。けれど全体が見えず、チェス以外のことは何もわからない。

何時間もいっしょにプレイしながら、ヴィルヘルムはしゃべろうとはしなかった。艦長《かんちょう》ほど英語を話すのは楽ではないらしく、発音もおかしかった。みけんにしわをよせて、ずっと真剣《しんけん》な顔でゲームに集中している。そうして自分がうまい手をさしたと思ったときだけ、わたしにむかってにんまり笑う。どうだ、おそれいったかという感じで、いすの背にもたれ、うでを組んでしのび笑いをするのだ。

ところが次のわたしの手で、たいていヴィルヘルムの顔から笑みが消える。そうして天をあおぎ見るようにして首を横にふり、いらだって自分の手首をぴしゃりとたたく。対戦の終わりにはいつでも礼儀《れいぎ》正しく握手《あくしゅ》をし、勝ったわたしに拍手《はくしゅ》をしてくれる。ヴィルヘルムはおもしろいところがあって、自分が負けると、テディベアの顔にむかって指を左右にチッチとふってたしなめることがあった。言葉は理解できなくても、何をいっているのか、だいたいのところはわかる。「教えるんじゃないぞ。二対一で戦うなんてずるいぞ」と、そういっているのだ。それでヴィルヘルムはテディベアをくるりと動かして、チェス盤《ばん》に背をむけさせ、次の対戦を見せないようにする。けれどもわたしは自分の駒《こま》を並べ終わると、またテディベアをくるりと動かして、正面をむかせる。するとヴィルヘルムがくっくと笑うのだ。とってつけたように笑うのではなく、いかにも自然に口からこぼれてきた笑いが、わたしは好きだった。

何度目かの対戦の中盤《ちゅうばん》で、カーテンのむこうからヴィルヘルムをよぶ声がした。艦長《かんちょう》の声だった。ヴィルヘルムは立ちあがって上着と帽子《ぼうし》を身につけると、わたしにうで時計を見せて、指で三回円を描《えが》いた。三時間いなくなるということらしい。わたしを寝台《しんだい》に寝《ね》かせると、テディベアを抱《だ》かせて毛布をかけ、寝《ね》ているときに水滴《すいてき》が落ちてきても大丈夫なように、顔まで毛布を引っぱりあげるよう教えてくれる。それからさっと敬礼《けいれい》をして出ていった。クジラ船のなかはしめっぽく、水がぽたぽたたれて、油と汗《あせ》のにおいでむっとしているけれど、あたたかいし、わたしにはテディベアもいて、音楽もきこえる。エンジンのうなりととどろきがリズミカルにひびくなか、わたしはすぐに眠《ねむ》ってしまった。

22 カモメの島

シリー諸島《しょとう》　一九一五年五月

目ざめたとき、どこにいるのかわからなかった。真《ま》っ暗闇《くらやみ》で、わずかな光も入ってこない。エンジンのとどろきと、すぐ近くでささやきあう声がくぐもってきこえた。ずいぶんせっぱつまった様子で話していると思っていると、いきなり耳の空気がぽんとぬけ、胃《い》が下に引っぱられる感じがした。それなのにからだはうきあがるようで、まず足が急角度にあがった。それからものすごいゆれがあって、寝台《しんだい》の両わきにしがみついた。いったいここはどこなのか、鼻につんとするにおいを感じたところで、ようやく思いだした。

カーテンを開ける音がして、ふいに船室に光があふれた。光とともに声がして、顔がうかびあがった。ヴィルヘルムだ。わたしが前に着ていた服をよこす。「ほら、きみの」ヴィルヘルムがささやく。「いま着がえて。シュネル、シュネル（急いで）。行かなきゃいけない。艦長《かんちょう》がいってる」それからヴィルヘルムは外に出てカーテンを閉めた。

いまではわたしの服もほかのものと同じように油のにおいがしみついていて、こげたようなにおいもした。まだしめってはいるものの、あたたかい。船がゆれ続けているので着るのに時間がかかる。どこかにつかまりながら着がえをするのはむずかしい。着がえ終わると、またもとの自分に帰った感じがした。

しばらくしてヴィルヘルムがもどってきたときには、わたしは寝台《しんだい》の上にすわってテディベアを手に持ち、出ていける準備ができていた。けれどもこれからどこへ行くのか、自分が何を待っているのか、わからない。

ヴィルヘルムが肩《かた》に毛布をかけてくれた。「マイネ・ムッティ（母）がつくってくれたんだ。これからはきみのものだ。あったかいよ。あったかくしてないといけないよ」そういってにっこり笑ったあとで、テディベアの頭をちょんとたたく。「ウント、きみには小さな友だちもいる。ダス・イスト・グート。いつだって友だちがいるっていうのはいい」

わたしに手を貸して立たせ、そのまま手をつないで船室を出て通路を進んでいく。寝台《しんだい》とハンモックの並ぶ列を通りすぎるとき、どの顔もいっせいにこちらをむいた。あいさつ代わりに軽く手をあげてくれる人。にっこり笑ってうなずく人。「アウフ・ヴィーダーゼーン」という人や、「グッバイ、リトル・ガール」と英語でいってくれる人も数人いた。

ヴィルヘルムに助けてもらってはしごをあがっていくと、ふいに寒空のなかに出て、新《しん》鮮《せん》な空気が肺《はい》に入ってきた。見わたすかぎり夜で、うねる海と星々が見える。少し遠くに陸地も見えた。島のようで、海のなかに黒いかげが低くうかんでいる。下の海面に救命ボートが用意されていて、水兵ふたりがオールをにぎり、ひとりははしごを手でおさえている。下までたどりつくにはずいぶんな距離《きょり》があった。

「ゼーマン・ヴィルヘルム・クロイツが助けてくれる。落ちないから大丈夫」

目の前に立った背の高い人かげがだれなのか、声ですぐわかった。艦長《かんちょう》だった。空を背《はい》景《けい》にひさしのある帽子《ぼうし》のかげが見える。

「わが艦《かん》で楽しいひとときをすごしてもらえたかな。わたしのベッドも快適だったらいいんだが。岸近くまで連れていってあげたいが、このあたりの海域《かいいき》は水深が浅く、船を食べてしまおうと歯をむきだしている。それでゼーマン・クロイツと水兵ふたりがボートをこいで、きみをいちばん近い島へ連れていく。地図にはセント・ヘレンズ島とある。小さい島で家もあまりなく、人もたくさんは住んでいない。それでもきみのめんどうをみてくれる親切な人がきっと見つかる。食事もできて安全に暮らせるよ。手ぶらでおいておきはしない。わたしたちの出会いをおぼえておいてもらうために、ささやかなプレゼントを用意した。ゼーマン・クロイツが水をくれる。それにソーセージとウサギのパンもね」

艦長《かんちょう》は笑いながら首を横にふった。「グネーディゲス・フロイライン。ピアノの上にいるきみを見つけてうれしかったよ。この船に乗っているみんなが幸せな気分になった。海に出て幸せな出来事にめぐりあえることは、そうめったにあるもんじゃないからね。さあ、行きなさい」それから艦長《かんちょう》はわたしにむかって敬礼《けいれい》をした。「アウフ・ヴィーダーゼーン、しゃべらない女の子。わたしたちをおぼえていておくれ、わたしたちもきみのことを忘れない」

わたしははしごにむきなおり、その下でうねる海を見おろした。救命ボートがはげしくゆれて、船のはらにぶつかっている。それを見たとたん、脚《あし》が動かなくなった。無理だ。このはしごをおりるなんて、百万年たってもできない。ヴィルヘルムにもそれがわかったにちがいない。わたしをおんぶしてやろうと、しゃがんだ。わたしは目を閉じて、ヴィルヘルムの首にしがみついた。そのままのかっこうで、はしごをおろされていく。わたしが救命ボートのなかにすわると、すぐ進みだした。みるみる潜水艦《せんすいかん》が遠ざかっていき、まもなく遠い海にうかぶかげにすぎなくなった。

ボートではだれもしゃべらなかった。わたしの目はだんだん闇《やみ》になれてきた。星がふたつ、みっつ光っている。ヴィルヘルムは舵《かじ》をにぎってボートから身を乗りだし、上陸するのにいちばんいい場所を探そうと海岸線に目を走らせている。波が打ちよせている島の岬《みさき》を回りこむと、高々とそびえる崖《がけ》や、いまにも海になだれこみそうな小石の山が見えてきた。それからほっとしたことに、ずっとおだやかな海域《かいいき》に入った。岸に近づくにつれて、こぎ手ふたりはオールを慎重《しんちょう》に水に入れ、船は静かに海をすべっていく。星空の下、広々とした浜《はま》が見えてきて、船はその浜《はま》に上陸した。

ヴィルヘルムが浅瀬《あさせ》に飛びおりて、砂丘《さきゅう》の連《つら》なる方角を指さした。それで気づいた。家がある。黒い窓《まど》の家で、一本のびたえんとつのてっぺんに白いカモメがとまっている。カモメはえんとつのてっぺんで暖《だん》をとる鳥だ。だからきっと火がたかれているにちがいなく、まもなくそのそばにすわって、安心してあたたまることができるんだろう。

ヴィルヘルムは、わたしをボートからおろして自分のとなりに立たせた。それから目の前にしゃがむと、わたしの肩《かた》に両手を乗せた。「ここはイギリスだよ。きみはあの家に入る、いいね？　そこの人たちにめんどうをみてもらうんだ」

ヴィルヘルムは平べったい水筒《すいとう》と小さな紙袋《かみぶくろ》をよこした。なかにソーセージとパンが入っているのがわかる。「ヴァッサー」といって、水筒《すいとう》をたたく。「ヴァッサー。イスト・グート。食べ物もある。きみの分と小さなクマの分。クマもおなかがすくかもしれない」

ボートに乗っている人たちが、せっぱつまった声でヴィルヘルムをよぶ。

「イッヒ・カン・ニヒト・ブライベン、マイン・リープリング。ヴィア・ミュッセン・ヌン・ゲーエーン」それからうでをのばして、わたしのほおにふれた。「エントシュルディグング。もう行くよ。ゴメンナサイ。ルシタニア号、「ゴメンナサイ」

それを最後に、背をむけて、ボートをおしだして行ってしまった。わたしはその場に立って、遠ざかっていくボートをじっと見守っていたが、ついにはもう見えなくなった。またひとりになってしまい、悲しいやらこわいやらで、あたりを見回した。寒々しくて、わびしい場所だった。島はこわい顔でこちらをにらんでいるように見えるし、海はわたしにむかってうなり、シューシュー威嚇《いかく》しているように思える。こんなところにいたくない。でも砂丘《さきゅう》のてっぺんに建つ家では火がたかれ、人々があたたかくむかえてくれる。あったかい食べ物やベッドもある。そう自分にいいきかせて、急傾斜《きゅうけいしゃ》でそびえる砂丘《さきゅう》めざして、すぐに歩きだした。どこを見ても岩の上にカモメがとまっていて、通りかかるわたしをにらんでくる。あの家にだれが住んでいるか知らないが、カモメよりやさしい人たちであることを祈《いの》るばかりだった。

早く人に会って、また英語をしゃべる声をききたいと、心からそう思っていた。けれどもそうなったら、いろいろきかれることもわかっている。だれなのか、どこからやってきたのか、どうやってここまで来たのか。そのどれにも、わたしは答えることができない。おぼえていることはほとんどないし、しゃべることもできない。なぜしゃべれなくなったのかもわからない。そんな状態でどうやって自分のことを説明するのか？

近づくにつれて、目の前にぬっとそびえるようにせまってくる家は、思っていた以上に大きく、石造りの、見るからにがっしりしたもので、きびしい感じがした。まわりには短いたけの草地が広がっている。

玄関《げんかん》に近づいていっても、えんとつにとまっているカモメは動こうとせず、家そのものと同様に、じっとしている。あまりにひっそりしているので、家のなかはからっぽで、だれも住んでいないかもしれないという気はしていた。やがてこの家には玄関《げんかん》のドアもなく、窓《まど》にはガラスも入っていないとわかった。

一歩なかに入ってみると、夜空をさえぎる天井《てんじょう》は、ないも同然だった。つきあたりの壁《かべ》に暖炉《だんろ》がつくりつけになっていて、両側に石のこしかけがついていたが、人の住んでいた形跡《けいせき》はそれだけで、ほかには家具ひとつなかった。見捨てられた廃墟《はいきょ》で、シダばかりが生いしげって、イバラやツタが壁《かべ》を伝ってあがり、窓《まど》から外へのびている。ふいに頭上でカモメがかん高い声で鳴きたてた。「ここはオレの場所だ！　オレの家だ！　出ていけ！」そうわたしにいっているようだった。

それから怒《おこ》ったようにするどい声をあげて、えんとつから飛びたって夜空に消えた。

まもなく雨が降ってきた。すさまじい土砂《どしゃ》降りで、急いで避難《ひなん》場所を探すものの、からっぽの暖炉《だんろ》ぐらいしかない。その部分の屋根はまだ残っているので、そこなら少なくともぬれずにすみ、風もしのげる。雑草のなかを苦労して進んでいき、はうようにして暖炉《だんろ》のなかにもぐりこんだ。石のこしかけにすわって暖炉《だんろ》のすみで毛布にくるまる。最初の朝日がさしてくるまでここにいて、行き先がちゃんと見えるようになったら、別の家を探しに行こう。まだちゃんと人が住んでいる家を。そこならきっとやさしい顔の人たちがむかえてくれて、いまいちばんほしいあたたかさをあたえてくれるだろう

時間が過ぎるにつれてますます寒くなってきて、眠《ねむ》ることもできない。人生でいちばん長い夜で、永遠に終わらないように思えた。

去っていく星と入れちがいに灰色の朝日がさしこんできた。夜明けも待たずにわたしは立ちあがり、外へ飛びだした。がらんどうの家をあとにして気持ちが清々する。毛布、テディベア、水筒《すいとう》、食べ物の入った紙袋《かみぶくろ》。それですべての所持品をみんな持って、希望に胸をふくらませて島をめぐり歩く。自分を受け入れてくれる家と人を探すのだ。島の大きさもわからず、家や人がどのぐらい見つかるのか、見当もつかない。

そう長くかからないうちに、事情を飲みこんで胸が重たくなった。この島にはほかに家は一軒《いっけん》もない。もとは家か礼拝堂《れいはいどう》だったと思える建物のがれきは草むらのなかに見つかった。文字の彫《ほ》られた墓石《はかいし》があったが、生いしげる草におおわれて、なんと書いてあるのかはわからない。けれど、そのがれきをのぞけば、昨夜一晩すごした廃墟《はいきょ》のような家以外、

人の住んでいた形跡《けいせき》のある場所はまったく見つからなかった。

海に目をむけると、周囲に六つほどの島があるのがわかった。まるでどこかの巨人が怒《おこ》って海にほうり投げた、ひとにぎりの小石のようにちらばっている。そういった島の多くには家々が見えるのだが、ここからは遠すぎて泳いでいくこともできない。船も見える。漁船、手こぎ船などがあって、浜辺《はまべ》に引きあげられているものもあれば、岸からはなれたところにつながれているものもあり、海に出ているのは数せきだった。船も人も家もあるというのに、どれもわたしの手にはとどかない。

とにかくこの島が無人であることはたしかだった。いるのはカモメだけ。どこへ行ってもカモメがわたしを見はっている。かん高い声で鳴きたてながら、頭上を旋回《せんかい》し、自分の縄張《なわば》りに侵入《しんにゅう》してきたわたしが気に入らず、はっきり怒《いか》りを表している。かん高い声で鳴きながら、なぎさでゴミあさりをしている小さな鳥たちはわたしを受け入れてくれたようだが、ほとんどこちらには目をむけず、海草をつついたり、岩のあいだの潮《しお》だまりでえさをついばんだりしている。かわいらしい鳥だが、なんのなぐさめにもならない。わたしは希望をすっかり失って、これまでにないほどみじめな気分になり、これからどうしていいのかわからない。あとはもっとていねいに、この島を見て歩くしかないだろう。

島が小さいことはわかっていたが、まさかこれほどあっけなく、ひとめぐりしてしまうとは思わなかった。気がつくともう、もといた廃墟《はいきょ》の家が見えてきた。しかしこれは幸運だった。それからすぐ突風《とっぷう》がやってきて海をはげしくかき回し、カモメやカラスを木の葉のように空へ舞《ま》いあげたからだ。雨が落ちてきたところで家にたどりつき、また暖炉《だんろ》のなかに避難《ひなん》する。胃《い》の内側をかまれるような飢《う》えにおそわれ、空腹《くうふく》で力も出なかった。食べないといけない。しかし食料はこの先も持たせなければならなかった。ここではほかに食べられそうなものもほとんどなさそうだ。とりあえず、いまをしのげる量だけ口にして、あとはがまんすることにした。ソーセージとパンと水でからだがしんからあたたまり、新たな手を考えようという気力もわいてきた。

そうして、とにかく、あの島々のどれかと連絡《れんらく》をつけるしかないという結論が出た。しかし船はなく、泳げるはずもない。ああやって肉眼で見えても、実際百五十キロ以上はなれているだろう。たとえそこに人間が住んでいたとしても、こちらの姿《すがた》は見えない。さけぶこともどなることもできない。声が出ないのだから。火をたいて、のろしをあげることもできない。マッチがなかった。結局方法はひとつしかないようだ。

家の裏手《うらて》に巨大な岩がそびえている。あの頂上が島でいちばん高い場所なのはまちがいない。そうかんたんにはいかないと、見ただけでわかるが、それでもあの岩をのぼっていき、てっぺんまでたどりついたら、そこで目をこらして通りかかる船を探す。見つけたら、気づいてもらえるまでそこに立って手をふる。どうせいつかは、島にいるだれかが、あるいは船に乗って海に出ているだれかが、わたしを見つけて助けにきてくれるだろう。心が決まるとすぐ、岩をのぼりにかかった。

荷物は全部暖炉《だんろ》のなかにおいておく。岩のぼりには、両手をあけておく必要があるからだ。

歩いて岩のふもとまでたどりついた。すぐ下から見あげると、ますますおじけづいてしまう。おそろしく高く、けわしい。けれどもほかにどうしようもないのだから、のぼるしかなかった。

下を見ないようにしてのぼりだし、てっぺんにたどりつくことだけを考える。ところどころに雨ですべりやすくなっている場所があり、緊張《きんちょう》と恐怖《きょうふ》で脚《あし》がふるえた。指や脚《あし》がわずかにすべるたびに、心臓《しんぞう》がはげしく鼓動《こどう》し、耳にまでそれが伝わってくることもあった。小さな一歩でも少しずつ頂上に近づいているのだと自分にいいきかせ、大丈夫、やれる、やらなきゃいけないと心にむちを打つ。

頂上に着いたときには、肺《はい》の空気も、うでや脚《あし》の力も使いはたしていた。やったぞと、立ちあがって空にこぶしをつきあげたかったけれど、その場でしゃがみこんで、肩《かた》で大きく息をして呼吸をととのえるのがせいいっぱいだった。

海に目を走らせると、遠くにも、近くにも、そこらじゅうに島がちらばっていた。まさかこんなにたくさんあるとは思ってもみなかった。まるで海に転がった大小さまざまなおだんごのようだった。ふいにまぶしい日がさしてきて、目の前で青緑色だった海が、緑色に変わった。目立って大きい島がいくつかあって、コテージや農場や教会が建ち並んでいるのも見える。人もいっぱいいた。海岸に歩いていったり、波止場《はとば》に立っていたり、畑で働いていたりする人かげが遠くに小さく見えた。船も出たり入ったりしている。わたしはふいにつかれを忘れて立ちあがり、両うでを大きくふった。無我夢中《むがむちゅう》でさけんでもみたが、しゃがれ声がかすかにもれるだけだった。しかものどが痛くて、それ以上続けられない。

どれぐらいのあいだ、そこに立ってうでをふっていたのかわからない。目をむければ、あちこちの島で漁船が出入りしている。それだから、ずっとうでをふり続けていた。けれどしまいにはわかってきた。だれもわたしのいる島には近づいてこない。どんなに懸命《けんめい》にうでをふっても、遠すぎて気づいてもらえないのだと。しかしそれしかできることがないので、必死にふり続け、そのうち肩《かた》が燃えるように痛くなり、うでがほとんどあがらなくなった。ぼうっと立って、あのうちの一せきでもむきを変えて、こちらにむかってこないかと祈《いの》っていると、やがてそれらしき一せきがこちらにむかってきて、またうでをふる元気がもどってきた。けれどふり続けながらも、むなしい努力だとわかっていた。空を飛ぶカモメたちもそれを知っているようで、わたしの頭上を旋回《せんかい》しながらかん高い声で鳴き、ばかにして笑っている。いきなりこちらへ急降下《きゅうこうか》してきて、岩からつき落とそうとするカモメもいたが、わたしは逃《に》げなかった。

一日じゅうそこに立って、だれかが近くにきて自分を見つけてくれないものかと、なけなしの希望をつないでいた。寒くなってくるとひざをかかえてすわった。つかれすぎて、もううでをふることも立ちあがることもできない。日が落ちて風がふいてくると骨《ほね》までしんしんと冷えこんできて、からだがどうしようもなくふるえてきた。それでも望みを捨てずに居続ける。闇《やみ》がおりてきたところで、ようやく負けを認め、長いくだり道をたどりはじめた。そのときにはもうすねはこわばり、手も足も指の感覚《かんかく》がなくなっていた。それで落ちたのだと思う。手がすべって、そのまま転落したのだろう。いつ落ちたのかおぼえていない。目がさめたときには一面シダのしげみのなかにたおれていて、頭と足首がズキズキ痛み、頭上でカモメがまたこちらを笑うように鳴いていた。おでこをさわると、血がべったり手にくっついた。

23 生きのびるために

シリー諸島《しょとう》

足を引きずって廃墟《はいきょ》の家にもどる道すがら、一刻《いっこく》も早く水とソーセージとパンを口にしたいと考えていた。ところがなかに一歩入ったとたん、何が起きたのか気がついた。シダやイバラのしげみのなか、そこらじゅうに、びりびりにやぶれた紙袋《かみぶくろ》がちらばっている。パンとソーセージはかけらも落ちていなくて、テディベアが地面に顔をつっぷして転がっていた。

犯人はすぐにわかった。えんとつのてっぺんにとまっているあいつだ。もしカモメにくちびるがあったなら、きっとぺろぺろなめていただろう。あまりに満足げなので、石を拾って投げてやった。えんとつに音を立ててあたったが、おどすにはじゅうぶんな近さで、カモメは飛び去った。復讐《ふくしゅう》のつもりで、ちょっとした勝利感を味わったものの長くは続かなかった。おなかがすいているときには、それもどうしようもない空腹《くうふく》のときには、食べ物以外からは満足感をえられない。そして食べ物が何もないとき、人はおなかを満たすために、ありったけの水を飲む。何も入れないよりは水でも入れたほうがましだと、わたしは水筒《すいとう》に残っていた水を最後の一滴《いってき》まで、ごくごくと飲み干した。からっぽになって初めて、自分のまちがいに気づいた。

暖炉《だんろ》のなかに入り、石のこしかけの上で身を丸めて、頭から毛布をひっかぶる。闇《やみ》が濃《こ》くなってきても少しもこわくない。この無人島で食料も水もなしにどうやって生き残るのか、助けが来るのか来ないのか、そんなことはもうどうでもよくなった。自分に対して強い怒《いか》りがこみあげて、ほかのことは考えることができなかった。カモメに見つからないよう、どうして食べ物をかくしておかなかったのか。そんな大事なことに、どうして頭が回らなかったのか。さらにまずいことに、最後の一滴《いってき》まで水を飲んでしまった。いまでは水も食べ物もない。ニニ！　ニンコンプープ！　頭のなかにその言葉が何度も何度もひびく。

その夜は寒さが毛布の奥《おく》まで入りこんできて、全身にしみこみ、せきとふるえで眠《ねむ》ることができなかった。それから奇跡《きせき》のようなことが起きた。まるでカーテンを開けたように、夜空を疾走《しっそう》していた黒雲がわきによせられ、まぶしく美しい満月が現れたのだ。

わたしはそれを見ながら、そっとハミングを始めた。どうしてそんなことを始めたのか、理由はわからない。ただ、それをきいていると、たとえハミングだけしかできなくても、まだ声は完全に失われてはいないと思えて元気が出てきた。それで頭上の月をながめながら、ずっとハミングをしていた。言葉はつむげなくても、曲はつむげる。その夜は自分のハミングを子守歌にして眠《ねむ》った。

目がさめたのは夜明けで、頭上の空がちらちらと光っていた。寒くてからだがけいれんし、のどがかわいている。足首をねんざしたことも忘れて立ちあがると、さすような痛みが走り、すぐたおれた。立ちあがって歩こうと思い、壁《かべ》にぐったりよりかかって、ひねった足首にどれだけ体重をかけられるかためしてみる。ぜんぜんだめだった。歩こうとすると、するどい痛みが足首につきあげてくる。この足が治らないかぎり、あの岩にのぼって、通りかかる船にうでをふることはできない。けれど、いま心配するべきなのはそれじゃない。水と食料の両方を調達するのが先決だ。すでに空腹《くうふく》よりも、のどのかわきががまんできなくなっている。何も食べなくても、水さえ飲めば数週間は生きられると、なぜかそんなことをおぼえていた。

生きるために何をしなければいけないのか、きちんと考えようという気になってきた。まずは、よりかかって歩けるようなぼうか、松葉づえになりそうなものを探す。それがなくてはとても歩けない。島に木は一本も生えていないが、浜辺《はまべ》に流木が流れついているはずだと思い、最初に上陸した砂浜《すなはま》で探すことにする。

そんなに遠くはなかった。それでもずいぶん苦労しながら、足を引きずったり、はったりして、じりじりと先へ進んでいき、砂丘《さきゅう》はおしりですべりおりて、ようやくあの浜辺《はまべ》へもどってきた。けれども流木はひとつも落ちていなくて、潮《しお》で流されてきた貝や海草が一列に並んでいるだけだった。水ぎわをよろよろ歩いていると、カニが浅瀬《あさせ》をささっとかけぬけた。あれをつかまえて、殺して食べようとも考えたが、まだそこまでふみ切れなかった。しかしゆくゆくはその手があると思うと、逃《に》げていくカニを見ながら元気が出てきた。この島で飢《う》え死にすることはなさそうだ。

砂《すな》の上に立って周囲を見回す。いまではここがわたしの世界。美しいところだった。どこまでも青く広がる空の下、そこここで日ざしが飛びはねている。前方に見わたせる、緑、灰《はい》、黄の島々。朝日がのぼると、丘のてっぺんは紫《むらさき》色にそまり、あちこちで鳴く鳥の声があたりいっぱいに満ちてくる。まさに楽園だ。けれどふんだんにある水はすべて塩水で、飲めない。この楽園で、助かる可能性を目前に、からからに干《ひ》からびて死ぬかもしれない。

ゆっくりと浜《はま》からあとずさり、砂丘《さきゅう》をはいずってのぼりながら、もときた道へ引き返す。地面をはいずっていなかったら見のがしていただろう。アシの葉かげに古いロープが丸くなって落ちているのが目にとまった。日にさらされて色がぬけ、重たいものを引きあげるための滑車《かっしゃ》がついている。その横に木のとびらの残骸《ざんがい》も転がっていて、その先に大量の流木が山のように積んであった。半分は砂《すな》のなかにうもれている。これは波に打ちあげられたものじゃない。浜《はま》からは遠すぎるし、いちばん潮《しお》が満ちたときについた水のあとも、ここよりずっと先にある。だいたい量が多すぎる。これは人の手によってここに集められたのだ。なんのためかはわからないが、こういうものがあるということは、この島に人が出入りしたということで、つねに無人というわけではないのだ。また人がやってくるかもしれないと、ふいに胸に新たな希望が燃えあがった。

それからすぐ、もうひとつ、元気になる材料が見つかった。流木の山をかきわけていくうちに、探していたものが見つかった。つえにできそうな、しっかりした流木で、長さもちょうどよかった。

すっかり舞《ま》いあがった気分で、廃墟《はいきょ》の家にひょこひょこともどっていく。そのあいだもずっと水のことが頭にあったにちがいない。それで戸口にたどりついたときに、あっとひらめいた。この島は人がおとずれるだけでなく、かつては住人がいた。この家にも人が住んでいたはずだった。人は水のないところで生きていけない。水がまったく手に入らない島に家を建てる人間はいない。きっとどこかに井戸があるはずで、それを見つければいいのだ。見つかるまで、目を皿のようにして島のすみずみまで探すのだ。小さな島だから、そう時間はかからないだろう。見つかったらそこに水筒《すいとう》を持っていって、好きなだけくんでくればいい。そうしていれば少なくとも三週間は生きのびられる。もし必要なら、どうしようもなくなったら、カニをつかまえて食べればいい。それに岩にはカサガイもあった。それも食料になる。そのうち漁師が――流木を砂丘《さきゅう》の上に集めた同じ人かもしれない――船に乗ってこの島の近くを通って、わたしを見つけて助けてくれる。

井戸を探しだして、それから毎日砂丘《さきゅう》の上で船が通りかかるのを待とう。そのうち足も治るだろうし、そうなれば、またあの岩の頂上にのぼって、うでをふればいい。期待が胸にあふれて、のぼせそうになりながら、さっそく井戸を探しに歩いた。

家の近くから始めるのがいちばんで、島の反対側の遠いところより、家のそばにある可能性が高いと思っていた。井戸ならすぐ目につくとも思えた。けれど、それはまちがっていた。わたしの頭の高さほどもあるシダとイバラが島じゅうにはびこっていて、そのあいだをぬける道が見つからない。地面を両手でたたきながら、つえをふって草をなぎたおしながら進まないといけなかった。たけ高いシダがみっしり生えているところは通れず、そうでなくても、イバラがしょっちゅう脚《あし》に引っかかって、顔や首をむち打たれる。まるでジャングルだった。

その日は一日じゅう井戸を探し回った。そのあいだに、まだ熟《じゅく》していない小つぶのブラックベリーが見つかったので、わずかに飢《う》えをしのぐことができた。けれども水のほうががまんできなくなって、しまいにはどんなものでも、水たまりが目に入ると四つんばいになってすすりあげた。そういう場所はあまりなく、あっても水はよごれていて胸がむかついた。そのあとも井戸を探し続けたが、時間がたつにつれて、希望も、探す意欲もへっていき、だんだんに気が入らなくなった。シダとイバラのジャングルに切りこんでいく元気もなくなり、無目的にだらだら歩いているだけになった。絶望的な状況《じょうきょう》に気がめいってきて、何度も涙《なみだ》がこぼれた。井戸探しを始めてからというもの、全身傷だらけで、夜になっても痛くて眠《ねむ》ることができない。足首の痛みもまったく引かなかった。

毛布をかぶって身を丸め、テディベアを胸に抱《だ》きしめながらからだをゆらし、なんとか眠《ねむ》りにつこうとした。けれども何をしても、飢《う》えた胃《い》の悲鳴はとまらなかった。

もう月にむかってハミングをすることもなくなった。月が出ないし、ハミングをしようとしても泣き声に変わってしまうからだ。泣かないよう必死にがんばったのは、強がりではない。もうそういうことを気にする余裕《よゆう》はなかった。一度泣いてしまうと、せきの発作《ほっさ》におそわれて、全身のふるえがとまらなくなると気がついたからだ。

それから何度目の夜だったかわからない。ある晩、いつものように同じ場所で横になり、せきをしないよう、脚《あし》の痛みを気にしないよう、からだをゆらして眠《ねむ》りにつこうとしていると、ふいに大嵐《おおあらし》がやってきて、えんとつのなかで風がほえ、稲妻《いなづま》が夜を昼に変えた。それまでは暖炉《だんろ》のなかにいればぬれずにすんでいたのに、このときは雨と風がふきこんできたので、石のこしかけの下に身を入れた。毛布のなかでひざを胸にかかえ、テディベアをきつく抱《だ》いて、はげしいせきの発作《ほっさ》が始まらないよう、必死にがまんしている。そのうち胸が苦しくなり、のどがひりひりしてきて、しまいにはつかれ切って眠《ねむ》ってしまった。

目がさめたとき、水の流れる音がしていた。稲妻《いなづま》が光った瞬間《しゅんかん》、何が起きているのかわかった。えんとつから水がごうごうと滝のように流れこんでいた。とっさに何をするべきか気づいた。暖炉《だんろ》のたなから水筒《すいとう》を持ってきてふたを開け、落ちてくる水を入れる。満杯《まんぱい》になったら飲めるだけ飲んで、また水筒《すいとう》の口を水のふきだし口に持っていって満杯《まんぱい》にする。もうこれ以上は飲めなくなったところで、最後にもう一回水を満杯《まんぱい》にした。

今度はちゃんと考えて少しずつ飲み、長く持たせるのだと自分にいいきかせ、実際そのとおりにしたのだが、その嵐《あらし》の日以来、しばらく雨は降らず、あっというまにまた水筒《すいとう》がからっぽになり、太陽の熱で水たまりも全部干あがってしまった。

足首は夕陽のように様々に色が変わっていき、何度も見ながら、ほこらしい気分になった。はれもずいぶん引いたけれど、あいかわらず力が入らない。

その嵐《あらし》の夜が、はっきりとおぼえている最後の記憶《きおく》だった。そのあとは、ただぼんやりしていたような気がする。からだが弱って岩にのぼることもできず、井戸を探す気力もない。砂丘《さきゅう》の上に何時間もすわりこんで、通りかかる漁船がないか海に目をむけていた。何せきか通りかかったが、いつもはるか遠い場所だった。

小さなカニを浅瀬《あさせ》でつかまえ、岩にはりついているカサガイをたたき落としてなかの身をほじって食べた。たまに鳥の卵にありつくことがあって、大喜びで食べた。これまで食べたどんな料理よりもおいしかった。食べたあとはよくはき気がした。暖炉《だんろ》のなかでおなかをかかえて、苦しくて何時間もうなっていたことをおぼえている。

そのうち雨も降ったけれど、水筒《すいとう》を満杯《まんぱい》にするほどたくさんは降らない。それでもなんとか生きのびられるだけの量を集めた。そうして次に雨が降るまでは全部飲んでしまわずに、必ず水筒《すいとう》のなかに少し残しておくようにした。

最後にはもう暖炉《だんろ》の外に出ていく体力も気力もなくなった。自分でもあきらめかけていると思ったが、もうどうでもよかった。生き残りたいとも、助けてほしいとも思わなくなった。悲しみの大きな波に飲みこまれていくように感じたこともある。生きる気がしなくなったのではなく、もう生きられないんだろうなという気がした。暖炉《だんろ》のなかで横になりながら、こんなことならピアノから海にすべり落ちたほうがよかったと思うこともあった。それならあっというまだ。今の死に方は時間がかかって、苦しいばかりで悲しすぎた。

頭上で太陽がかがやくと、からだのふるえがおさまって、しばらくのあいだ寒さも悲しさも感じないようなことがあった。そういうときは、生きていることがまたうれしくなり、生きているかぎり、希望はあると思えた。そんななけなしの希望に最後まですがりついていたのだろう。だから水も飲み続けて、あの日まで生きていられたのだと思う。

そのとき、遠くからよび声のようなものがきこえた。やがて家に近づいてくる足音もきこえてきた。気がつくとシダのしげみのなかに男の子がひとりしゃがんで、わたしにむかって手をさしだしている。その子のしゃべる言葉は別世界からきこえてくるようだった。

24 セント・ヘレンズ島での収穫《しゅうかく》

シリー諸島《しょとう》 一九一五年十月

まもなくアルフィにはわかってきた。ルーシーはこの島のすみずみまで知りつくしている。小道をつっぱしっていき、ヒースのしげみで飛びはねるルーシーのあとを追っていきながら、アルフィはずっと考えている。〝ヴァッサー〟も〝グート〟も、音のひびきからすると、とても英語とは思えない。〝グート〟は〝グッド（よい）〟で〝ヴァッサー〟は〝ウォーター（水）〟のようにもきこえるが、同じではない。これはつまり、みんなのいうとおり、ルーシーはドイツ人だということなのか。これまでルーシーが口にした言葉はひょっとして全部ドイツ語？　きっとそうだ、まちがいない。考えれば考えるほどそう思えてくる。

ルーシーは野生のヤギのように岩のあいだをかけめぐり、浅瀬《あさせ》をぴょんぴょんはねている。アルフィはどこへでもついていったが、これがなかなか大変だ。ルーシーがこれほど機敏《きびん》で、足が速いとは思ってもみなかった。興奮して息を切らし、行く先々で新しい発見をするようで、獲物《えもの》を探す猟犬《りょうけん》そのものだ。そうして何か見つけると、大げさな無言劇《むごんげき》のように、身ぶり手ぶりが始まるのだが、アルフィには何がなんだがさっぱりわからない。

けれどもルーシーがこれまでにないほど懸命《けんめい》に何かを伝えようとしているのはわかった。口を動かしてもまともな言葉が出てこないのを、手ぶりでおぎなおうと必死だ。のどの奥《おく》からしぼりだされるうめき声や舌《した》打ちをきいていると、ポプルストン湾《わん》のアトランティック・コテージに住んでいたステッビングズおばあちゃんを思いだす。生まれつき耳がきこえず、くちびるに障害《しょうがい》を持つ人だった。このおばあちゃんのいうことは、だれもひとつとして理解できない。それでいまのルーシーと同じように手ぶりや目の動きでわかってもらおうとするのだが、アルフィには何がいいたいのかさっぱりわからなかった。こまるのは、このおばあちゃんは相手がわかってくれないと怒《おこ》りだすことだ。それでこちらが立ち去ろうとすると、もっと怒《おこ》るのだ。

そこがルーシーとちがった。ルーシーは怒《おこ》ることなく、ひたすら自分の思いを伝えようとしている。アルフィとしてもルーシーが何をいいたいのか知りたくてたまらず、あともうちょっとだよと応援《おうえん》したい気分だった。

けれども、ルーシーの伝えたい話はごちゃごちゃして、うまくつながらず、ばらまいてしまったジグソーパズルのピースのようだった。海のほうをむいてラウンド島の灯台《とうだい》を指さしたかと思うと、いきなり砂《すな》の上にあぐらをかいて、キュウリのような絵を描《えが》きだす。いまはカサガイの貝がらを拾って、食べるまねをしている。

ルーシーはまた立ちあがると、アルフィの手をつかんでペストハウスに走ってもどり、もうずいぶん前に捨てられて、そこらじゅうにちらばっている貝がらを指さした。それから暖炉《だんろ》のなかにごろんと横になり、おなかをかかえてうんうんうなりだす。これは痛いふりだとすぐわかる。しばらくして、えんとつの上にとまっているカモメに目をとめると、さっと立ちあがって身ぶりで怒《いか》りを表し、カモメに石を投げつけた。さらにシダのしげみのなかから、流木と思える古いぼうを見つけだすと、ビリーおじさんがのっぽのジョン・シルバーのまねをするときのように、それをつえにして片脚《かたあし》を引きずって歩くまねをする。

どうしてここでビリーおじさんが出てくるのか、アルフィにはさっぱりわからない。それからルーシーはまた外に飛びだした。小道をかけていったと思ったら、とつぜん地面に四つんばいになり、犬が水たまりの水を飲むようなまねをした。そうしながら、両手をふって、言葉をしぼりだそうとするのだが、アルフィにはうがいの音にしかきこえない。

ひとつひとつの身ぶりの意味はわかるのだが、まったくつながりがないと思えるものが、次から次へめまぐるしく続くものだから、頭をかかえてしまう。もっとゆっくり、もう一度やってとルーシーにたのもうにも、そのときにはもう走り去っている。

お昼ごろ、ふたりは、ペストハウスの裏手《うらて》にそびえる巨大な岩のてっぺんにいた。アルフィはルーシーをすわらせて、持ってきたパンとチーズを食べようと思った。落ちついて話をきくには、うってつけのタイミングだ。しかしルーシーは話をしようとはせず、食べ物に興味がないようだった。漁船が目に入るたびに、その場でぴょんぴょんとびあがってうでを大きくふっている。それからつかれてきたのか、岩の上にあおむけになって空を見あげた。まだ出ている半月を指さして、いつもの曲をハミングしだした。自分のとなりを手でたたいて、アルフィもさそう。それからふたりいっしょにハミングする。しばらくすると、ともにだまりこみ、海や風やミヤコドリの鳴き声に耳をすまし、鳴きさけびながら上空を旋回《せんかい》するカモメを見ていた。

「ぼくたち、きらわれてるみたいだね」とアルフィ。「出ていけっていってるんじゃないかな。そろそろ帰ったほうがいいかもね」

帰りはアルフィの手を借りることもなく、ルーシーはひとりで先におりていく。アルフィよりずっと早く下に着いたと思ったら、とつぜんたおれて足首をおさえ、顔を苦痛にゆがめた。一瞬《いっしゅん》ほんとうにケガをしたのかと思った。それぐらい真にせまった演技だった。しかしルーシーの目が笑っているのを見て、そうではないとわかった。と、アルフィは思いだした。家に連れ帰ったとき、ルーシーの足首ははれあがっていた。「足首、ここでケガをしたんだね？」

ルーシーはうなずいた。それでとうとうアルフィのなかでルーシーの話がつながった。

「そうか、この島に船で運ばれてきたんだね？　そうしてペストハウスに住みついた。ほかには住めるような場所がないもんね。そうしてカサガイを食べて、巨大な岩のてっぺんにあがって、だれかに見つけてもらえないか、助けが来ないかと思ってうでをふっていたんだ。だけどだれもこなかった。ぼくらがやってきたときには、きみは死にそうになっていた。でも砂に描《えが》いたキュウリの絵は何？　それに、きみはどこからやってきたのかまだわからない。全部教えてくれないとこまるんだよ、ルーシー。きみの乗ってきた船はどこ？ひとりでこいでここまでこられるはずはないよ。だれに連れてきてもらったの？　あの水筒《すいとう》はだれにもらったの？」

ルーシーは、アルフィの顔をじっと見ながら一生懸命《けんめい》考えている。答えたいのだ。話すつもりだ。ところが気がつくとルーシーは立ちあがって、またかけだしていた。ヒースのしげみを飛びこえ、小道をひた走って砂浜《すなはま》へむかう。

質問攻《しつもんぜ》めにされたのが、気に入らなかったんだろうとアルフィは思う。あとを追いかけてルーシーの名をよぶ。追いついたときには、またルーシーは砂《すな》にひざをついて、手に持ったコウイカの甲《こう》で夢中になって絵を描《か》いていた。目の前にアルフィが立っているのに、顔をあげようともせず、ひたすら描《か》いている。またキュウリのような絵で、ものすごく大きい。ところが今度はそのてっぺんから垂直《すいちょく》に何かがつきだしている。潮《しお》だ！　これはクジラなんだ！　絶対そうだ！　アルフィの頭にヨナの話がすぐうかんだ。ルーシーは聖書《せいしょ》に出てくるヨナのように、クジラの背に乗ってやってきたと、見つかった当初にばかげたうわさが広まった。

けれどクジラの絵のとなりにルーシーは手こぎボートを描《えが》き、そのなかに三人の男が乗っていて、うちひとりが何か手に持ってかかげている。水筒《すいとう》だ。絵を描《えが》き終えると、ルーシーはしゃがみこみ、一、二度深く息をすってから、意識してゆっくり、はっきりしゃべりだした。水筒《すいとう》を手にしている男を指さして、「ヴィルヘルム。ヴァッサー。グート」と。

またしゃべった！　同じ言葉。ドイツ語だ。これはひみつにしておこうと、アルフィは心を決めた。家にもどってルーシーがまた同じことをいわないよう祈《いの》るばかりだ。

ふいにルーシーがかがんで、ボートのなかにもうひとり人間を描《えが》きくわえた。その人はにこにこ顔のテディベアを手にしていた。ルーシーは笑ってまた背を起こし、自分を指さす。

「ニンコンプープ！　ニニ！」大声でいった。「ニンコンプープ！　ニニ！　ニンコンプープ！　ニニ！」

何度も何度もその二語をくり返しいって、ルーシーはくすくす笑う。音のひびきを楽しんでいるのだろうとアルフィは思う。声を出してしゃべれるようになったのに、ぼくと同じようにびっくりして、喜んでいるのだろう。アルフィにもそのひびきは心地よかった。それには理由があった。英語のひびき。この二語はまちがいなく英語だ！　ニンコンプープ。よく父親にそういわれる。母親からもいわれるときがある。イギリス人じゃなかったら、どうしてルーシーがこういう言葉を知っているだろう？　ほっとするあまり、アルフィもゲラゲラ笑い、ルーシーといっしょに砂《すな》の上で飛びはねながら、このすてきな言葉を何度もさけぶ。声はどんどん大きくなって、そのうち島じゅうのカモメが一羽残らず飛んできて警戒《けいかい》するように鳴きだした。それともいっしょに笑っているのだろうか？

アルフィは一刻《いっこく》も早く家に帰りたかった。いい知らせを打ち明けるのが楽しみでならない。よし、近道の航路を進もうと思い、セント・ヘレンズ島の浜《はま》を出て、ラウンド島の灯《とう》台《だい》をめざした。ただしメン・ア・ヴァウアの危険な海域《かいいき》には絶対近づかないようにする。どんな天候であろうと、ラウンド島周辺の海は外海から入ってくる大波でいつもうねっているのだが、今日はさほどでもない。しかもアルフィは以前に父親といっしょに何度もそこを通り、風と潮《しお》と海流を味方につけて走行していた。ここを通るとき、アルフィはいつもワクワクする。実際、船が大波に乗りだすと楽しくてしょうがなかった。山のような波を飛びこえる瞬間《しゅんかん》、アルフィもルーシーも興奮して歓声《かんせい》をあげ、恐怖《きょうふ》と喜びをともにする。船のへさきが波を切りさき、高くあがるたびに、「ニンコンプープ！　ニニ！　ニンコンプープ！」の大合唱が起こる。

トレスコ海峡《かいきょう》のもっとおだやかな海に出たときには、ふたりともびしょぬれで、息をはずませていた。セント・ヘレンズ島ですごした今日一日は、クロウ先生はもちろん、ほかのだれも予想しなかったほどの大収穫《だいしゅうかく》があったとアルフィは確信している。どれだけかはわからないが、ルーシーはたしかに何かを思いだして、言葉を口にした。同じ言葉をくり返しただけではあるものの、その二語はまちがいなく英語だった。記憶《きおく》のとびらが開かれ、声をとりもどした。ここから先は楽に進むとアルフィには思えた。きっと記憶《きおく》がどっとよみがえり、あふれるように言葉が飛びだしてくるにちがいない。まもなくルーシー・ロストが何者なのかわかる。

グリーン湾《わん》にすべりこんだときには、潮《しお》がずいぶん引いていた。浜《はま》にはビリーおじさんがいるだけで、ほかに人かげはない。ヒスパニオーラ号が岸にあがっていて、おじさんは砂浜《すなはま》で舵《かじ》を調整していたようだ。船のまわりをぐるっと歩き、各部の確認をしながら船体を愛《いと》しそうにたたいている。アルフィたちが浅瀬《あさせ》に入ってくるのに気づいたようだが、手をふってはこない。いそがしいのだ。放っておくのがいちばんだとアルフィは思い、じゃまはしなかった。

いかりを投げ、帆《ほ》をおろしてから、アルフィが顔をあげると、ゼベディア・ビショップとそのとりまきが浜《はま》にやってくるのが見えた。砂浜《すなはま》をつっきって、一団となってこちらに走ってくる。まるでアルフィたちを血祭りにあげようというういきおいで、ワーワーどなっている。アルフィは身がまえた。急いで逃《に》げるという手もある。けれど、どこへ逃《に》げればいいのかわからず、かくれ場所もない。家は畑のずっと先で、たどりつく前につかまってしまうだろう。ルーシーは水筒《すいとう》を武器のようにかまえている。

「だいじょうぶ」アルフィは力をこめていった。「またちょっとからかわれるだけだよ。とっ組み合いのけんかにはならない」ゼブたちはもう数メートル先までせまっている。強気で乗り切るんだと、アルフィは自分にいいきかせる。おびえを見せてはならない。

「なんの用だ、ゼブ?」

「おまえら、今日学校に来なかったよな」ゼブが答え、それからルーシーに注意をむけた。「どこ行ってたんだよ? ドイツにもどってたのか?」ルーシーを笑い物にする。「たっぷりと、お楽しみかよ? 子どもをかたっぱしから銃剣《じゅうけん》でさしてきたのかい?」

それからいきなりルーシーに近づいていって、水筒《すいとう》をひったくった。「なんだ、こりゃ?」そういってふたを回して開け、中身を飲んで、はきだした。手の甲《こう》で口をぬぐっていう。「ドイツの水はひでえな。おまえとおんなじだ」それから水筒《すいとう》をさぐるように見つめた。「げげっ、こりゃおどろいた！　ここになんて書いてあるか知ってるか？　読んでやろうか？　大きな文字でベルリンってあるぞ。おいおまえたちも見てみろよ」水筒《すいとう》をかかげて仲間に見せながら、ますます得意げにいう。「学校で世界の首都を習ったから、ベルリンがイギリスじゃないのは知ってるだろう。ベルリンはもちろん、ドイツの首都だ」

アルフィたちをとりまくゼブの一団が輪をせばめてきた。アルフィは両手をこぶしにかため、胸の前でかまえた。「それ以上近づくな、ゼブ。さもないと鼻から血を流すことになるぞ。本気だからな」自分の背後《はいご》にルーシーがかくれているのがわかる。ルーシーはアルフィの上着をつかんで、額《ひたい》を背中におしつけていた。四方からどなり声が飛んでくるなか、アルフィは一歩も引かない。

ルーシーが背後《はいご》から飛びだしてゼブにおそいかかった。ゼブも仲間たちも完全にふいをつかれたが、奇襲《きしゅう》の効果は長くは続かなかった。アルフィは後ろからつきとばされて地面にたおれ、パンチやケリが次々と飛んできた。身を丸めてたえていると、ルーシーがゼブに馬乗りになって連打するのが見えた。けれどすぐに仲間たちに引きはがされ、ぼこぼこにけられながら、こっちへはいずってくる。アルフィが顔をあげると、みんなが笑いながら大声で連呼《れんこ》していた。「おぞましいドイツ人！　おぞましいドイツ人！」

25 みにくいアヒルの子

シリー諸島《しょとう》

ふいにケリも連呼《れんこ》もやんだ。アルフィが顔をあげると、男子たちがちりぢりになって逃《に》げていくのが見えた。そこで初めて理由がわかった。ビリーおじさんが、ゼブのえり首をつかんで宙《ちゅう》に持ちあげており、それからしばらくして、ジャガイモの大袋《おおぶくろ》のように地面にどさっと落とした。ゼブはのどをつまらせて、ひいひい、いいながら、半泣きになって砂《すな》浜《はま》をよろよろとかけていく。

ビリーおじさんは、ゼブが落とした水筒《すいとう》を拾いあげてルーシーにわたした。ふたりに手を貸して立たせ、服から砂《すな》をはらい落としてやる。それから宙《ちゅう》にこぶしをつきあげて、「ヨーホッホー！」とさけんだ。

「ヨーホッホー！」アルフィとルーシーがさけび返す。それから三人で何度もそうさけびながら、みんなでこぶしを宙《ちゅう》につきあげた。

「おいで。見せてやる」おじさんがいって、ふたりの手をつかむ。「オレのヒスパニオーラ号が完成した」

三人は手をつないで小型帆船《はんせん》のおいてあるところへむかい、完成したヒスパニオーラ号をうっとりとながめた。へさきから船尾まで、つやつやとかがやき、そよ風に帆《ほ》がはためいている。マストの先端《せんたん》にはちゃんと海賊旗《かいぞくき》もついていた。まさに目をうばわれる、美しい仕上がりだった。

「明日だ」ビリーがいう。「宝島へむけて出航する。見つかるまで七つの海のすべてに出ていく」それだけいうと、ふたりをあとに残し、浜《はま》を歩いてボート小屋に帰っていった。

ちょうどそのとき、ペグが迷いこんできたので、アルフィとルーシーは馬に乗って家に帰ることにした。けれども、ペグはまっすぐ家にむかおうとはしない。まずは自分の行きたいところに行くので、アルフィたちはそれにつきあって島じゅうをめぐり、サーモン丘《おか》のふもとを通って、ラッシー湾《わん》、ポプルストン湾《わん》、ヘル湾《わん》へと進んでいく。そのあいだひと言もしゃべらない。やがてシップマン岬《みさき》の上に広がるヒースの丘《おか》でペグが草を食《は》もうととまると、ふたりは馬からおりてハマカンザシのやわらかな葉の上にすわって、海をながめながら物思いにふけった。

しばらくしてアルフィが口を開いた。「このずっと先、大西洋を三千キロわたった先にアメリカがあるって、父さんからきいた。ぼく、いつか行こうと思ってるんだ。アメリカにはあらゆるものがある。山も砂漠《さばく》も空につきささりそうなほど高いビルも、カウボーイやインディアンもいるし、車や汽車も走ってる。車の量がすごいんだ。ビリーおじさんから雑誌で写真を見せてもらった。おじさんはいろんなところに行ってるんだ。だけど宝島は無理だよ。あれは単なる口ぐせ。いつかまた世界をひとめぐりするっていってるんだ。でもそれはない。ねえルーシー、きみはアメリカに行ったことはある?」答えはやっぱり返ってこなかった。

「ルーシー」かまわずアルフィは続ける。「さっきヨーホッホーって、いったよね。あと、ニンコンプープと、ニニ。ヴィルヘルムと、ほかにもドイツの言葉をしゃべった。それにピアノも。きみはしゃべれるんだよ。だから話してよ。そうでなくちゃこまるんだ。いまに、きみが持っていた水筒《すいとう》の話がみんなに広まる。きっとあっというまだよ。そしたらみんなは勝手なことを思いこむ。そこでぼくがはっきり、ルーシーはイギリス人だっていえないと大変なことになる。

だけどさ、ぼくのほうも、なんだかわからなくなってきたよ。ルーシーは、ドイツ語をしゃべったと思ったら、次の瞬間《しゅんかん》には英語をしゃべってるんだから。父さんや母さんが、ぼくのことを『ニンコンプープ』っていうのを耳できいておぼえたの? それをまねしていってるだけ？　ねえ、ほんとうはどうなの？　きみはだれ？」アルフィはそこで水筒《すいとう》をとりあげて、しげしげとながめる。「ほらルーシー、ここにベルリンって書いてある」

ルーシーは何もいわず、ひざの上にあごを乗せてすわり、草を食《は》むペグをかたい表情でじっと見ていた。もうアルフィの話などきいていない。また自分のからのなかにこもってしまった。

家に帰っても、夜のあいだルーシーはずっとそんな調子で、夕食も食べないし、蓄音機《ちくおんき》にレコードをのせることもしなかった。キッチンをそわそわと動きまわり、壁《かべ》にはった絵を一枚一枚熱中して見ている。ものでも人でも、ほかにはいっさい関心がむかないようだった。

当然ながら、ジムもメアリーも、その日セント・ヘレンズで起きたことをすべて知りたがった。ルーシーが口にした言葉や、グリーン湾《わん》でけんかが始まってビリーが助けに入ったことなどをしつこくきいてくる。けれども、いちばんふたりが心配したのは水筒《すいとう》のことだった。

「問題は、ゼブが正しいってことだ」とジム。「ここに、カイザーズ・ファブリーク、ベルリンと書いてある。こんなもんが出てきたら、もう反論《はんろん》のしようがない。そうだろ、メアリー？　こいつは正真正銘《しょうしんしょうめい》、ドイツ製だ。島に打ちあげられたのを拾ったのか、それともだれかにもらったのか。みんなは当然人からもらったと思うだろう。ルーシーとアルフィが月曜日に学校へ行ったら大さわぎになるぞ。そんときには守ってくれるビリーもいねえんだぞ」

「学校になんか行かせない」メアリーがきっぱりいった。「月曜日も、そのあともずっと。家にいればいい。家族みんなで家のなかにいて、たがいにめんどうをみあえばいい」そこでメアリーは通りすぎようとするルーシーのうでをつかんだ。「ルーシー、ここへきていっしょにすわらない？　お話をききたくない？　わたしが二階にあがって本を読んであげましょうか？」

ルーシーは首を横にふった。

「じゃあ、アルフィならどう？　読んでくれるわよね、アルフィ？」ルーシーは今度も首を横にふって二階にあがってしまったが、またすぐおりてきて、上から持ってきた本をジムにさしだした。

「ルーシー、オレはカンベンしてくれよ」ジムがいう。「いや、読めるんだよ。ただし、学校みたいにみんなの前で読むのはちょっとなあ」ルーシーはジムの手に本をおしつけると、ひざの上にすわった。頭をジムの胸にくっつけて、目をつぶってお話が始まるのを待つ。

ジムは読むしかなかった。本を開いて「みにくいアヒルの子」と読みだした。

「それ、ルーシーの好きなお話だよ」とアルフィ。「もう何回読んでやったかわからない」

ジムはおずおずと読んでいき、とちゅうつっかえると、そのたびにあやまった。けれどもルーシーはまちがいなど気にならないようで、目をつぶってききながら、一語一語に神経を集中しているのがアルフィにはわかる。しばらくするとルーシーが目を開けた。壁《かべ》の絵の一枚を一心に見つめて、ぎゅっとまゆをひそめている。

ジムがまだ読んでいるとちゅうなのに、ルーシーはひざからおりて蓄音機《ちくおんき》へつかつかと歩みよった。レコードをかけるのかと思ったらそうではなく、ただその前につったって、一枚の絵をまじまじと見ている。それは湖のそばにすわる巨人の絵で、口ひげを生やした巨人は足もとに集まったアヒルたちに本を読んでやっている。それからルーシーはゆっくりと戸棚《とだな》から自分の筆箱を出してきて、えんぴつで絵の下に何か書きつけた。それが終わると、えんぴつを筆箱にもどし、まだジムが本を読んでいるというのに、二階へあがってしまう。ジムは読むのをやめた。

「だから、本の朗読《ろうどく》はいやだといったんだ」とジム。

「そこになんて書いたのかしら?」メアリーがいい、アルフィが立って見に行った。

「パパ」アルフィが読む。「『パパって書いてある』よく見ようとメアリーとジムも絵のそばに集まった。「そうか、お話を読んでいるんだ。『みにくいアヒルの子』の話。この男の人はルーシーのパパで、アヒルたちにお話を読んできかせている。それなら意味が通るよ。だからルーシーは何度も何度も読んでってせがんだんだ。このお話をきいていると、パパのことを思いだすんだ。これ、ルーシーのお父さんだよ」

「いくらなんでも大きすぎる」とジム。「見ろ。まわりの木と同じぐらい背が高い」

「大きくても小さくても関係ない。大事なのはルーシーがお父さんをおぼえてるってことだよ」

その夜おそく、ふだんならとっくにベッドに入っている時間になっても、三人はキッチンのテーブルをかこんですわり、ルーシーの父親が描《えが》かれた絵から何か手がかりを得ようと考えていた。とりわけ気になったのは湖で、背景《はいけい》に背の高い木々があり、その遠景《えんけい》にビルがいくつもそびえたっている。さらに、どうしてこの巨人は古くさいかっこうをしているのか、あの上着はビリーが着ているのっぽのジョン・シルバーのそれにそっくりじゃないかと、ジムが指摘《してき》する。「そうだ、きっとこれはビリーだ。首が長いし、鼻はカラスのくちばしみてえだし」

メアリーがこれに反発するとジムがすかさずいった。「べつに悪口じゃないぞ。ただ、似てるっていいたいだけだ。ルーシーはビリーが好きだし、きっと話だってきかせてもらってんだろう。ビリーは物語や本が好きだからな」

「それじゃあどうして、ルーシーはパパって書いたの？」アルフィがいったが、だれも答えない。それがきっかけでビリーおじさんとヒスパニオーラ号の話になり、あれはすごいと、みんなが口々にほめた。

「メアリーの考えが大当たりだったってわけだ」とジム。「一度船をつくったものは、生涯《しょうがい》船をつくり続ける。五年前に、おまえが初めてビリーを施設《しせつ》からここに連れてきて、グリーン湾《わん》でおんぼろの船体をあたえたときゃ、頭がおかしくなったかと思ったぜ。だが、おまえは、兄さんにはするべき仕事が必要だ、つねにいそがしくさせておくほうがいいといったんだ。絶対できるからとオレにいい、ビリーにもそういって、実際そのとおりになった」

「そうよね、たいしたもんだわ、わたしの兄は」メアリーがほこらし気にいった。「あなたが浜《はま》に打ちあげられた材木を集めてくれたのよね。必要な道具も全部調達してくれた。でもそこから先は兄さんがひとりでやりとげた。もうだれにもプッツン・ビリーなんていわせない。正気を失った人が、あんな美しい船をつくれるもんですか」

「明日出航だっていってたよ。宝島をめざすんだって」アルフィが教えた。「おじさん、本気だと思うな」

「つくりはじめたときから、そういってたぜ」ジムが笑っていう。「まだそんときゃ、浜《はま》に転がる腐《くさ》りかけた船体でしかなかった。それなのに、宝島に行くぞ！　ヨーホッホー！ってな。そりゃまあ、口でいうのはいいが、現実には無理だ。夢のなかの話だよ」

「ビリーが幸せならいいのよ」とメアリー。「あれだけつらい人生を送ってきたんですもの。幸せになって当然よ。自分の好きなように、好きなところへ行けばいい。だれでも夢を見るのは大事なこと、そうでしょ、ジム？」

その夜は突風《とっぷう》がふいて家全体が大きくゆれ、一晩じゅうミシミシ、ガタガタいっていた。家族が目をさましたとき、階下から蓄音機《ちくおんき》の音楽がきこえていた。またルーシーの好きなあの曲だった。けれど朝食の前にレコードをかけたことはこれまで一度もない。これはおかしいとアルフィは思った。おりていくと、キッチンのドアが大きくあいていて、だれもいない。ルーシーの部屋を見に行くとからっぽで、メンドリにえさをあげているのかと思って小屋も見てみたがいない。どこを探してもいなかった。

ルーシーが何をしていたのか、アルフィが最初に気づいた。キッチンにはられた絵の一枚一枚に、文字が書きこまれている。何枚かには、大きな文字で「ママ」と書かれていた。湖のそばでアヒルに本を読んでいる巨人の絵は、いまはもうすべて下に「パパ」と書かれてあり、そのパパの頭上にはどれも満月が描《えが》かれていた。

えんとつが四本立っている巨大な船には、なぜかルーシーの名前が書かれているのだが、つづりがＬｕｃｙではなくＬｕｓｙと、ｃがｓになっている。森のなかに建つ、周囲をポーチがとりまいている一軒《けん》の丸太小屋の上には、大文字で「ベアウッド」と書かれていた。馬の絵もいろいろあって、走っていたり、寝《ね》ていたり、馬小屋に立っていたり。馬が地面でごろごろしている絵もあって、そのひとつひとつに、「ベス」あるいは「ジョーイ」のどちらかが書かれている。ただし数日前にはられたばかりの馬の絵は例外で、窓《まど》から顔を出し、耳をぴんと立てているのはペグだった。ほかの馬とは明らかにちがうように描《えが》かれている。えんぴつで書きこまれた名前はほかにもあった。ダックおばちゃん、マックおじちゃん、ミス・ウィンター。ルーシーと同じ年ごろの女の子の絵にはピッパと書かれていて、この子の絵は複数《ふくすう》あった。

みんなで名前のなぞをとこうと首をかしげている最中に、ルーシーが走って家に飛びこんできた。息を切らし、大げさな身ぶり手ぶりで何か伝えようとし、なかなかわかってもらえないと、いらいらして足をふみならした。しまいについてこいというように手まねきをして外にかけだし、畑をつっきってグリーン湾《わん》へとむかった。

ひと目見ただけで何が起きたかわかった。ヒスパニオーラ号が消えている。ジムの漁船もふくめ、ほかの船はすべていかりをおろして、ほとんど動かない。嵐《あらし》が去りぎわに風を持っていったようで、あとには微風《びふう》しか残っていなかった。トレスコ海峡《かいきょう》にもヒスパニオーラ号の姿《すがた》はなく、その先にも船の帆《ほ》は見えなかった。

「昨夜のうちにいかりを飛ばされたんだろう」ジムがいう。「ビリーはボート小屋にいるから、心配すんな、メアリー」

しかし、メアリーはすでに浜《はま》をかけだして、ビリーの名をよんでいる。ボート小屋にはいなかった。みんなでグリーン湾《わん》を行ったり来たりしながら、ビリーの名をさけんで探す。

「ねえ母さん、おじさんはほんとうに宝島めざして出航したんじゃないの？」とアルフィ。

「ばかをいわないでちょうだい」メアリーがいう。刻一刻《こくいっこく》とうちひしがれた顔になっていく。「ビリーは正気なんだから！」

「きっと近くにいる」ジムがメアリーにいう。「まもなく見つかるって。心配すんな」

「きっとそうよね」メアリーが涙《なみだ》をこらえながらいった。「まだ島にいる。見つけなきゃ」

「ヒスパニオーラ号を探しに出ていったんだ」とジム。「ビリーならきっとそうする。どこかの丘《おか》か崖《がけ》にあがって、海に目を走らせているんじゃねえか。かたっぱしから探そう」

ジムはアルフィとルーシーを島の反対側に送りだすことにし、砂浜《すなはま》までついてきていたペグに乗ってふたりは出発した。午前中いっぱいかけて、サムソンの丘《おか》からヒースの丘《おか》まで見て回り、ポプルストン湾《わん》、スティンキング・ポース湾《わん》、ヘル湾《わん》までくまなく探した。

どこにもビリーの姿《すがた》はなく、ヒスパニオーラ号の気配《けはい》もなかった。

午後には、島じゅうの船がビリーとヒスパニオーラ号の捜索《そうさく》にむかった。まもなくシリー諸島《しょとう》全土で、ビリーが消えたと耳にした者が自分の船を出して探しに出た。漁船はもちろん、船に積む軽量ボートや救命ボートまでがいっせいに海に出ていった。同じ諸島《しょとう》に暮らす人間が海に消え、あのビリーが自力でつくった有名な船も消えたとあって、もう人々はプッツン・ビリーのうわさも、ルーシー・ロストがドイツ人だといううわさも、どうでもよくなっていた。夜になっても、ビリーとヒスパニオーラ号、ともに行方不明《ゆくえふめい》だった。

翌朝は日曜日で、ベロニカ農場のポーチにはパンやジャムのおくり物が並び、シリー諸《しょ》島《とう》全土の教会でビリーが見つかるよう祈《いの》りがささげられた。ブライアー島の教会では、もうウィートクロフト一家は信徒席にぽつんとすわってはいなかった。うってかわってみんながやさしくしてくれたが、メアリーには少しもなぐさめにならず、すっかり希望を失っていた。「ビリーは船をつくるだけじゃなく、人生の大半を海で生きてきたんだ」と、ときどきジムがいってきかせる。世界じゅうを船で回っているんだから、ヒスパニオーラ号で、きっと安全に航海しているはずだというのだ。

「船をつくり、そいつをあやつる。一度おぼえたら、一生忘れねえ。だから、今朝になるか、明日の朝になるかわからんが、海岸に出て待っていれば、ヒスパニオーラ号に乗って、なんてことはない顔で帰ってくるさ」

けれども、どんな言葉でもメアリーの悲しみはおさまらず、来る日も来る日もなんの手がかりも得られないと、だんだんに最悪の事態を想定するようになった。ビリーはどこかでおぼれ死んで、もう二度ともどってこないかもしれない、と。

ビリーがいなくなってからというもの、ルーシーはほとんどメアリーのそばをはなれなかった。なぐさめの言葉ひとつかけることもできないが、大切な人を失う悲しみを理解しているのか、ルーシーだけがメアリーの心をなぐさめることができるようだった。諸島《しょとう》の人々と同じように、メアリーも、毎朝、海岸線や岩のあいだを探しながら、見つかるのは船の残骸《ざんがい》か、死体だろうと覚悟《かくご》していた。

26 劇的な一日

シリー諸島《しょとう》

ヒスパニオーラ号が消えてから四日後、セント・メアリーズで、その帆《ほ》が目撃《もくげき》された。波止場《はとば》に近づいてくるところを、数人の島民が発見したのだが、見れば甲板《かんぱん》にいるのはひとりではなかった。うわさはまたたくまに広がった。

クロウ医師の日誌《にっし》より——一九一五年十月二十三日

この日誌《にっし》は、世にあまり広く知られていない、ひなびた諸島《しょとう》で医療《いりょう》に従事《じゅうじ》する医師の生活記録《きろく》として書いているが、それと同時に、のちに忘れてしまった過去を思いだすための心おぼえの意味もある。いつまでも心に残る記憶《きおく》が、それもわたしだけでなく、この諸島《しょとう》全土の人々の胸に長くとどまる記憶《きおく》があるとしたら、それは今日の出来事だろう。これほど劇的《げきてき》な一日は、これまでわたしの人生になかった。

今朝は早くに目がさめた。教会の鐘《かね》が鳴って、わいわいがやがや大さわぎする声が下の通りからやかましくきこえてきたからだ。窓《まど》から身を乗りだして外をのぞくと、町じゅう人だらけで、だれもが興奮して走っている。めざす先は波止場《はとば》らしく、そのうちのひとりに声をかけて、これはいったい何事かときいてみた。

「ヒスパニオーラ号ですよ」答えが返ってきた。

「ブライアー島の〝プッツン・ビリー〟がもどってきたんです」別の人間がいいそえた。「それも、ひとりでもどってきたんじゃないんっスよ!」

わたしは大急ぎで着がえて通りに出ていき、人の流れに合流した。気がつけば、まともなかっこうをしているのはわたしぐらいで、みな着がえもそこそこに飛びだしたか、ねまきの上にガウンをはおっただけの者や、スリッパで走っている者もいる。はだしで通りをかけぬけていく子どももいた。大勢の人間が洪水《こうずい》のように流れていく。どうやら島じゅうの人が家を飛びだして、ヒスパニオーラ号を真っ先に見ようと波止《はと》場《ば》に急行しているようだった。

角を曲がったところで、船が視界《しかい》に飛びこんできた。すでに停泊《ていはく》の準備に入っており、集まった人々が、われ先に見ようと、みなおし合いへし合いをしている。わたしもみんなと同様に、近くで見たいと思いつつ、密集《みっしゅう》する人々のあいだをぬけられない。そのうちだれかがわたしをよんだ。

「お医者さんはいませんか？」大声がひびいた。「だれか、先生をよんできてくれ！」

ビリーが病気になったか、事故にあってケガをしたんだろうと、すぐに想像がついた。だからこんなに帰りがおそくなったのだろう。前に出ていくわたしに、みんなが道をあけてくれる。気がつけば、いつのまにか群衆の興奮が静まっていた。いまでは波止場《はとば》全体が異様な静けさに包まれていて、わたしは過去にあった同じような場面をいやでも思いだした。

数か月前、ポースクレッサの浜辺《はまべ》によばれ、砂《すな》に打ちあげられた、あわれな水兵ふたりの世話にあたったときも、こうだった。またあれかと、わたしは最悪の事態を覚悟《かくご》した。ところが、すぐに、この静けさはまったく種類がちがうと気がついた。敵意《てきい》をはらんだ沈黙《ちんもく》。まもなくその理由がわかった。

波止場《はとば》から見おろすと、ヒスパニオーラ号の甲板《かんぱん》に三人の男がいるのがわかった。ひとりはうつぶせに横たわって、じっと動かず、もうひとりはしゃがんで、その男にかがみこんでいる。ビリーは帆《ほ》をおろしてかたづけるのに忙しく、上の波止場《はとば》に集まって自分たちをじっと見ている群衆には目もむけない。わたしがはしごを使って甲板《かんぱん》におりていくと、群衆のなかからどなり声が、ひとつふたつあがった。

「おいビリー、なんだってそんなやつらを連れてもどった?」

「イギリス人じゃないぞ!」

「いまいましいドイツ野郎だ」

「軍服を見てみろ——ちがうだろ」

「ああ、けがらわしい!」

するとこ今度はわたしがどなられた。「先生、そんなやつら、かまう必要はありませんぜ! ひでえことばっかりしやがって」

わたしは甲板《かんぱん》に立って、上からのぞきこんでいる大勢の顔を見あげた。どれも意地悪く、さぐるような目つきをしており、こちらを見るというより、にらんでいるといったほうが正しい。心ない言葉に、わたしは迷うことなく、だまりなさいと一喝《いっかつ》した。もうみんな何もいわなかった。おそらくそれは、わたしがひと目見て気づいたことを、ほかの大勢も気づいたからだろう。

甲板《かんぱん》にのびている水兵は死んでいた。しかもその水兵は、まだ少年といっていい若さだった。もういっぽうの水兵とはちがって、まだひげもうっすらとまばらな、どこの国にでもいる若い男の子だった。

わたしは彼のわきにひざをついて、脈があるかどうか、念のため手首と首にふれてみた。しかしその必要はなかった。みじんも動かないからだは全身青ざめて、死体以外の何物でもない。少年が死んでいることは、もういっぽうの水兵の態度からもわかった。わたしが目をむけたところ、いわれなくてもわかっているという目をよこしたからだ。

「ザイン・ナーメ……彼の名前はギュンター、ギュンター・シュタイン。アウス・チュービンゲン。わたしもそこに住んでます。同じ町。彼は船に乗っていたなかでいちばん若く、ザイン・ブリューダーのクラウスも、陸軍に入っていて、ベルギアンで戦死しました。母親には、もう息子がいません」

たどたどしい英語で、ところどころにドイツ語がまじるものの、いいたいことはほぼわかる。この水兵は、しぶしぶとだが診察《しんさつ》に応じてくれた。見物人が大勢出てきているのにめんくらい、おびえているのがわかる。さっきより静かになったとはいえ、集まった群衆の顔には、どれも敵意《てきい》がはっきりにじんでいた。この水兵は脱水症状《だっすいしょうじょう》も起こしていて、立ちあがっても足もとがおぼつかない。顔は水ぶくれになっていて、ところどころ赤むけている。風と日光にさらされたせいだ。

ビリーは極度《きょくど》の人ぎらいだったから、大勢の前で診察《しんさつ》はさせないだろうとわかっていた。それで、とりあえずじっくり観察して問診《もんしん》をするにとどめた。やはり風と日光の影響《えいきょう》を受けて、弱ってはいたが、まなざしとものごしはしっかりしている。予想どおり、こちらに目もむけず、短い答えをぶっきらぼうに返してくる。例によって顔は無表情。それでも海で何があったのか、ききだすことはできた。シリー諸島《しょとう》から数キロメートル南の沖《おき》で無風状態になり、ヒスパニオーラ号は数日のあいだ、潮流《ちょうりゅう》に乗ってただよっていたらしい。そんなある朝、ビリーは自分をよぶ声をきいた。

「頭のなかできこえているのかと思った」とビリーはいう。「だがちがった」

近くに救命ボートがういていて、乗っていた水兵ふたりをビリーは救出した。相手が何者でどこからやってきたのか、ビリーは知らず、関心もないようだった。残っていた飲料水をやったが、わずかな量だったので、すぐなくなり、食料も底をついたらしい。

「ひとりは死んでいた」とビリーがいう。「悲しかったよ。まだほんの子どもだ。アルフィと変わらない」そこでビリーは、悲しくなるから、そのことはもうこれ以上話したくない、すぐ家に帰ってメアリーやジムやアルフィに会いたいといった。それでわたしは提案した。

「ブライアー島につかいを送って、ご家族にセント・メアリーズにきてもらおう。到《とう》着《ちゃく》まで、うちで休むといい。いまは休養と食事が必要だ。すぐ自分の船で帰ろうなんてよくない」

「他人の家はいやだ。知らない人間もいやだ。オレは行かない」

「わたしは知らない人間じゃないぞ、ビリー」

「あそこのやつらは知らない」ビリーはいって、わたしにも群衆にも背をむける。この群衆にはわたしでさえ、たじろいだ。みな病気になればわたしのところへ患者《かんじゃ》としてやってくるわけで、知らない間柄《あいだがら》ではないのだが。

ビリーはじろじろ見られるのが大きらいだった。それなのに、いまでは何百という顔が桟橋《さんばし》からこちらを注視《ちゅうし》していて、そのなかに笑顔はひとつもない。ビリーは一度こうと決めたら、がんとして態度を変えない性格で、この群衆のあいだをぬけて、わたしの家に行こうと説得するのはむずかしい。まずは群衆をどかすのが先決だと思い、ありったけの権威《けんい》をこめて、人々に帰るようよびかけようと思った。

しかし、ひとりではどうもおぼつかない。威厳《いげん》のある協力者が必要だと思い、桟橋《さんばし》を目で探すと、うってつけの人物が見つかった。ミスター・グリッグズ。セント・メアリーズの港湾《こうわん》管理者、小型艦《こがたかん》の専任下士官《せんにんかしかん》、町議会議員、教区委員といった、さまざまな顔を持つ有力者で、島民の敬意《けいい》を一心に集めている人だ。

「ミスター・グリッグズ」全員にきこえるよう、わたしは声をはりあげた。「お願いがあります。まずはこのあわれな若者のために、葬儀屋《そうぎや》をよんでいただきたい。それからブライアー島に人をやって、ヒスパニオーラ号とビリーがともに無事もどってきたことをウィートクロフト家の人間に伝えてください。このふたりは医療処置《いりょうしょち》が必要なので、とりあえず、わが家に連れ帰って、そこでしかるべき手当をします」みんながちゃんと話をきいているとわかって勇気が出てきた。

「ところでミスター・グリッグズ、あなたなら賛成していただけるでしょう。ここに集まったみんなにわたしはいいたい。これは口をぽかんと開けて見物する見せ物じゃない。ひとりの若者が命を落としたのだと、まずはそれを、きもに銘《めい》じてもらいたい。ドイツの若い水兵で名をギュンターという。あのあわれなジャック・ブロディや、ヘンリー・ヒバート、マーティン・ダウドと同じように、彼を大切に思う母親がいる。彼《かれ》らはわが国のために戦い、この若者も自国のために戦った。どこの国の人間であろうと関係ない。あのシラー号の事件《じけん》を思いだしてください。あなたがたや、その祖先は、ずいぶん前に座礁《ざしょう》した船からドイツ人を救出し、すでに亡《な》くなっていた人々は教会の庭に眠《ねむ》るイギリス人のとなりに手厚く埋葬《まいそう》した。そういう人々に対してむけたのと同じ敬意《けいい》を、この若者にもはらうべきでしょう」

話し終えたとたん、ひとつやふたつは抗議《こうぎ》の声があがるものと覚悟《かくご》していた。ところがひとつもあがらず、かわりにミスター・グリッグズが賛同《さんどう》の声をあげた。「先生のいうことはもっともだ。みなさん、しかるべき敬意《けいい》を見せようじゃありませんか」

ほぼ間をおかず、賛同《さんどう》の声がざわざわとあがり、群衆がちりはじめた。少なくとも桟橋《さんばし》のへりからはさがった。

そのあとミスター・グリッグズがすべて手配してくれた。まもなく葬儀屋《そうぎや》から二輪の荷車がやってきて、ギュンター・シュタインの遺体《いたい》が毛布に包まれて運ばれていった。帰っていく島民とすれちがうと、みな帽子《ぼうし》をぬぎ、目をふせ、胸の前で十字を切る者も多かった。だれもしゃべらず、あたりはしんと静まっており、まだ残っている見物人も遠巻きにして前へ出てこようとはしない。ビリーもわたしと歩いた――しぶしぶとではあるが、いっしょに帰ってくれた。

珍妙《ちんみょう》な行列だった。先頭を行くモリソン牧師《ぼくし》のあとに、葬儀屋《そうぎや》が荷車を引いてついていく。ふたりとも、早くもおそくもないスピードでおごそかに進んでいき、そのすぐあとに、わたしを真ん中にはさんで、ドイツの水兵とビリーが続く。安心がほしいのか、ビリーはときどきわたしのひじにふれてくる。わたしたちの後ろには、ミスター・

グリッグズと十名ほどの島民がついてきていた。通りをうめる人々は両わきによって、葬儀屋《そうぎ》にむかう一行に道をあける。きこえるのは重たい足音と、玉砂利《たまじゃり》敷きの道をふむ車輪の音だけだ。

郵便局を通りかかったところで、数人がわたしたちに背をむけた。だれも何もいわないが、群衆《ぐんしゅう》のなかに、はっきりとした敵意《てきい》が感じられ、わたしのとなりを歩くドイツ人水兵にさぐるような目がむけられるのがわかる。同時にある種の敬意《けいい》や、強い興味も感じられる。子どもたちはよく見ようと、おし合いへし合いして首をのばしてくる。

このときになって、となりを歩くドイツ人水兵が、大勢の見物人の顔を気になる目で見ているのに気づいた。まるで知った顔を探しているようで、とりわけ子どもたちの顔に目を走らせている。荷車がハイストリートを出て葬儀屋《そうぎや》のある路地に入ったところで、それまでずっとだまっていた水兵が口を開いた。

「マイン・フロイント（わたしの友）、ギュンターは教会にうめられるのですか？」

「そうです」わたしは答えた。

「グート（よかった）。それはグート。シラー号の乗員といっしょなら、ギュンターもうれしいでしょう」

「シラー号のことをご存知で?」わたしはきいた。

「もちろんです。ドイツでは有名な話です。わたしと同じ船に乗っていたみんなは、ひとり残らず知っています。マイン・カピテーン（うちの艦長《かんちょう》）が話してくれました。艦長《かんちょう》のおじさんがシラー号に乗っていて、大勢の人たちといっしょに助けられたといっていました。それだけ親切にしてもらったので、この近辺を通る船はいっさい攻《こう》撃《げき》してはならないという禁令が出されたんです。そして今度は自分がシリー諸島《しょとう》の船乗りに助けられた。ギュンターもです。彼は手おくれでしたが、それでも仲間とともに眠《ねむ》ることができる。それを話したら、お母さんも喜ぶでしょう」

そうやって話をしながら、わたしの家へむかうあいだも、彼は人々の顔に目を走らせていた。いったいなんのために、だれを探しているのか、わたしにはさっぱりわからない。

「イッヒ・カン・ダス・メートヒン・ニヒト・ゼーン」ひとりごとをいっている。それからわたしにむかっていった。「あの女の子。ここにはいない」

「女の子?」わたしはきいた。「ここの住人に知り合いがいるんですか?」

「ヤー（はい）、いたらうれしい」そう答えただけで、あとは何もいわない。

ミセス・カートライトが玄関《げんかん》でむかえてくれたが、いい顔ではなかった。

「朝食は三人分？　先生の目には、わたしが自分で卵を産むように見えるんでしょうかね」

おどけた口ぶりではあったものの、いいたいことは伝わってくる。

「これからは、前もっていっていただけると、ありがたいです」

わたしたちをなかに通そうと、ミセス・カートライトは後ろへさがりながら、「靴《くつ》はマットでふいてくださいね」と、すかさずくぎをさす。

ふたりに風呂《ふろ》と、わたしのたんすから服をひとそろいずつ用意してくれるようにたのむと、彼女はほかの人にはまねのできない表情でわたしの顔をじろっと見た。さあ、くるぞくるぞ、と覚悟《かくご》していると、あんのじょう、しんらつな言葉が返ってきた。

「先生、ほかに何か、ご用はありませんか？　わたしほどひまな人間はいませんからね」それだけいうと、スカートをさーっとひるがえしてキッチンへむかった。

一時間ほどして風呂《ふろ》と着がえが終わり、ふたりの傷の手当をした。日焼けでできた水ぶくれにも、やっぱりカモミールの保湿剤《ほしつざい》がきく。すべて終わって三人でテーブルに着いたときには、これまでにない豪華《ごうか》な朝食が用意されていて、ミセス・カートライトがバタバタと立ち働いていた。わたしがどれだけめいわくをかけているか、それを知らしめたいときに、いつも彼女はそうする。この人がいては、ドイツ人水兵を相手に、先ほどの会話の続きをすることはできない。この水兵がシラー号の事件を知っていて、この話はドイツでも有名らしいとわかって、わたしは興味を引かれていたから、ほんとうはすぐにでも話をしたかった。しかし、ふたりの客は食べるのにいそがしくて話どころではない。いまは待つしかない、ききたいことはあとできけばいいと、わたしは自分にいいきかせた。

家の前に人が集まってきているのが物音でわかった。カーテンごしにちょっとのぞくたびに、その数がふえている。何度かミセス・カートライトが出ていって抗議《こうぎ》したので、帰っていく者もいたが、多くはまだ残っている。何を期待して待っているのだろう。守備隊の隊長であるマーティン少佐が到着《とうちゃく》すると群衆が少々色めきたった。ミセス・カートライトが応対に出た。

「まあ、マーティン少佐。少佐も朝食をおめしあがりにいらしたのですか?」

皮肉な口調《くちょう》で少佐をなかに案内する。もちろん用むきは、ドイツ人水兵の引きとりであって、少佐もすぐにそれを明らかにした。ぎょうぎょうしいところがあるが、根はいい人だった。少々高飛車《たかびしゃ》な感じはあるものの、ドイツ人水兵にも礼儀《れいぎ》正しく、せっしている。わたしがこの人の部下の手当に何度も通っているので、おたがい気心が知れていた。もう少し症状《しょうじょう》を見ておきたいから、ドイツ人水兵はあと数時間ほどここにおかせてもらいたいと、わたしは少佐にいった。すると少佐は水兵の名前をきいてきた。うっかりして、まだきいていなかったというと、少佐が直接たずねてくれた。それが、ずいぶんかたくるしく、声が大きすぎる気がした。外国人相手だと、そうなる人がたまにいる。

「ゼーマン・ヴィルヘルム・クロイツ」水兵が答えた。

「乗っていた船は？」

「Uボート19」

「しずんだのかね？」

「はい」

少佐は満足そうだった。「それじゃあもうしばらく、先生におあずけしておきます。もちろん戦争捕虜《ほりょ》ですから、連行できるようになるまで、戸口に見はりをおかせてもらいます」

そういったあとで、ほかに何か力になれることはないか、ときいてきたので、外のやじ馬がめいわくで、ビリーが不安になっているから、なんとかしてくれるとありがたいといった。たしかに時間がたつにつれてビリーは落ちつきを失っていた。そりゃあ、つらいだろうと思う。他人の家にいて、目の前でミセス・カートライトがせわしなく動いているのだから。あっちを見たり、こっちを見たり、ビリーはひっきりなしに目を動かしていた。妹に会いたいと何度もいい、そのたびに、まもなくだからと、こちらも必死になって落ちつかせないといけなかった。

そのビリーも、マーティン少佐のおかげで群衆が静まると、だいぶ落ちつき、ミセス・カートライトが朝食のかたづけを終えてキッチンを出ていくと、ようやく三人だけになれた。

朝食の間じゅう、ずっと気になっていたことを、いまこそヴィルヘルム・クロイツにきいてみるべきだと思ったが、相手のほうが先に口を開き、たどたどしくも言葉を慎重《しんちょう》に選んで、ゆっくり話しだした。

「先生、いろいろとご親切にありがとうございました。マイン・カピテーンがいったとおりでした。ここに住んでいるのはいい人たちだと」

そこでちょっと間をおいてから、また続ける。

「実は、お話ししておきたいことがあります。わたしは以前にもこの諸島《しょとう》に来たことがあるんです。近くの海に。数か月前でした。ウント（それで）、人を連れてきました。アイネ・ユンゲス・メートヒェン（若いお嬢《じょう》さん）。ひと言もしゃべらない。だからほとんど何もわからない。信じてもらえないかもしれませんが、その女の子は海の真ん中にうかんだピアノの上にいました。ルシタニア号がしずんだあとでした。あの事《じ》件《けん》は、ご存知かと思います。あの子は小さなクマのぬいぐるみを持っていました。助けなければならなかった。まだ子どもです。わたしは故郷《こきょう》では学校の先生でした。イッヒ・ビン・アオホ・アイン・ファーター（父親でもあります）。海の上に子どもをひとりでおいておけない。船に乗っているみんなも同じ考えでした。ウンゼラー（われわれの）・カピテーンもそうでした。けれども、潜水艦《せんすいかん》に乗せて自分たちの国に連れて帰るわけにはいかない。海から人を救出することはクリークスマリーネ（ドイツ海軍）では禁じられているんです。それで艦長《かんちょう》は地図を見て、この子をおいておけるいちばん近い場所は、シリー諸島《しょとう》だと判断《はんだん》しました。ここです。それで夜間にその子を岸においてきた。十一歳《さい》か十二歳《さい》ぐらいの子です。チェスがとてもうまい。その子はここにいますか？　あなたはご存知ないですか？　元気でいるのでしょうか？　カンスト・ドゥー・ミッヒ・フェアーシュテーン（わたしのいうこと、おわかりいただけていますか）？」

　なんと答えていいのかわからない。頭のなかをさまざまな考えがかけめぐり、心臓《しんぞう》がはげしく鼓動《こどう》している。

　するとビリーが代わりに答えてくれた。この瞬間《しゅんかん》まで話をきいているとは思わなかった。「その子なら知っている。ルーシーだ。アルフィの友だちだ。いい子なんだ」

「ルーシーという名前でしたか」とヴィルヘルム。

「あなたがあの子に、毛布をあげたんですか？」わたしはきいた。まったく信じがたいことで、たしかめずにはいられなかった。

「はい。あたたかくしていられるように。マイン・ムッター（わたしの母親）が、わたしにつくってくれたものです」

ほかにどうしても知っておかねばならないことがある。

「ルシタニア号をしずめたのは、あなたの潜水艦《せんすいかん》ですか？」わたしはきいた。

「いいえ」ヴィルヘルムの目に涙《なみだ》がもりあがってきて、わたしの顔を見ることができないようだった。「しかし、事情がちがっていたら、うちの艦《かん》が撃沈《げきちん》したかもしれません。イギリスの船や、フランスの船を数多く攻撃《こうげき》してきましたから。先生、船乗りが船をしずめるというのはおそろしいことです。人々のさけび声や悲鳴をききながら、船がしずんで波の下に消えていくのをただ見守っている。人が死ぬのを見ているんです。船乗りが船乗りを殺すというのは兄弟を殺すのと同じです。ルシタニア号にもたくさんの兄弟や母親や父親が乗っていました。ルーシーのような小さな子どもも。あの子ひとりは助けることができた。だから、助けたんです」

玄関《げんかん》のドアをノックする音がひびいた。

「あらまたお客様、市場なら大繁盛《はんじょう》ね」

ミセス・カートライトがぶつぶついって、足音も荒《あら》く応対に出ていった。

「先生」大声でいう。「ブライアー島からお客さまです。ご案内してよろしいですか?」

「ええ、お願いします」わたしはいった。

今朝、自分の家のダイニングルームで目撃《もくげき》した感動的な再会は、どんな言葉を使っても描《えが》きつくすことは無理だろう。妹が入ってくるのを見た瞬間《しゅんかん》の、ビリーの表情は一見に値する。

「ヨーホッホー!」ビリーがさけんだ。

すると「ヨーホッホー!」と家族が答えた。

気がついたら、わたしは泣いていた。ウィートクロフト家のみんなは、笑うべきか、泣くべきか、決めかねているようだった。このときはメアリーもジムもアルフィも、ビリーに夢中で、わたしにも、そのとなりにいるヴィルヘルムにも気づかない。

しかしルーシーはちがった。その場につったって、ヴィルヘルムの顔に目をくぎづけにしている。まもなくわたしがせきばらいをして、みんなの注意を引きよせ、彼《かれ》を紹介《しょうかい》した。

「こちらは、ゼーマン・ヴィルヘルム・クロイツ。ドイツ海軍の水兵です。おぼれているところをビリーに助けられた。命を救ってもらったんです」みなぼうぜんとしている。ミセス・カートライトは感動して早くも涙《なみだ》にくれていた。この人にこういう一面があるとは意外だった。

わたしはみんなにすわるようすすめてから先を続けた。

「彼《かれ》については、少し説明が必要です。おどろくべき事実が明らかになりました。数か月前、ヴィルヘルムと、彼の仲間は、わたしたちがルーシーとよんでいる女の子の命を救った。ルーシー・ロストはルシタニア号に乗っていたようです。船がしずんだのち、しばらくしてから、船においてあったピアノに乗って、ルーシーが大海にうかんでいるのを見つけたと、ヴィルヘルムがそういっています。それでルーシーを救いだし、やさしい人々がいるというシリー諸島《しょとう》の岸に連れていった。それがセント・ヘレンズ島だったというわけです。そうだね、ルーシー？　きみは命を救われた。この人に救ってもらった。そうして今度は、ビリーが彼の命を救った。海から救出して、シリー諸島《しょとう》に連れてもどった。わたしの母親がよくいっていましたよ、情けは人のためならずと」

これほどまでに人に話をきかせることがうれしかったことはない。話し終わってもだれひとりしゃべらず、全員がだまってルーシーを見つめている。しばらく何も変化はなく、マントルピースの時計が、時を刻《きざ》む音だけが室内にひびいていた。

時計がちょうどの鐘を鳴らした瞬間《しゅんかん》、ルーシーの表情が、がらりと変わった。それまでの途方《とほう》に暮れていたような目に、その一瞬《いっしゅん》光がはじけ、ああそうだったと、思いだしたように顔全体に笑みが広がった。

ルーシーは立ちあがった。肩《かた》にはおっていた毛布をはずすと、それをささげ持つようにして部屋をつっきり、ドイツ人水兵にわたしした。目の前に立って、じっと彼の顔を見つめて、いつまでも目をはなさない。

「ありがとう、ヴィルヘルム」ルーシーがいった。「毛布をありがとう。助けてくれてありがとう。あのときはお礼がいえなかった。いいたかったのに、しゃべれなかったの。ようやくいま、しゃべれるようになって」

ためらうこともなく、苦労することもなく、言葉がすらすら口から出てきた。

それからルーシーはみんなをふり返って、こういった。

「わたし、ルーシー・ロストじゃないの。メリー・マッキンタイアです」

そのあとわたしたちはテーブルをかこんですわり、お茶を飲みながらルーシーの話をきいた。ルーシーは自分のことや家族のことをはじめ、ニューヨークにいる友だちや学校のこと、イギリスのロンドンに近い病院に父親がいることも明らかにした。ベアウッド病院という名前をおぼえていたのは、アメリカのメイン州《しゅう》に持っている夏用の別荘《べっそう》の名前と同じだからだそうだ。

ルシタニア号がしずみ、母親や客室係のブレンダンが死に、ほかにも大勢の人々が海におぼれ、幼いセリアまで失ってしまったことや、それからヴィルヘルムとクジラの船が近づいてきて助けられたことまで、すべて話してくれた。思いだしたばかりだからだろう。まるでいま目の前でそれが起きているように話をし、いまいちど同じ体験をくぐりぬけているようだった。きいているみんなも、それは同じだったと思う。

いまはもうだれもいない。ヴィルヘルムは護衛《ごえい》つきで駐屯地《ちゅうとんち》へ連れていかれた。そこから本土にある戦争捕虜《ほりょ》の収容所《しゅうようじょ》へ送られるのだろう。彼がルーシーに――いまはもうメリーとよぶべきだろう――したことを知っている人間は、まちがいなく彼を善《ぜん》良《りょう》なるドイツ人、思いやりあふれるドイツ人として記憶《きおく》にとどめることだろう。そういうドイツ人はきっとほかにも大勢いる。たとえおそろしい戦争のさなかにあっても、われわれはこの事実を、彼のことを、しっかりおぼえていなくてはならない。

ミセス・カートライトもほかのみんなと同様に、そのあとはずっとメリーの話に感動してぼうっとなっていた。おいていってくれた夕食は〝おいしい魚パイ〟で、わたしが苦手なことを知っていながら、からだにいいですから食べてくださいといって帰っていった。わたしは結局それをビールではらに流しこんだ。いまは暖炉《だんろ》の前にすわってパイプをくゆらせている。炎を見つめながら思う。ウィートクロフト家の家族や、メリー・マッキンタイアや、ヴィルヘルム・クロイツのような人間がいるかぎり——魚パイはさておき、ミセス・カートライトもそうだ——この戦争が終わったら、また世界は幸せな場所にもどるにちがいない。天にいるといわれる神よ、もしほんとうにいるのなら、どうか一刻《いっこく》も早くこの戦争を終わらせてほしい。

27 その後

クロウ医師の日誌《にっし》はそこで終わっている。続きはぼくの祖母に語ってもらおう。約二十年前にニューヨークで、祖母の語る話をぼくが一語一語書きとった。そのときはまだ祖父もいたが、これは祖母の話だからといって、自分は語らなかった。いずれにしろ、むかしの話は祖母のほうが上手に語った。祖母は、子ども時代の記憶《きおく》は実に鮮明《せんめい》なのに、十分前においた眼鏡《めがね》の場所や、砂糖《さとう》はいつも戸棚《とだな》にしまってあることを思いだせない。そのとき祖母は九十四歳《さい》。それからまもなく、数週間ちがいで、ふたりとも亡《な》くなった。あれが祖父母に会った最後だった。

祖母の話の聞き書き——一九九七年九月二十一日　ニューヨーク

何度もふしぎに思ったわ。どうしてあの瞬間《しゅんかん》、セント・メアリーズにあるクロウ先生のお宅で自分のことを思いだしたのかって。声も記憶《きおく》もいっしょにもどってきたの。ふり返れば——このぐらいの年齢《ねんれい》になると、しょっちゅうむかしをふり返るものだけど——あれはいきなりじゃなく、そこに行き着くまでにいろいろあったのよね。何か月ものあいだ、自分は何者でもなかった。見知らぬ土地にぽつんとおかれて、何がなんだかわからない。それ以前の生活が一瞬《いっしゅん》だけ、垣間《かいま》見えることもあったわ。でもすぐまた霧《きり》におおわれたように何も見えなくなってしまうの。しゃべれるのは夢のなかだけ。夢のなかでは、自分のこともほかの人たちのことも全部わかっているの。ママ、パパ、マックおじちゃん、ダックおばちゃん、ピッパやウィンター先生や学校のみんな、セントラル・パークに立つ銅像《どうぞう》、ベアウッド・コテージ、ブレンダン、ルシタニア号、潜水艦《せんすいかん》、ヴィルヘルム。どれもこれも、夢のなかでは鮮明《せんめい》におぼえているの。

どうしてだかわからないけど、夢を見ているときにいつも思ったわ。いまは夢のなかだけど、実際自分はこういう生活をしていたんだって。だったら、夢からさめても全部おぼえていて、みんなに話そうと思った。ところが目がさめると全部忘れてるの。まるで霧《きり》のなかにいるようで、頭のなかにまで霧《きり》が入りこんで、永遠に晴れない気がしたわ。どうしてそうなってしまうのか、ほんとうにふしぎだった。

いまはもうわかっているのだけど、アルフィをはじめ、メアリー、ジム、ビリーおじさん、クロウ先生がいなかったら、まだわたしは霧《きり》のなかにいたはずよ。シリー諸島《しょとう》にやってくる以前の生活など永遠に思いださず、自分がルーシー・ロストではなくてメリー・マッキンタイアであることもわからずに、人生を終わっていたでしょうね。それに、ヴィルヘルム・クロイツがいなかったら、わたしは決して生き残れなかった。

あの日、クロウ先生のお宅で自分のことを語りながら、記憶《きおく》が閉じこめられていたドアの鍵《かぎ》が開いたような感じがほんとうにしたの。目の前に世界が、かつて自分のいた世界がひらけて、そこにあるものがみるみる意味をなしてきた。ついに耳にした自分の声は歌のようにきこえたわ。宙《ちゅう》を飛んで霧《きり》のなかをぬけて、とうとう明るい光の下に出てきた感じがした。

すべて話し終えたとき、ひとつだけ質問されたの。メアリーからよ。あとからはメアリーママとよぶようになったんだけど。

「どうしてもわからないことがひとつあるの。アルフィとジムがセント・ヘレンズからあなたを連れ帰ったとき、あなたは瀕死《ひんし》の状態ながら、〝ルーシー〟って、ひと言だけしゃべった。自分の名前はルーシーだっていったのよ」

「ルーシーは船の名前」わたしはそういった。「ルシタニア号のニックネームがルーシーだったの。客室係のブレンダンの話をさっきしたでしょ？　あの人も船のことを『ルーシー』ってよんでたの。旅客係も、ボイラーに石炭をほうりこむ人たちも、あの船で働く人はみんなそう。『ルーシー』とか、『ラッキー・ルーシー』とかよんでいて。ブレンダンは『ラブリー・ルーシー』ってよぶこともあった。たぶんわたしは船の名前をいおうとしたんだと思う」

わたしの話をきいて、ミセス・カートライトは涙《なみだ》をぽろぽろこぼしていた。あなたはほんとうに勇敢《ゆうかん》な女の子だわといって、お茶にそえるレモンケーキをびっくりするほど大きく切ってくれたっけ。アルフィのとは比べ物にならないぐらいで、わたしはうれしかったけど、アルフィはそうじゃなかったでしょうね。ミセス・カートライトは、ヴィルヘルムにも大きく切ってあげて、本人を前にして、「あなたはすばらしいドイツ人、ほかのいまいましいドイツ人とはちがうわ」と、そんなことをいってたわ。

そのあとすぐ兵士がやってきて、ヴィルヘルムは連れ去られることになったの。ヴィルヘルムはすっと立ちあがると、わたしに頭をさげていったわ。「グネーディゲス・フロイライン、いつかまた会えますように、きみのことはずっと忘れない」って。わたしはそれにどう答えればいいのかわからなかった。わかっても、胸がいっぱいでしゃべれなかったでしょうね。それでヴィルヘルムは行ってしまって、以来一度も会っていない。わたしのことをおぼえていてくれたらいいと思うけど、それはっかりはわからないわね。でもわたしはあの人を一生忘れないわ。

その日の午後、みんなでヒスパニオーラ号に乗ってブライアー島に帰るとき、クロウ先生が波止場《はとば》で見送ってくれて。先生は、ロンドン近郊《きんこう》のベアウッド病院と連絡《れんらく》をとって、必ずお父さんの居場所を探しあてて、きみが無事に生きていることを伝えるといってくれたの。実際に病院に連絡《れんらく》をつけてくれたんだけど、おそかった。

ふたを開けてみれば、パパはこちらが思っていた以上に早い時期に回復して、すでに戦地の塹壕《ざんごう》に送られていたのね。そうなると追跡《ついせき》するのはむずかしくなるんだけど、クロウ先生はしんぼう強く、がんばってくれて、ベルギーのイーペル近くにいることがわかったの。どうやって捜索《そうさく》したのか、細かいことは教えてくれないで、ただあらゆる手はつくしているとだけいってたわ。わたしはなるだけパパのことを考えないようにしたんだけど、そんなことはできなかった。パパの身が心配で、恋しくて、パパの声がききたくてたまらなかった。パパがわたしのほうへ、うでを大きくのばしながらやってきて、走っていくわたしを抱《だ》きあげて、ぐるぐる回してくれることを夢見ていたわ。きっとパパの耳にはもう、ママとわたしがルシタニア号の沈没《ちんぼつ》で死んだという知らせがとどいているると、わかっていた。どんなに悲しい気持ちでいるだろうと、それを思うといたたまれなかったわ。それでわたしは、できるときにはいつでも月にむかって歌をうたい、ハミングをしたの。月に耳をすまして、わたしは生きているとパパに話しかけた。

ありがたいことに、そのときまだ、わたしは戦争のおそろしさがよくわかっていなくて、パパが危険ととなりあわせで生きていることも知らなかったの。みんなそういうことはいわないようにしていたのね。メアリーママが、毎晩パパのために祈《いの》ってくれたわ。神さまがパパを守ってくれて、ちゃんとわたしのもとにもどしてくださるというメアリーママの言葉をわたしは丸ごと信じていた。新しい家族の愛情と思いやりにすっぽり包まれて暮らしていたのね。ママのことを思いだすと、海のなかでゆらめくクジャク模《も》様《よう》の部屋着が頭にうかんでくるの。そんないちばんつらいときにも、みんながわたしを安心させて、恐怖《きょうふ》をやわらげてくれた。よく声をあげて泣いたけれど、いつのときもひとりじゃなかったわ。みんながわたしにうでを回し、言葉をかけ、にっこり笑ってはげましてくれた。

農場の外に出て、シリー諸島《しょとう》の家族からはなれても、地域《ちいき》全体があたたかな愛情でわたしを包んでくれるのが感じられた。それは学校でも同じだったけれど、校長先生だけはちがったわね。あいかわらず、びしばし。でもほかのみんなは、わたしの事情を知ってからは、またクラスの一員だとわたしが思えるように、一生懸命《いっしょうけんめい》気を使ってくれた。疑って、ひどいことをしたり、いったりしたのを後悔《こうかい》しているのが、みんなの顔からわかったわ。

いろいろやさしくしてもらっているうちに、いつしか新たな友情が生まれて、一度こわれた関係ももとどおりになったの。まもなく、みんなうそのように過去のことは忘れたわ。アルフィがいつもとなりにいてくれて、これまでにないほど、わたしは家庭にも島にも学校にもすっかりとけこんでいた。だれかの身に悲しいことがあると、自分の身にふりかかったのと同じように悲しく感じられた。長く暗い戦争の日々には、失望と悲《ひ》劇《げき》がそこらじゅうに転がっていたけど、みんなの喜びはわたしの喜びでもあった。わたしは完全に島に根づき、シリーの人間になったの。

ブライアー島での生活には規則正しいリズムがあってね。ジェンキンズさんのこぐ船に乗って学校へわたり、学校でピアノをひく。ナイチンゲール先生が熱心にすすめてくれたんで、そのころには毎朝朝礼で、わたしがピアノをひくようになっていたの。放課後にはアルフィとペグの背に乗って島をめぐり、週末にはペンギン号に乗ってつりに行くこともあったし、ビリーおじさんとボート小屋で絵を描《か》いたり、メアリーママとパンをつくったり。ヒスパニオーラ号に家族そろって乗りこんで、海賊《かいぞく》の旗をあげて東の島々まで航海に出ることもあったわ。そこでアザラシを見るのよ。海に出ているあいだずっと、みんな大きな声で、ビリーおじさんの〝ヨーホッホー〟の歌を大合唱したっけ。

そしてもちろん、毎週日曜日には教会へ行ったわ。メアリーママが先頭に立ってみんなを引っぱっていって、これまで以上に大きな声で熱心に賛美歌《さんびか》をうたっていた。それからはもう、信徒席に一家だけがぽつんとすわることもなくなった。ただ、島の生活は幸せだったけれど、わたしは毎晩ママの死を悲しんで、戦場にいるパパのことを心配していたの。パパが月にむかってうたってくれているとわかる夜もあったけど、まったくきこえないときには、パパは死んだにちがいないと思って泣きながら眠《ねむ》ったものよ。

ある日、放課後にアルフィといっしょにペグに乗っていたとき、どういうわけだか急にアルフィが、早く家に帰らなきゃって言い出したの。わたしはもっとゆっくりしたかった。わたしができるだけ長くペグに乗っていたいのは、アルフィだって知ってるのよ。なのに前に乗っているアルフィは、ペグに出せるだけのスピードを出させて大急ぎで家にむかいだして、もう何を言ってもだめ。それであきらめて、早がけを楽しむことにしたの。グリーン湾《わん》に入ると、ペグはほとんど全力疾走《しっそう》になったわ。

農場に着いたらとまるのかと思ったら、そうじゃなくって、そのまま波止場《はとば》に通じる道へ出た。どこへ行くのって、アルフィにきいても答えない。波止場《はとば》にはセント・メアリーズからやってきた船が停泊《ていはく》していて、クロウ先生、メアリーママ、ジム、ビリーおじさんが、十人ほどの島民といっしょに立って、身をよせ合っていたわ。そのなかに、軍服姿《ぐんぷくすがた》の男の人がひとりまじっていて、最初、クロウ先生の家で会ったことのある駐屯《ちゅうとん》地《ち》からやってきた将校《しょうこう》さんだと思った。あの日ヴィルヘルムを連れ去った人だろうって。ところがその男の人は口ひげを生やしていて、背ももっと高かったの。それも少しではなく、ものすごく。その人が、大またでゆっくりと、キリンのように歩いて、わたしのほうへやってきた。なで肩《かた》で首が長くて、歩き方も、口ひげも、肩も、首も、知っている気がしたわ。で、その人が帽子《ぼうし》をぬいで初めて、わたしは確信した。あれはパパだってね。そのときにはもうかけだしていて、パパが広げたうでのなかに飛びこんでいった。パパはわたしを抱《だ》きあげて、ぐるぐる回してくれたわ。ふたりともおたがいのからだにしがみつき、涙《なみだ》がとまるまではなれなかった。いつまでもいつまでも抱《だ》き合っていたっけ。

28 忘れられない人たち

その夜は、パパに自己紹介《じこしょうかい》しようと思ったのか、家の前にペグがふらりと現れてね。それで、わたしとパパとペグでその場に立って、海の波が岸にくだける音をきいていたの。ペグはいざ知らず、わたしとパパは月を見あげていたわ。まぶしくかがやく満月で、それはわたしたちの月だった。いっしょにあの曲をハミングしたけれど、もう月に耳をすます必要はなかった。わたしとパパはふたたび会えたんだから。

これが話の結末だと思うかもしれないけど、そうじゃないのよ。終わりがあれば、また新しい始まりがあるの。

結局パパはそこに二日しかいられなかった。「兵士には休暇《きゅうか》はないも同然だ、戦時には、数日軍務をはなれて家族や友だちに会えるだけで運がいいんだ」って、パパはそういってた。ふたりでママの話はもちろん、ルシタニア号がしずんだ話もしたわ。だけどわたしはあまり多くは話さないで、クジャク柄《がら》の部屋着のこともだまっておいたの。それをきくのはパパにはつらすぎると思ったから。ふたりきりのときは、いっしょにいっぱい泣いたわ。ふたりともたいていママのことを考えるから。だけどシリーの家族といるときは、これからどうするかという話になる。

パパは、「そこらじゅうにUボートがひそんでいるんだから、おまえは大西洋を船でわたってニューヨークに帰るべきじゃない」といいはっていた。イギリス本土の、バスっていう都市に遠縁《とおえん》のおばさんが暮らしていて、戦争が終わるまでわたしのめんどうをみてもいいといってくれているらしくて、おまえはその人の世話になるのがいいって、パパがいいだしたの。おばさんの家は石造りの堂々としたお屋敷《やしき》で、周囲は樹木でかこまれて、すぐ近くにいい学校もあるらしいっていってね。おばさんがたまたまその学校の校長をしているんですって。でも、娘《むすめ》には絶対大西洋をわたらせないと心を決めているパパと同じように、わたしだって絶対そこには行きたくなかったから、とうとう口論《こうろん》になっちゃった。たぶんあれがパパとの最初の口論《こうろん》だったと思うわ。

結局メアリーママがわたしに味方して、あいだに入ってくれたの。会ったこともない人といっしょに暮らすより、あなたはもううちの家族なのだから、ここに好きなだけいなさい。少なくとも戦争が終わるまではそうするようにって熱心にいってくれた。「何があろうとあなたはいつでもこの家にもどってきていいのよ」とメアリーママはいって、賛成してもらおうとアルフィとジムに顔をむけたわ。ジムがそのとき口にした言葉をわたしはいまでもおぼえているの。

「もちろん、ここにいるべきだ。みんなぞっこんなんだから。そうだよな、アルフィ?」

アルフィは何もいわず、ただにっこり笑ってたっけ。

それで話は決まったの。パパは戦地にもどり、わたしはブライアー島でそれから三年間暮らした。つまりは思春期のほとんどをそこですごしたわけで、知らないあいだにアルフィに恋心を抱《いだ》くようになっていた。それにはっきり気づいたのは一九一七年の冬。船に乗って戦地にむかうアルフィの軍服姿《ぐんぷくすがた》を見たときだったかしら。それから一年のあいだ、アルフィが戦地からもどってくるまで毎日手紙のやりとりが続いたわ。アルフィからもらった手紙はすべてとってあるの。手紙はほんとうにたくさん書いたわね。パパにはもちろん、ダックおばちゃんやマックおじちゃんやピッパにも書いた。ただしあいかわらず、つづりのまちがいは多くて、それはいまも変わらないんだけどね。絵を描《か》くのはいまでも好きで、ピアノも毎朝ひいているわ。アンダンテ・グラツィオーソはいまでもわたしのいちばん好きな曲よ。

戦争が終わるとすぐ、アルフィがもどってきた。だからパパがわたしをニューヨークに連れて帰るためにシリーにやってきたとき、わたしのそばにはアルフィがいて、わたしはパパに、ここに残るつもりだといったわ。アルフィと結婚《けっこん》して、ずっといっしょにいたいからって。

パパは悲しそうだったけど、反対はしなかった。ブライアー島の教会で、島のみんなが見ているなかで、パパはわたしを花むこに引きわたしたの。ペグも墓地《ぼち》で待っていて、草を食《は》んでいた。だれかがたてがみとしっぽに花を編《あ》みこんでくれていたんだけど、ペグ本人はなんでもない顔をしていたっけ。そのあとアルフィとわたしはペグに乗って、ベロニカ農場へもどってきた。

その夜は突風《とっぷう》がふいて船が出なかったので、パパはもう一日長く滞在《たいざい》することになった。それでわたしのもうひとつの家族であるウィートクロフト家のみんなと仲良くなって、すぐにうちとけたわ。とうとう帰る日になると、パパやマックおじちゃんやダックおばちゃんに会いに必ずニューヨークにもどってくるよう、パパはわたしに約束させた。それはどんな子どもも必ず経験しなければならない別れで、とてもつらかったけれど、わたしにはアルフィがいたから大丈夫だったわ。

わたしが実際にニューヨークをおとずれたのは、それから五年後。アメリカに行くのはアルフィのむかしからの夢だった。定期客船のモーリタニア号に乗って大西洋をわたるときは、緊張《きんちょう》しなかったといえばうそになるわね。アイルランドのキンセール岬《みさき》の沖《おき》を通るとき、ママやブレンダンや小さなセリアのために、アルフィが海に花を投げてくれたわ。あのときに行っておいて、ほんとうによかった。マックおじちゃんもダックおばちゃんも、そのときには年をとって、すっかり弱ってしまって。パパはといえば、身も心も、戦争からほんとうの意味で回復することはなかった。戦争に行った多くの人がそうだったのよ。それでね、ピッパをはじめ、ニューヨークにいるみんなから、もっと長くいてほしいっていわれて、いろいろ考えた末に、ニューヨークで暮らすことにしたのよ。

アルフィは、以前わたしたちを乗せて海をわたった大きな船に仕事を見つけて、やがて船長になったわ。これまでに三度、わたしは子どもたちを連れてアルフィの船に乗っているの。いまではうちの子たちのおば代わりになっているピッパもいっしょにね。イングランドへ航海して、シリー諸島《しょとう》にもわたって、祖父母や家族や友人に子どもたちを会わせもした。子どもたちに、ラッシー湾《わん》の細かい白砂《しろすな》をふませ、ヘル湾《わん》をとりまく荒涼《こうりょう》とした崖《がけ》を歩かせたかったの。やわらかなハマカンザシの葉の上にこしをおろして、メアリーママ、ジム、ビリーおじさんのことを語ってきかせ、ペグやクロウ先生のこともよく話したっけ。最後にたずねたときから長い時間がたってしまって、いまはもうみんないなくなってしまったけれど、わたしはいまだに、だれひとりとして忘れてはいないわ。記憶《きおく》は神の恵《めぐ》み。おぼえているのがあたりまえではないんだって、いまはっきりそれがわかる。子どもや孫《まご》がいることも、ほんとうにありがたいことよ。いなかったら、物語が伝わっていかないでしょ？

アルフィとわたしの物語が生き続けるなら、わたしたちも生き続ける。

わたしたちの記憶《きおく》に残る人々といっしょに。

終わりに

ぼくは祖父母の人生をなぞるように生きてきた。ニューヨークの実家で育ち、夏はメイン州《しゅう》のベアウッド・コテージですごし、そこで船の操縦《そうじゅう》をおぼえた。セントラル・パークで馬に乗り、湖のアヒルにえさをやり、父親が読んでくれる『みにくいアヒルの子』のお話に耳をかたむけた。そうして、よく語られる家族の歴史を少しずつおぼえていった。それで、大きくなったらイギリスにわたってシリー諸島《しょとう》をたずね、祖父が生まれ育ち、祖父母がしょっちゅう話している土地について、できるだけたくさん知りたいと思っていた。いざ行ってみると、はなれられなくなり、ここが自分の居場所だと感じた。いまではベロニカ農場がわが家であり、もう長いこと暮らしている。ここで家庭を築《きず》き、現在は孫《まご》たちもこの島で生活している。ぼくは漁師でもあり、毎年何千という数のスイセンを育てている農夫でもあり、ときどき物語を書く作家でもある。

これはベロニカ農場のキッチンのテーブルで書いた。しかしひとりきりで書いたわけではない。キッチンの戸棚《とだな》のなかから、ぼろぼろになった片目のテディベアが見守っている。これを書いているあいだずっと一部を読んできかせ、これでどうだと反応をたしかめていた。いまもテディベアは笑っている。ということは満足なのだ。ダメ出しをされなくてよかった。

作品の背景

汽船ルシタニア号

「ルーシー」の愛称《あいしょう》で親しまれていたルシタニア号が一九一五年五月に沈没《ちんぼつ》した事件は、世界中を震撼《しんかん》させた。当時にして世界最大かつ比類《ひるい》ない豪華《ごうか》さをほこる船で、大西洋を最速で横断《おうだん》した船の証《あかし》である青いリボンをマストにかかげていた。最大速度は時速四十三キロ。客船であり、ニューヨークからリバプールを横断途上《おうだんとじょう》に沈没《ちんぼつ》した。

ルシタニア号は五月七日に、アイルランド南岸より十九キロ沖で、ドイツの潜水艦《せんすいかん》――U-20――から魚雷《ぎょらい》を受けた。攻撃《こうげき》されてから沈没《ちんぼつ》まで十八分（タイタニック号は三時間しかなかったため、死者の数は膨大《ぼうだい》だった。千百九十八人の乗客が溺死《できし》し、うち百二十八人がアメリカ人の女性や男性や子どもだった。戦時において、一度にこれだけ多数の民間人の命が失われたことはなく、アメリカ合衆国は前代未聞《みもん》の大きな打撃《だげき》を受けた。

潜水艦《せんすいかん》は軍艦《ぐんかん》や商船を攻撃《こうげき》するのが原則《げんそく》であって、民間人を乗せた客船であるルシタニ

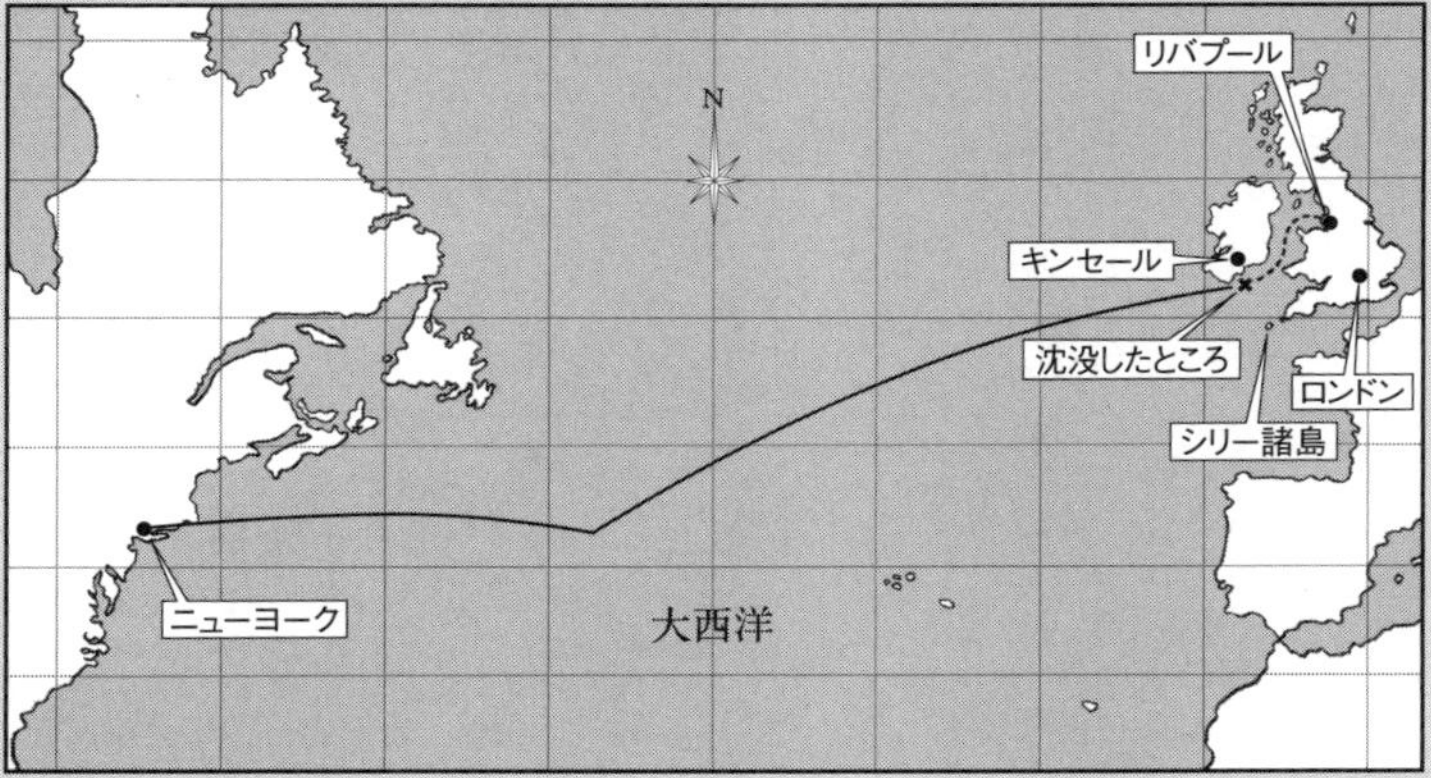

ア号は、そのような攻撃対象《こうげきたいしょう》からははずされるべきだった。この事件《じけん》によりアメリカとドイツがぶつかり、当時はまだ中立の立場をつらぬいていたアメリカが、第一次世界大戦に参戦する結果になったと考えられている。

　ルシタニア号が爆発《ばくはつ》し、しずむのを見て、キンセールの人々は小舟で海に出ていって生存者を救出し、遺体を回収した。沈没《ちんぼつ》から数時間がたったころ、船のダイニングルームにあったグランドピアノが海にうかび、その上に女の子が横たわっているのが目撃《もくげき》されている。ただしその子が生きていたのか、死んでいたのか、それはわかっていない。

　ルシタニア号の沈没事件《ちんぼつじけん》は、現在まで大きな物議《ぶつぎ》をかもしている。航海に先立つこと数週間前、ドイツ大使館はアメリカの新聞に、ブリテン島の周辺海域《かいいき》をイギリスの国旗を掲揚《けいよう》して走行する船舶は攻撃《こうげき》される危《き》

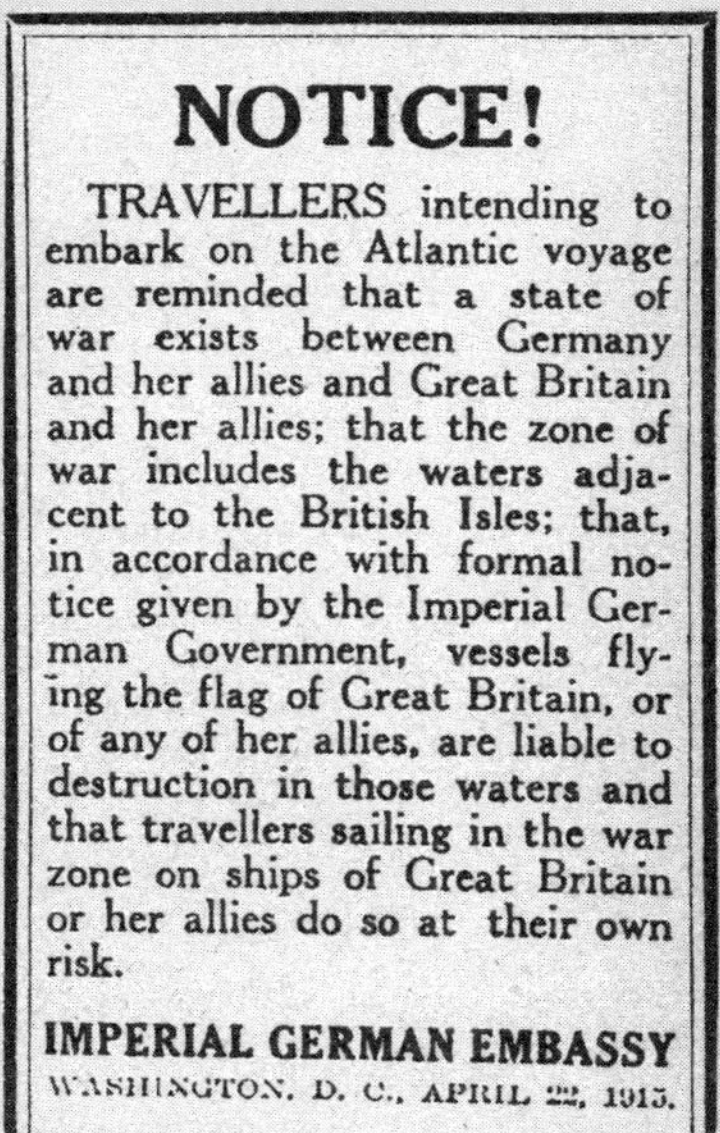
NOTICE!

TRAVELLERS intending to embark on the Atlantic voyage are reminded that a state of war exists between Germany and her allies and Great Britain and her allies; that the zone of war includes the waters adjacent to the British Isles; that, in accordance with formal notice given by the Imperial German Government, vessels flying the flag of Great Britain, or of any of her allies, are liable to destruction in those waters and that travellers sailing in the war zone on ships of Great Britain or her allies do so at their own risk.

IMPERIAL GERMAN EMBASSY
WASHINGTON, D. C., APRIL 22, 1915.

新聞に掲載された、実際の警告《けいこく》記事。

険《けん》があるとの警告《けいこく》を出していた。この警告《けいこく》はルシタニア号の広告と並んで目立つように掲《けい》載《さい》されていた。

これを読んで乗客は大変に憂慮《ゆうりょ》したものの、それでも出港時に船はほぼ満員の状態だった。

この船の沈没事件《ちんぼつじけん》で、世界中から怒《いか》りを買ったドイツは、ルシタニア号はヨーロッパの戦場に送る軍需品《ぐんじゅひん》を積んでおり、ゆえに軍艦《ぐんかん》と見なされると主張し続けた。ドイツでは、ある会社が、イギリス最大の船を撃沈《げきちん》したことを祝してメダルを発売した。これに対抗《たいこう》してイギリスでは、死者を追悼《ついとう》する目的と、この事件《じけん》はドイツ人の残虐性《ざんぎゃくせい》をしめす一例だと糾弾《きゅうだん》する目的で、メダルを発売した。

連合国のあいだでは、ドイツとドイツ人に対する反感が強まり、戦争に勝利する決意がいっそう堅固《けんご》にかたまった。さらに重要なのは、この事件《じけん》に激怒《げきど》したアメリカでは反ドイツの感情が大いに高まり、おそかれ早かれ連合国に加わって参戦する可能性が出てきたことだ。アメリカ合衆国《がっしゅうこく》は一九一七年、連合国に加わり、ドイツとその同盟国《どうめいこく》との戦いに参戦した。

ルシタニア号の積み荷に関する論争《ろんそう》は、現在もまだ続いている。イギリスも船のオーナーも、ルシタニア号が運んでいたのは、戦争に関する国際法《こくさいほう》で運搬《うんぱん》をゆるされている非爆発性《ひばくはつせい》の軍需品《ぐんじゅひん》だけであると主張し続けている。しかしそれに対して、大規模《だいきぼ》な爆発性《ばくはつせい》の軍需《ぐんじゅ》品《ひん》をひそかに運んでいた、だから二度目の爆発《ばくはつ》で船があれほど早くしずんだのだという反《はん》論《ろん》もある。

ダイバーが沈没《ちんぼつ》船を調査《ちょうさ》しているが、これまでのところ決定的な証拠《しょうこ》は見つかっていない。しかし二〇一四年五月にイギリス政府《せいふ》が秘密《ひみつ》ファイルを公開して、一九八〇年代に、「おどろくべきもの」が沈没船《ちんぼつせん》から発見される可能性があり、ダイバーに「生命の危険」がおよぶという警告《けいこく》が出されていたことが明らかになった。

この危険性と、この問題がさまざまな方面に影響《えいきょう》をおよぼすこともあって、ルシタニアが何を積んでいたのか、いないのか、完全な真実はいまだに明らかになっておらず、将来《しょうらい》においても解明《かいめい》は望めそうにない。

第一次世界大戦におけるUボート作戦

英国海軍の海上艦隊《かんたい》はドイツ帝国《ていこく》海軍のそれよりはるかに勝っており、戦争の大勢においてて見事にドイツを封鎖《ふうさ》してきた。これに対してドイツは、イギリスの港に入ってくる補《ほ》給品《きゅうひん》を妨害《ぼうがい》するために、Uボート、すなわち潜水艦《せんすいかん》を三百隻《せき》も建造《けんぞう》し、敵《てき》の大型船を魚雷《ぎょらい》で撃沈《げきちん》する水中作戦を開始。連合国を効果的に疲弊《ひへい》させて、負けに追いこもうとした。連合国側はこの作戦で千三百万トンの積み荷を失った。しかしドイツ側の被害《ひがい》も大きく、Uボート百七十八隻《せき》と五千人の人命が露《つゆ》と消えた。

しかしこのおそろしい消耗戦《しょうもうせん》のなかでも、情愛に満ちた出来事があった。あるUボートの艦長《かんちょう》は、これからそちらの船に魚雷《ぎょらい》を発射《はっしゃ》するから、救命ボートに移動したほうがいいと、商船に乗っていた船員たちに教え、実際そのとおりにして命が守られた。またべつのUボートの艦長《かんちょう》は、救命ボートに乗った生存者の救出にむかい、岸までボートをえい航したという。

シリー諸島《しょとう》

シリー諸島《しょとう》は大西洋にうかぶ島々で、コーンウォールのランズエンド岬《みさき》から四十キロメートルほど先の沖《おき》に位置する。有人の島は、ブライアー、セント・アグネス、トレスコ、諸島《しょとう》最大のセント・メアリーズ、セント・マーティンズの五つで、ほかに無人島がいくつかと、セント・ヘレンズ島のように、あとになって人が住まなくなった島もある。

この島々は、南アイルランドやアメリカ合衆国《がっしゅうこく》からブリテン島へむかう船が最初に目にする陸地である。人口はおよそ二千人で、むかしから船乗りや漁師が多く住んでいるが、強風に見舞《みま》われることが多く、初期のころはジャガイモやスイセンの栽培《さいばい》でも生計を立てていた。昨今では観光が島の経済と人々の生活に重要《じゅうよう》な位置を占《し》めている。イギリスのどの海域《かいいき》よりも沈没船《ちんぼつせん》が集中しているといわれ、危険な岩礁《がんしょう》や潮流《ちょうりゅう》が多く、はげしい嵐《あらし》にもしょっちゅう見舞《みま》われる。

セント・ヘレンズはセント・マーティンズとトレスコのあいだにあって、数世紀前には修道僧《しゅうどうそう》が住みつき、井戸をほって礼拝堂《れいはいどう》を建てた。以来、防疫《ぼうえき》のための隔離島《かくりとう》として使われ、伝染《でんせん》のおそれがあって岸にあげられない病人や、死を前にした人々を収容《しゅうよう》するペストハウスとよばれる建物が建てられ、現在もその廃墟《はいきょ》が残っている。めったに人は足をむけ

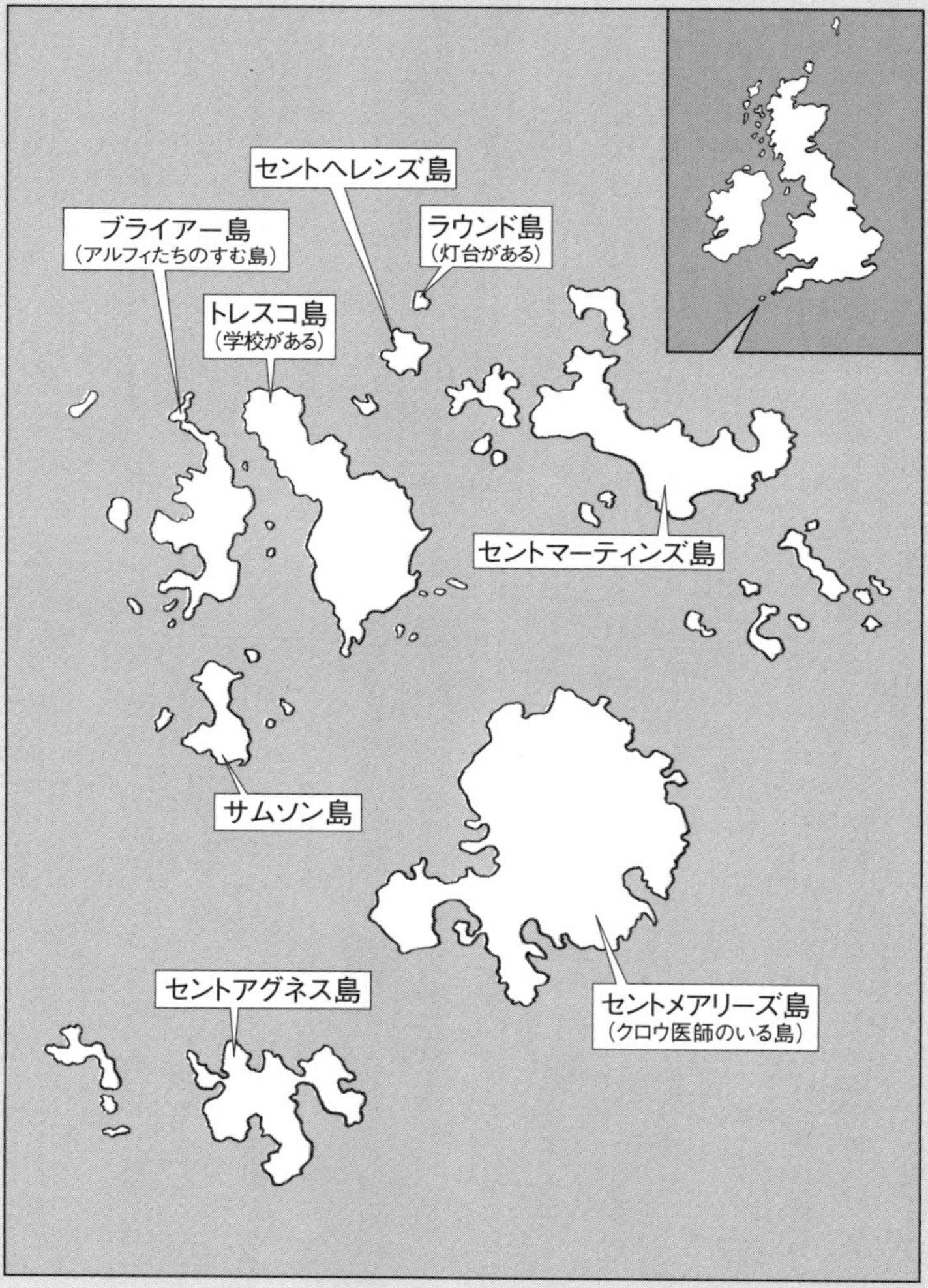

セントヘレンズ島
ブライアー島
（アルフィたちのすむ島）
ラウンド島
（灯台がある）
トレスコ島
（学校がある）
セントマーティンズ島
サムソン島
セントアグネス島
セントメアリーズ島
（クロウ医師のいる島）

ず、この島をおとずれるのは、通りかかったヨットか、取材に来た作家ぐらいだ。

汽船シラー号

シリー諸島《しょとう》周辺の海底に眠《ねむ》る何百という沈没船《ちんぼつせん》のなかで、ひときわ有名なのがドイツの定期客船シラー号である。沈没《ちんぼつ》したのは一八七五年五月七日で――ルシタニア号が沈没《ちんぼつ》した日のちょうど四十年前――数多くの人命を失った。シリー諸島《しょとう》の人々の努力もむなしく、死者の数は三百三十五名にのぼった。

それでもシリー諸島《しょとう》の人々は三十名以上の乗客を救った。この諸島《しょとう》の人々が生存者の命を救い、死者は敬意《けいい》を持って手厚く葬《ほうむ》ったという話がドイツにとどくと、ドイツ国民のあいだに、おどろきと感謝の念があまねく広がった。そのため、それから四十年後、第一次世界大戦のさなかに、ドイツ帝国《ていこく》海軍に命令が出されたのである。シリー諸島《しょとう》の海岸付近を航行する船は、いかなるものでも攻撃《こうげき》してはならない、と。命令は忠実《ちゅうじつ》に守られた。

訳者あとがき

戦争の記憶《きおく》をたんねんにほりおこしながら、それについて論じるのではなく、こわだかに主張をうったえるのでもなく、ただひたすら、豊かな情感にあふれる物語をつむいでいく。できることなら忘れてしまいたい、きびしい時代に生きた人々を描《えが》きながら、マイケル・モーパーゴの物語が読者を絶望させることがないのは、悲惨《ひさん》な状況のなかでも、国や人種を越えた愛や友情が生まれることを教えてくれるからでしょう。過去を忘れてふたたび戦争へ突入してしまいそうな不穏《ふおん》な時代に、彼の作品は忘却《ぼうきゃく》の霧《きり》を晴らす力を持ち、いま文学に何ができるかという問いに、答えを出してくれているように思います。

本作もまた戦時下におかれた人々の姿《すがた》を描《えが》きながら、モーパーゴにしてはめずらしい、ミステリー仕立てになっています。第一次世界大戦下、イギリスの孤島《ことう》で飢《う》え死《じ》に寸前のところを発見されたなぞの少女ルーシー。記憶《きおく》をすっかり失った、物言わぬ女の子は、いったい何者なのでしょうか。このルーシーの物語と並行して、アメリカのニューヨークに暮らすルーシーと同じ年ごろの女の子メリーの物語も語られていきます。ふたつの物語が、いつかどこかで重なる期待を読者に抱《いだ》かせながら、スリル満点の展開が続きます。

生死の境をさまよう壮絶《そうぜつ》なサバイバル。失われた記憶《きおく》を取り戻すことで真に生き返る少女。彼女を取り巻く人々の、国境を越えた善意と、時代にまどわされた冷酷《れいこく》な差別。登場人物ひとりひとりの心情をせつないほど細やかに描《えが》きながら、ふたつの国とふたつの時間軸《じく》が重なるドラマチックな結末へと、読者を一気に運んでいきます。第二次世界大戦終結七十周年をむかえた今年に、ぜひとも多くの方々に読んでいただきたい作品です。

最後になりましたが、この作品を訳《やく》す機会を与えていただいた上に、訳稿《やくこう》に貴重なアドバイスをくださった、小学館編集部の喜入今日子さんに心より感謝をささげます。

二〇一五年六月　杉田七重

月にハミング

2015年 8月 8日 初版第1刷発行
2017年 6月21日 初版第4刷発行

著 者 マイケル・モーパーゴ

訳 者 杉田七重

発行者 松井 聡

発行所 株式会社 小学館
〒101-8001
東京都千代田区一ツ橋 2-3-1
電話 編集 03-3230-5416
販売 03-5281-3555

印刷・製本 共同印刷株式会社

Japanese Text ©Nanae Sugita Printed in Japan
ISBN978-4-09-290608-2

装幀／岡 孝治

写真／©hiro23 - Fotolia.com
©Bridgeman Images/PPS通信社
©granger/PPS通信社

■造本には十分注意しておりますが、印刷、製本など製造上の不備がございましたら「制作局コールセンター」（フリーダイヤル0120-336-340）にご連絡ください。（電話受付は、土・日・祝休日を除く9：30～17：30）
■本書の無断での複写（コピー）、上演、放送等の二次利用、翻案等は、著作権法上の例外を除き禁じられています。
■本書の電子データ化等の無断複製は著作権法上での例外を除き禁じられています。代行業者等の第三者による本書の電子的複製も認められておりません。

編集／喜入今日子